Aux Éditions Alain Bargain

Dans la collection

ENQUÊTES ET SUSPENSE :

Rémi Devallière
- L'esprit d'Hoëdic
- Calculs sévères à Saint-Nazaire
- Sacré bidule à Pornichet
- "Pari" au mois d'août
- Piriac et son caillou mystérieux
- Vol 744 pour Le Pouliguen
- Pornic, Poste restante
- Nantes, le passager du Jules Verne
- Contre-courants au Croisic
- Quiproquo en Brière
- Du rififi à Saint-Brevin

Jean-Michel Arnaud
- Cavale à Brest
- Blues en Rafale à Landivisiau
- Le bagad bombarde à Quimper
- Loto létal dans le Léon
- Fresque de sang sur le Ponant
- Lettres mortes à Lannilis
- Lame scélérate à Morgat
- À bout de souffle à Landerneau
- Brest, scène de crimes
- Allers simples pour Ouessant
- Peur bleue à Portsall
- Intox à Carhaix
- Marché noir à Brest
- Prophétie à Saint-Renan

Jean-Louis Kerguillec
- Carantec à corps perdu
- Enlèvement en Baie de Morlaix
- Mauvaise passe sur l'île Callot
- Les Amours Noires du Léon
- Le disparu du Taureau
- Frai*zh* Connection
- Le Crapaud de l'île de Batz
- Saint-Pol, cathédrale infernale
- Pêche d'enfer à Cléder
- Le rôdeur des grèves
- Cruelle rencontre à Carantec

Gérard Croguennec
- Voile épais au Conquet *(épuisé)*
- Brest, Abri 668
- Morlaix en eaux profondes
- La martyre du Conquet *(épuisé)*
- Le silencieux du Conquet
- Effet papillon sur le Brest-Lyon
- Pleins phares sur Ouessant

Simone Ansquer
- Téviec, le Secret *(épuisé)*
- Aux tours de La Rochelle
- Grain de sable à Saint-Pierre-Quiberon
- Le mystère de la Cathédrale de Vannes *(épuisé)*
- Carnac, les menhirs disparus
- Bons baisers de l'île de Houat
- Nuit d'Enfer à Quiberon
- Belle-Île ne répond pas
- La captive de la ria d'Étel
- Dérive sur la Presqu'île
- Bruits de Vannes
- Les frères de l'île aux Moines
- Lorient sur le Fil

Martine Le Pensec
- Onde de choc sur Fermanville *(épuisé)*
- Angoisse sur Penmarc'h
- Lumière noire sur la Penfeld *(épuisé)*
- Printemps funeste à Brest
- 13e lune à Concarneau
- 32 octobre à Roscoff *(épuisé)*
- Terminus à Lannilis
- L'Enfer de Plogoff
- Alerte rouge à Brest *(épuisé)*
- Bad Trip à Lorient
- Le Cobra de Brest
- Le Mouton noir de Roscoff
- Sang pour sang à Recouvrance
- Amnésie sur Quimper
- Chat noir à Brest
- Bain acide à Douarnenez
- Noces de feu à Plouzané
- Pot aux roses au Cap Coz
- Enquête corsée à Crozon
- L'Ombre de Lanildut

Jacques Minier
- Traque mafieuse à Saint-Malo
- Double peine à Rennes
- Saint-Brieuc de mille feux
- Celtitude en Argoat
- Erquy on the rocks
- Noir dessein à Rostrenen

ENQUÊTES & SUSPENSE

Aux Éditions Alain Bargain

Dans la collection

®***ENQUÊTES ET SUSPENSE :***

Serge Le Gall
- La secte de l'Aven *(épuisé)*
- Sables mouvants à Bénodet *(épuisé)*
- La Douarneniste et le Commissaire *(épuisé)*
- Corps-mort à l'Île-de-Batz *(épuisé)*
- Traque noire à Audierne *(épuisé)*
- Fugue mortelle en RÉ *(épuisé)*
- Le moine rouge de Carantec *(épuisé)*
- La Sirène de Port Haliguen *(épuisé)*
- Coup fourré dans les Monts d'Arrée
- Vagues à lames à Noirmoutier *(épuisé)*
- Dépression sur les Glénan
- Belle-Île "Amère" *(épuisé)*
- Calvaire à Plougastel-Daoulas *(épuisé)*
- Course-poursuite sur l'Aven *(épuisé)*
- Cible ultime dans les Montagnes Noires
- Rouge baiser de Crozon *(épuisé)*
- Sac de nœuds à Trévignon
- Retour coupable à Pont-l'Abbé *(épuisé)*
- Quiberon Enrage *(épuisé)*
- Secrets salés à Fouesnant
- Fausses notes à Larmor-Plage
- Jeux de drames à Douarnenez
- Nature morte à Pont-Aven
- Châtiment à Port-Launay
- La belle endormie de Port-Manech
- Matin blême à Rosporden
- Coup de balai à Carnac
- Mortes-eaux à Riantec
- Héritage de sang à Concarneau
- Vengeance d'automne à Quimper
- Bain tragique au Pouldu
- Retour de bâton à Plogoff
- Le malin de Trégunc
- Le Loup gris de Scaër
- Trésor maudit à Piriac
- Romance noire à Lesconil
- Ça valse à Pentrez

Élisabeth Mignon
- Fontaines mortelles à Quimper
- Jardins funèbres en Cornouaille
- Déferlantes au Guilvinec
- Cadavres exquis à Châteaulin
- Ultime refuge à La Forêt-Fouesnant
- Silences sur la Baie
- Cauchemars à Plozévet
- Faux-Semblants à Moëlan-sur-Mer

Michel Courat
- Ça meurt sec à Locquirec
- Marée rouge à Plestin-Les-Grèves
- Coup de grisou à Pleumeur-Bodou
- Mort en vrac à Morlaix
- Sauvage farandole à Paimpol
- Mise à mort en Bretagne nord *(épuisé)*
- Masques de Terreur à Lanmeur
- Été meurtrier à Tréguier
- Le raisin coule à Lesneven
- Le Diable s'invite à Locquirec
- Morts à gogo à Plouguerneau
- Morlaix, TERminus !
- Les dessous de Plougasnou
- Granite écarlate
- Dernier tango à Plouescat
- Semaine noire en Pays léonard
- Vent de panique à Lannion
- L'Ange maudit de St-Michel-en-Grève
- Week-end de folie à Bégard
- Les secrets de Camaret
- Double jeu à Étables-sur-Mer
- L'étrange femme nue de Beg-Meil

Michèle Corfdir
- Le Crabe
- Mortel Hiver sur le Trieux *(épuisé)*
- Chasse à corps à Bréhat
- Larmes de fond *(épuisé)*
- Vent contraire à Loguivy-de-la-Mer
- Herbes amères à Belle-Isle-en-Terre *(épuisé)*
- Il court, il court, le furet des Abers *(épuisé)*
- Fest-Noz sur le Nil *(épuisé)*
- Eau dormante en Trégor *(épuisé)*
- Nuits assassines à Paimpol
- Crime à l'Armoricaine
- Vendredi noir sur l'Arcouest *(épuisé)*
- Sueurs froides sur le Goëlo
- Baignade clandestine à Bonaparte
- La route s'arrête à Loguivy-de-la-Mer
- Brest, bombes sur les murs
- Vent de terreur sur Bréhat
- Paimpol, portée disparue
- Fatal requiem à Tréguier

Vincent Cabioch
- 5 Diables Verts à Huelgoat
- Un autre voyage à Nantes

Aux Éditions Alain Bargain

Dans la collection
ENQUÊTES ET SUSPENSE :

Bernard Larhant
- Quimper sur le gril
- Douarnenez, piège à Mouettes
- Les Galets de Tréguennec
- Les bas-fonds de Quimper
- Pas de pardon à Locronan
- Un pavé dans La Loire
- Psychose sur Bénodet
- Sang d'encre au Mans
- La Torche entre deux eaux
- Du Pastis dans l'Odet
- Les Ombres du Rennes-Quimper
- La Madone du Faouët
- Effet domino à Concarneau
- Le Môme de Fouesnant
- Hors la loi à Groix
- Omerta Bigoudène
- Alliance explosive à Audierne
- Jeux pervers à Quimper
- Chasse à l'homme au Ménez-Hom
- Dans les frissons de Nantes, *tome 1*
- Manhattan-Tréboul
- Diabolo Nantes, *tome 2*
- Tragédie à l'Île-Tudy
- Loire c'est noir, *tome 3*
- Stress de Brest à Trévarez
- Mort sur Erdre, *tome 4*
- Ricochets sur l'Odet
- Coups de Maîtres à Nantes, *tome 5*
- Quimper, rive gauche, rive droite

Angéline Valois
- Plovan, terre de sang

Christophe Chaplais
- Pâté de Corbeau aux amandes amères *(épuisé)*
- Le calisson jusqu'à la lie
- Farz aux herbes de Portsall
- Addition salée au Croisic
- Salade russe aux noix de Grenoble *(épuisé)*
- Fourchette mortelle à Chinon *(épuisé)*
- Soupe de Crabes à Brest
- La face cachée des Étoiles *(épuisé)*
- Mélodie gourmande à Guérande
- Le trésor de la côte des Légendes
- Bouillon de minuit au Conquet
- Brochettes de pigeons à Quiberon

Bernard Enjolras
- Îlot mortel à Trégastel
- 3 petits singes en Côtes-d'Armor
- Mauvais sorts dans Le Trégor
- Micmac à Ploumanac'h
- Sale temps sur Penvénan
- Jeu d'échecs à Perros-Guirec
- Guêpier à Tréguier
- Jackpot dans le Léon
- Requiem à Paimpol
- Escale à Cancale
- L'inconnue de Saint-Thégonnec
- Code assassin à Trébeurden
- Les merlettes de Granit rose
- Liens de sang à Guingamp
- Treize gastel
- Remous à Pleumeur-Bodou

Pierre Engélibert
- L'Ours du Finistère
- Drôle d'oiseau à Brest
- Lavandières rouges à Daoulas
- Complot en Cap-Sizun
- Troubles au cap de la Chèvre

Stéphane Jaffrézic
- Chili-Concarneau
- Ville bleue et beaux dégâts
- Disparitions en Pays Fouesnantais
- Tri Yann Tro Breizh
- Vengeances croisées à Nantes
- Escale forcée à Brest
- Dolmens sanglants en Bigoudénie
- Escapade à Landerneau
- Le mauvais fils de Guidel
- Murder party à Quimper
- Rendez-vous raté à Quimperlé
- La Korrigane de Concarneau
- Coup de chaud à Bénodet
- Trafic en Finistère
- Sirènes au Guilvinec
- Été torride à Névez
- Vendetta à Auray

DU RIFIFI à Saint BREVIN

Rémi DEVALLIÈRE

DU RIFIFI à Saint BREVIN

Collection

ENQUÊTES & SUSPENSE

Quadri Signe - Editions Alain Bargain
125, Vieille Route de Rosporden - 29000 Quimper
E-mail : contact@editionsalainbargain.fr
Site Internet : www.editionsalainbargain.fr
Facebook : https://www.facebook.com/editionsalainbargain

Le blog de l'auteur : http://devalliere.wix.com/remi-devalliere

---

Cet ouvrage de pure fiction n'a d'autre ambition que de distraire le lecteur. Les événements relatés ainsi que les propos, les sentiments et les comportements des divers protagonistes n'ont aucun lien, ni de près ni de loin, avec la réalité et ont été imaginés de toutes pièces pour les besoins de l'intrigue. Toute ressemblance avec des personnes ou des situations existant ou ayant existé serait pure coïncidence.

À la mémoire de mon père, qui nous a quittés au cours de l'écriture de ce roman.

REMERCIEMENTS

À Nicole, ma première lectrice et correctrice, pour sa patience et son investissement.

À Christophe et ses parents pour leur précieuse documentation.

Aux membres de l'association Les Amis de Saint-Brevin, grâce à qui le commissaire Anconi a pu trouver les cabines téléphoniques de Saint-Brevin.

Aux Tontons pour leur relecture attentive.

I

UNE SURPRISE DÉSAGRÉABLE

Martine Plantin exerçait le métier de femme de ménage. Elle commençait toujours à travailler de très bonne heure le matin. L'été, surtout, elle profitait de la fraîcheur de l'aube. Ce jour-là, sur son VéloSoleX, la tête couverte d'un fichu, elle parcourait la longue et rectiligne avenue de Mindin. Seul le grésillement régulier du petit moteur meublait l'artère déserte. Elle sentait bien que ce 5 juillet serait chaud. « Du reste, comme depuis le début du mois » pensa-t-elle.

Elle bifurqua vers la mer, chercha le numéro de la maison où elle avait accepté de venir faire le ménage, un dimanche. « La villa est inhabitée, l'avait prévenue la responsable de "l'agence des Oyats" qui l'employait. Les importants travaux réalisés ont pris du retard, la remise des clefs est prévue lundi. Je vous suis vraiment reconnaissante, Martine, de venir en dernière minute, un jour de repos qui plus est. Vous me rendez un immense service. »

À travers les grands pins maritimes, elle devinait

la mer sous un ciel que l'aube pâlissait. Une imposante maison de pierres profilait son étroite tour à créneaux devant la plage. Martine découvrit, avenue de la Duchesse-Anne, la bâtisse qu'elle cherchait derrière une haie de cyprès dégarnis : Les Boucauds. Une jolie construction basse au toit de tuiles asymétrique, prolongée par une véranda de bois. Ses ouvertures arrondies soulignées par une rangée de briques étaient masquées par des volets fraîchement repeints d'un bleu limpide. La façade d'un blanc immaculé témoignait aussi d'un ravalement récent.

Elle stoppa son Solex, l'installa sur sa fourche qui s'enfonça légèrement dans le sable. Elle extirpa un trousseau de sa sacoche et introduisit la clef dans le portail de bois.

« Tiens ! La serrure n'est pas verrouillée. »

Étonnée, elle poussa le battant, pénétra dans l'espace sablonneux entourant la construction. Quelques herbes chétives végétaient de-ci de-là, sous un épais mimosa. Autrefois, un massif devait orner le terrain devant la véranda. Il n'en subsistait qu'un cercle de pierres et de coquilles Saint-Jacques retournées. Comme le lui avait expliqué la directrice de l'agence, elle gagna l'arrière de la villa pour chercher une petite porte. « Vous entrerez par cette issue qui donne accès à une sorte de buanderie. »

« Tiens ! Elle n'est pas verrouillée non plus ! »

Madame Plantin hésita. « Les ouvriers ont-ils oublié de fermer ? Plusieurs corps d'artisans se sont sans doute succédé, chacun croyant que l'autre devait encore intervenir ? » L'agence avait évoqué un changement de propriétaire.

Dans son métier, elle avait croisé bien des personnages : les trop gentils qui l'empêchaient de travailler par leur bavardage incessant, les méprisants qui ne lui adressaient jamais la parole. Les pires étaient les acariâtres exigeants jamais satisfaits. « Que de gens pénibles ! Au moins, ici j'aurai la paix ! »

Elle pénétra dans une pièce sombre. Une forte odeur de peinture fraîche la saisit. Elle tâtonna à la recherche d'un interrupteur, buta contre une forme dure qui lui parut être un meuble bas. Elle sursauta, lâcha un petit cri de frayeur et déclencha la chute en cascade d'objets divers qui roulèrent devant elle. Les bruits ne semblaient plus finir. Instinctivement elle se retourna, par peur de voir surgir quelqu'un. Elle attendit une minute. Personne.

Ses yeux s'habituèrent à l'obscurité de sorte qu'elle put découvrir une lucarne protégée par un volet qui laissait filtrer un mince rai de lumière. Elle le poussa. Elle se trouvait dans un débarras très encombré. On avait déposé là des meubles, des étagères bancales, quantité de cartons empilés, de la vaisselle entassée, des balais usagés et un réfrigérateur hors d'âge. Dans un coin, un évier rempli de pots de peinture. À terre, de vieux tuyaux de cuivre coudés dont elle avait provoqué la chute.

Elle traversa précautionneusement le local et

aperçut le compteur électrique. Clic ! La lumière jaillit enfin.

Un peu rassurée, elle gagna une porte. Passée la cuisine qui venait manifestement d'être entièrement refaite, elle entra dans la salle à manger. La pièce parquetée en bâton rompu était vide de tout mobilier. Une cheminée en briques occupait un angle. Elle ouvrit les fenêtres, puis les volets, surtout pour échapper aux odeurs lancinantes des peintures. Dans la véranda subsistait un salon en rotin, deux fauteuils et une banquette entourant une table basse à trois pieds. Sur un des sièges, un coussin avachi paraissait attendre son occupant habituel. « Ils ne l'ont même pas vidée complètement, cette maison. »

Elle compléta sa visite d'un coup d'œil rapide aux deux chambres et à la salle de bains qui donnaient vers l'arrière. « Je terminerai par-là » se dit-elle.

Dans la cuisine, un réduit accueillait le chauffe-eau, elle y dénicha tout le matériel de ménage, aspirateur, seaux, balai-brosse et un flacon de M. Propre. Fort heureusement l'eau n'avait pas été coupée, bien que seule la froide se trouvât disponible.

Elle passa trois heures à balayer, frotter, récurer, essuyer. Elle pesta contre les peintres qui avaient omis de nettoyer des gouttes maintenant bien collées sur le sol, ici et là.

Elle sortit ensuite par le jardin, gagna son Solex

et s'empara de la bouteille d'eau qu'elle gardait dans une sacoche. Il n'était que 9 heures du matin, déjà le soleil tapait dur.

Elle aimait ces senteurs de pinède que la chaleur exacerbait. Elle but abondamment, croqua quelques galettes Saint-Michel, s'assit sur une chaise abandonnée. Il lui restait les chambres et la salle de bains à faire. Elle commença par celle-ci. Le carrelage mural s'ornait à mi-hauteur d'une frise évoquant l'océan : des étoiles de mer partageaient le bandeau avec des voiliers aux formes naïves. Les résidus de plâtre et de colle témoignaient d'une transformation récente. « Une cabine de douche toute neuve a probablement remplacé une de ces baignoires aux pieds en pattes de lion », pensa Martine, qui avait une solide expérience.

Les deux chambres n'avaient pas fait l'objet de travaux. Dans la petite, elle remit le lit et les tables de nuit en place et frotta le sol et les chambranles des portes.

Dans la plus grande régnait une mauvaise odeur. Madame Plantin écarta largement les battants de la fenêtre, soupçonnant l'existence de résidus alimentaires laissés par les équipes d'artisans. Rien sous le couchage. Elle ouvrit le placard.

Elle poussa un cri suraigu, chancela. Un nuage de mouches s'échappa, une puanteur putride la submergea.

— Râââ ! Quelle horreur ! Pas Dieu possible !

Elle claqua vivement la porte de toutes ses forces, courut hors de la maison, son chiffon sur le nez, envahie par une irrépressible nausée.

— Pouah !

Dans le jardin, pliée en deux, elle ne put éviter un vomissement incoercible qui lui déchira l'œsophage.

Martine venait de découvrir le corps d'une femme, recroquevillé dans ce fichu placard ! À peine l'avait-elle entrevu.

Tremblante, elle regarda éperdument autour d'elle. La rue restait silencieuse et déserte, bien entendu. « Cette chaleur, sans doute. Et puis nous sommes dimanche ! Je parie qu'ils piétinent tous au marché ! Et moi, comme une gourde, il faut que je joue les figurantes dans un film d'épouvante ! » Madame Plantin parlait toute seule, horrifiée par ce qu'elle venait de découvrir. Une femme assez jeune, lui avait-il semblé, d'après la robe rouge à paillettes.

Elle quitta précipitamment Les Boucauds, pédala frénétiquement pour démarrer son engin, tourna avenue de Beauval, sans un regard pour les villas blanches et tranquilles qui faisaient face à la mer, à l'ombre des grands pins maritimes. Elle perdit son fichu sans s'en rendre compte. Dans sa hâte, elle avait également oublié son sac dans la maison ! Une famille de vacanciers, haveneau à l'épaule, laissa prudemment passer cette femme échevelée qui agitait frénétiquement ses jambes sur son Solex. Elle quitta le bord de mer, gagna l'avenue Maréchal-Foch. Pédalant follement, elle refusa une priorité place du Maréchal-Leclerc et faillit emboutir une R16 qui piqua du nez dans un crissement de pneus. Son chauffeur brandit le bras par la portière, jura en levant le poing. Seuls quelques passants entendirent une réflexion désobligeante dépeignant « la conduite des femmes ».

Indifférente, Martine Plantin disparut dans l'avenue Georges-Clemenceau et redoubla d'efforts. Les propriétés se succédaient, par endroits leurs feuillages débordant au-dessus de la chaussée lui procuraient un instant de fraîcheur. Elle souffla un peu lorsqu'elle aperçut la silhouette en béton de la chapelle Saint-Louis, un édifice moderne qui ne lui avait jamais plu. Quelques tours de pédale et elle reconnut la gendarmerie, un bâtiment dont les formes ressemblaient davantage à un gros chalet suisse qu'à une caserne abritant la maréchaussée.

Elle engagea son Solex dans la cour et coupa les gaz. Elle le percha sur sa fourche au bas de l'élégant escalier en rotonde qui menait au balcon de l'entrée. Le vélomoteur laissait échapper des volutes de fumée noire autour de son petit cylindre accroché à sa roue avant.

Elle grimpa les marches, pénétra en trombe dans le local.

— Monsieur l'agent ! Il faut venir tout de suite ! clama-t-elle tout essoufflée.

— Bonjour, Madame. Brigadier Duvilly, répondit calmement le gendarme qui en avait vu d'autres. Que vous arrive-t-il ?

— C'est horrible ! Un cada… un cadavre !

— Comment cela ? Asseyez-vous. Expliquez-moi.

Martine Plantin resta debout, exposa sa matinée en hoquetant et gesticulant, mélangeant les travaux réalisés dans la villa, la saleté laissée par les entreprises de rénovation, la peine qu'elle s'était donnée pour récurer la maison. Le brigadier, incrédule, se demanda si sa visiteuse conservait toute sa tête.

— Vous évoquiez un cadavre…

— Je me tue à vous le dire ! Dans le placard ! Le pla-card !

— Votre nom, Madame. Avez-vous des papiers avec vous ?

Elle les avait oubliés dans la villa Les Boucauds.

Le gendarme soupçonna cette femme de s'être échappée de la maison départementale de Mindin. Il l'examinait par en dessous, se demandant comment s'en débarrasser.

— Je sens bien que vous ne me prenez pas au sérieux. J'ai vu une morte dans une des chambres de cette villa. Venez constater si vous ne me croyez pas, au lieu de me considérer comme une demeurée.

Duvilly, perplexe, décrocha son téléphone.

— Allô, Major ? Désolé de vous déranger, j'ai présentement devant moi une citoyenne qui prétend avoir découvert un cadavre.

— …

— Dans un placard.

— …

Le brigadier écarta le combiné, se tourna vers sa visiteuse :

— C'est à quelle adresse, votre… votre affaire ?

Soudain plus attentif, il répétait à l'évidence la question de son supérieur.

— Ah ! Enfin ! lui reprocha-t-elle. Villa Les Boucauds, avenue de la Duchesse-Anne. Allez-vous vous décider à me croire ?

La voix du major résonnait dans l'appareil, bien perceptible à distance.

— Dites-lui donc que je m'appelle Plantin. Martine Plantin, tonna-t-elle pour être certaine d'être entendue à distance. J'habite au 12 avenue de Corsept, je paie mes impôts, je vote à chaque élection et je ne sors pas de l'asile ! C'est trop fort, à la fin !

Elle se relevait lentement de l'effroi de sa découverte, pour tomber dans une colère non moins vive.

— Je vous crois, Madame. Sachez que nous sommes parfois l'objet de canulars, notre devoir est de…

Le combiné vibra sous l'éclat de voix du chef. Un ordre bref, voire une remontrance. Un claquement sec marqua la fin de la conversation. Les yeux arrondis par la déconvenue, il quitta son guichet, enfila sa veste d'uniforme.

— Allons voir ce… cette… voulez-vous bien m'accompagner et me montrer ?

Sur le perron, il désigna une 4L bleue, l'invita à monter.

— Mais ! Mon Solex !

— Je vous ramènerai ici, Madame.

— Taratata ! Et si on me le volait ?

Le brigadier Duvilly dut se résoudre à suivre à petite vitesse le vélomoteur jusqu'à l'avenue de la Duchesse-Anne.

— Pas question que je rentre ! Vous pouvez y aller, c'est dans la grande chambre. Passez par-derrière, ce n'est pas fermé. Ramenez-moi mon sac et ne salissez pas tout !

L'agent sortit quelques minutes plus tard, furibard.

— Vous vous moquez de nous ! Il n'y a pas de cadavre, ici !

— Ce n'est pas possible. Je vous assure ! Je n'ai pas rêvé. Dans le placard de la grande chambre. L'odeur ne vous a pas frappé ?

— Non. Rien. Vous lisez trop de romans policiers. La chaleur vous a tapé sur la tête.

Il s'engouffra sans mot dire dans la petite Renault, manipula fébrilement le Motorola du bord.

— Fausse alerte, Major. Je rentre. Je prends une déposition, à tout hasard ?

L'appareil crachota la réponse :

— As-tu décelé quelque chose de suspect ?

— Aucun corps sans vie à l'adresse indiquée.

— Des traces de sang ?

— Non. Mais la plaignante était venue pour faire le ménage, alors…

— Ah ! Bon. Le règlement, Duvilly, le règlement. Établissez un rapport. Exécution !

— Affirmatif, mon Major.

Se tournant vers Martine Plantin, c'est avec l'assurance de l'uniforme qu'il lui imposa de repasser par la gendarmerie.

La 4L bleue dut suivre le Solex dans la touffeur de midi.

Le major les attendait, raide et soupçonneux. Il prit les choses en main, s'appliquant à tout noter. Martine fut obligée de répéter sa matinée, sa découverte.

— Qui est le propriétaire de cette baraque ? demanda-t-il.

— Je l'ignore. Interrogez l'agence des Oyats qui m'a envoyée là-bas pour le ménage. Vous me prenez pour une folle, mais je sais bien ce que j'ai vu ! ajouta-t-elle.

— Personne ne pense cela, Madame, assura le plus galonné.

— En tout cas, je ne retournerai pas dans cette maison. Dame non !

— C'est la première fois que vous y veniez ?

— La première et la dernière, si vous voulez "aller par-là"*.

*Puisque vous me le demandez (expression locale).

— Le cadavre, dans le placard, un homme ou une femme ?

— Une femme, jeune, avec une robe de cocotte.

— Pourquoi dites-vous cela ?

— Un lamé rouge à paillettes, vous croyez que l'on porte cela au bureau ?

— Avez-vous reconnu la… la victime ?

Martine ricana.

— Vous imaginez vraiment que j'ai pris le temps de détailler son minois ? Cette puanteur ! J'ai repoussé la porte du placard et je suis allée vomir dehors. Ensuite j'ai couru jusqu'ici.

Le brigadier transpirait abondamment pendant l'interrogatoire de son chef.

— Duvilly, as-tu remarqué une… une odeur, comme le décrit cette femme ?

— Cela sentait fort, en effet, comme ces bombes Air Wick® à la lavande que l'on pulvérise. Du fait que Madame venait de tout nettoyer, j'ai cru…

Le major fronça les sourcils, s'adressa à Martine Plantin :

— Vous pouvez rentrer chez vous. Laissez-nous vos coordonnées, il se peut que nous ayons besoin de vous. Vous travaillez pour l'agence des Oyats, n'est-ce pas, ai-je retenu ?

— Je vous assure que je n'ai pas fumé ces saloperies qui empestent et vous tournent la cervelle.

Martine put enfin reprendre son Solex et rentrer chez elle, partagée entre la colère et un grand reste de frayeur. Elle parlait encore toute seule lorsqu'elle ouvrit la porte du garage de son petit pavillon, face à un blockhaus couvert de lierre. Elle remisa son vélomoteur et s'enferma à double tour.

Une demi-heure plus tard, un fourgon bleu de la gendarmerie de Saint-Brevin stationnait sous un soleil de plomb devant la villa Les Boucauds, avenue de la Duchesse-Anne.

La machine policière se mettait en route, major en tête.

En fin d'après-midi, le commissaire Anconi de la PJ de Paris recevait un appel téléphonique. La sonnerie le tira d'une somnolence liée autant au désœuvrement qu'à l'atmosphère étouffante de la capitale.

— Monsieur le commissaire ? Schultz…

— Ah ! c'est toi, Petit. Tu dois crever de chaleur, en bas.

Anconi avait reconnu l'accent alsacien du brigadier.

— On vous demande. Un commandant de gendarmerie. Dois-je vous le passer ou, hopla, je dis que vous êtes occupé ?

Schultz protégeait son supérieur auquel il vouait une admiration presque excessive. Les rapports police-gendarmerie restaient tendus en 1987. Le bruit circulait que le chef de l'État venait de charger un magistrat d'une mission visant à définir les rôles respectifs des deux institutions. Chacun campait sur ses positions en attendant les conclusions du rapport. Avec bonhomie, Anconi n'entretenait aucune illusion quant au résultat de ce type de démarche. Du reste, il s'intéressait plus à la qualité des hommes qu'aux textes et recommandations.

Il sourit à la proposition de Schultz, mais accepta la communication.

— Allô ? Commissaire Anconi.

— Bonjour, Monsieur le commissaire. Major Javert, brigade de gendarmerie de Saint-Brevin-les-Pins.

— Bonjour, Major. Que puis-je pour vous ?

— Une pénible affaire.

— Je vous écoute. Auparavant, d'où m'appelez-vous ? Saint-quoi ?

— Saint-Brevin-les-Pins, arrondissement de Saint-Nazaire, Loire-Atlantique.

Anconi reconnut bien là le souci de précision de la corporation. Le ton lui parut cependant un tantinet condescendant.

— Je vois, je vois, acquiesça le commissaire qui connaissait la région pour y avoir séjourné récemment, mais ne s'en ouvrit pas. Bonne Mère, exposez-moi l'objet de votre appel.

Pourquoi se trouvait-il déjà sur ses gardes ?

— Voilà. Je préfère être franc, vous êtes impliqué dans une affaire de meurtre.

— Fatche ! Rien que cela ?

Anconi attrapa sa boîte de cachous, la secoua. Il abusait de ces petites pépites noires qui lui calmaient les nerfs, même si elles lui procuraient parfois un mauvais goût dans la bouche en fin de journée.

— Je suis sérieux, insista son interlocuteur, dont on devinait dans le ton une pointe d'irritation.

Sans laisser au commissaire la possibilité de se dérober, il conta la mésaventure de Martine Plantin, le matin même, dans la villa Les Boucauds, avenue de la Duchesse-Anne, dans sa commune. Anconi tenta de l'interrompre, en vain. Le chef de brigade évoqua la découverte d'un corps sans vie par une femme de ménage qui…

— Pardonnez-moi, Major, vous êtes au 36 quai des Orfèvres. Vous êtes certain de ne pas vous tromper de correspondant ?

— Ne le prenez pas sur ce ton, Commissaire. Laissez-moi terminer.

Anconi croqua deux cachous, se leva et se campa devant sa fenêtre, en déroulant le fil du téléphone.

— Au moment de notre intervention, pourtant rapide, le corps de la femme s'était volatilisé.

— Tè pardi. C'est fréquent.

— Ne vous gaussez pas, Commissaire. Nous connaissons notre métier. Dans le fond du placard où le cadavre avait été déposé, nous avons découvert une minuscule pochette, de celles que les femmes portent en soirée.

Anconi préféra attendre, intrigué. Que pouvait lui vouloir un gendarme de Saint-Brevin ?

— Vous possédez donc son identité ?

— Non. Le sac ne contenait qu'un tube de rouge à lèvres et un vaporisateur de parfum Opium. Mais j'ai de bonnes raisons de croire qu'elle ne vous est pas inconnue. En effet, nous avons trouvé dans son petit sac un billet manuscrit qu'elle n'a pas eu le temps de terminer.

— Vaï !

— Je ne tourne pas autour du pot. Je vous lis le message. Bien qu'il soit très bref, vous comprendrez très certainement : « *Le commissaire Anconi m'a t…* » et juste au-dessous le nom de « *Carlos* ».

— C'est tout ? questionna Anconi.

— Pas tout à fait. Un simple nom, comme une signature griffonnée sous le texte, de travers, sans doute à la hâte : « *Nina.* » Connaissez-vous quelqu'un de ce nom ?

— Tè, comme ça, à brûle-pourpoint, non…

— Pourtant elle semble bien vous désigner. Et ce Carlos, qui complète ce mot ébauché ? J'ai pensé au terroriste.

Le commissaire avait eu le temps de rassembler ses souvenirs.

— À ma connaissance, le Carlos Ramires Sanchez que vous évoquez est réfugié à Damas, en Syrie. Par contre, j'en ai connu un autre de Carlos, un càcou sans envergure, je crois. Un vol à main armée qui avait mal tourné. Je ne me rappelle plus les détails.

— Ah ! Voyez, nous progressons. Un lien avec Nina ?

— Sa copine du moment, je présume.

La voix du gendarme se fit facétieuse.

— Dans ce billet retrouvé, elle s'adresse à lui en vous accusant…

— Que nenni ! Vous interprétez à votre aise ! Pourquoi pas « Le commissaire Anconi m'a tirée d'affaire » au lieu de « m'a tuée » ?

La conversation commençait à sérieusement irriter le commissaire.

— Je suppose que vous souhaitez accéder à nos archives, proposa-t-il pourtant calmement. Laissez-moi faire des recherches et je vous contacte.

— J'apprécie votre collaboration, mais cela ne va pas suffire.

Tout à trac, le major Javert demanda de rencontrer au plus tôt son homologue du “36”. Ce dernier accepta bien volontiers de recevoir un collègue pour lui permettre de consulter le dossier Carlos Rodrigues. Le dialogue s'envenima lorsque le gendarme exigea qu'Anconi se rende au plus vite à Saint-Brevin.

— Vous plaisantez, je pense ?

— Je possédais suffisamment d'éléments pour ouvrir une enquête pour flagrant délit et saisir le procureur. Celui-ci vous connaissait et vous savait appartenir à la PJ de Paris, cela a facilité mes recherches. Il est évident que cette Nina a été assassinée, même si son cadavre a été déplacé à la suite du passage de la femme de ménage. Le témoignage de celle-ci, le billet qui vous implique sont clairs…

— C'est vous qui le dites !

— …du reste, vous admettez connaître ce Carlos cité par la victime. En tout premier lieu, je vous suggère de me communiquer au plus vite l'identité de cette Nina dont le nom figure très certainement dans vos dossiers.

Anconi tenta de prendre congé. Mais on ne se débarrassait pas si facilement du major Javert.

— Consulter vos archives ne vous dispensera pas de venir témoigner à ma brigade. Au moins pourrez-vous prendre vos dispositions et organiser votre voyage. Je compte sur vous.

— Fan de chichourle ! Sachez que je ne répondrai qu'à une convocation en bonne et due forme. Tâchez déjà de retrouver le corps, car pour l'instant vous parlez d'un crime sans cadavre !

— Soyez sans inquiétude. Nous, gendarmes, avons le respect des règles et des procédures.

Le sous-entendu n'échappa pas au commissaire.

— Tè, je pense en effet que nous ne sommes pas des figues du même panier, Adjudant. Je vous souhaite le bonsoir.

Des expressions surprenantes apparaissaient dans son langage lorsque l'agacement le gagnait, surgissant de ses lointaines origines marseillaises.

Il raccrocha vivement, nullement mécontent

d'avoir écorché le grade de son vitupérant correspondant. Aucun cachou n'aurait pu calmer sa colère.

Il sortit en trombe de son bureau, grimpa quatre à quatre les marches qui menaient aux sommiers. On l'entendit jurer.

II

LES CONSEILS D'HILDA

Carlos Rodrigues ! L'image lui revint d'un coup en montant l'escalier ; il arrêta sa course. Un Sud-Américain au visage olivâtre, cheveux de jais gominés et frisant sur la nuque. Toujours tiré à quatre épingles, dans des costumes trop clairs. Un hold-up dans une bijouterie de la place Vendôme qui avait mal tourné. Mauvais souvenir d'un type arrogant, gluant, le regard par en dessous, pas franc pour un sou.

La chance lui sourit, il trouva L'Araignée dans son grenier. Au "36", on désignait ainsi l'archiviste, un homme sans âge, éternellement vêtu d'une blouse grise, lunettes cerclées de fer sur le nez, un crayon de bois usagé derrière l'oreille.

— Tu travailles un dimanche, par ce beau temps, Vieux ?

— Tout comme vous, à ce que je vois, Monsieur le commissaire ! J'étais invité chez ma sœur à Quiberville, mais je n'aime pas la plage, encore moins les galets. J'ai préféré venir terminer mes classements. Puis-je vous aider ?

— Carlos Rodrigues, tu te souviens ?

— 1978 - bijouterie place Vendôme - un blessé - cinq ans, récita L'Araignée, comme si l'affaire datait de la veille. À peine dehors il fait des siennes ?

— Peut-être bien. Penses-tu pouvoir mettre facilement la main sur le dossier de ce malfrat ?

— Vous me taquinez, Monsieur le commissaire. Suivez-moi.

L'Araignée sourit, ajusta ses lorgnons et entraîna son supérieur entre de longues rangées d'étagères garnies d'épaisses chemises extensibles, ficelées d'une lanière rouge ou noire. Sa blouse, dont il avait exceptionnellement remonté les manches, flottant autour de sa mince silhouette, s'accordait bien avec la poussière des lieux.

— Le rouge, c'est pour les crimes de sang, précisa l'archiviste méticuleux. « *1975/1985* », c'est dans cette allée. Ah ! Marcel Francisci*, vous vous souvenez ? Refroidi en janvier 82, dans le parking de son immeuble. Il occupe un bon mètre de rayonnage chez moi et pourtant les coupables courent toujours. Tenez ! Voilà celui que vous cherchez !

Il dégagea fièrement un dossier dont la tranche portait l'inscription au crayon de couleur écarlate : *Carlos Rodrigues*.

*Politicien et homme d'affaires, corse, surnommé "l'empereur des jeux", assassiné à Paris en 1982.

— Je ne lui ai pas accordé de lanière rouge.

Un peu de mépris habillait sa remarque.

— Je te l'emprunte.

— À votre service, Monsieur le commissaire, assura L'Araignée avec respect. Il vouait à Anconi une admiration qui l'empêchait de l'appeler “Patron”, comme ceux du “36”. Il cacha difficilement sa curiosité derrière un « N'hésitez pas si vous avez encore besoin. »

— Merci, Vieux. Nous verrons si tu dois lui prévoir un plus large espace dans ta bibliothèque, et changer la couleur de sa lanière, plaisanta le commissaire.

Il redescendit le grand escalier jusqu'à son bureau, ouvrit la chemise et se plongea dans la paperasse. Il retrouva les dépositions des employés de la bijouterie, les procès-verbaux d'interrogatoire de Rodrigues, ses condamnations antérieures.

Né à Santa Cruz de la Sierra en 1946 d'une mère française et d'un Bolivien exportateur de café à Buena Vista, Carlos arrive en France à la mort prématurée du père. La famille s'installe rue du Chemin-Vert à Paris. Très tôt orphelin du fait du décès de sa maman atteinte d'une maladie de Chagas contractée en Amérique latine, il est recueilli par sa grand-mère maternelle à Noisy-le-Sec, grandit cité du Londeau. Il sombre rapidement dans la petite délinquance.

Avant l'affaire de la place Vendôme, Carlos Rodrigues s'était distingué par des cambriolages plutôt minables, dans des bijouteries de quartier situées essentiellement en région parisienne. Une tentative d'escroquerie à la roulette anglaise avait fait l'objet d'un non-lieu assorti d'une interdiction de jeu. Le commissaire avait gardé le souvenir d'un type prétentieux et fourbe. Plusieurs clichés réalisés au cours de la reconstitution de l'attaque lui rappelèrent les manières insolentes du bonhomme.

Anconi s'intéressa ensuite aux dépositions de sa concubine et à celles des complices.

Annie Adler, dite Nina, avait admis vivre à l'époque avec le mis en examen dans un pavillon au Raincy, allée Chatrian, et exercer le métier de chanteuse au “Lotus”, rue Fontaine. Une photo échappa à son trombone, glissa sur le bureau. Annie, devant l'objectif de l'identité judiciaire, arborait deux yeux frondeurs et des allures de gamine qui avait grandi trop vite. Anconi se souvint de l'avoir interrogée à plusieurs reprises, tentant d'établir l'emploi du temps de “son homme”.

Trois acolytes avaient participé au fric-frac de la place Vendôme, outre Carlos Rodrigues. L'un d'entre eux, Fangio, le chauffeur, avait pris la fuite à l'arrivée d'un fourgon de police. Alfred Lacabane, dit Frédo, et Arturo Vega complétaient la bande. Leur palmarès laissait apparaître de petits trafics perpétrés dans leur cité des 4000 à La Courneuve.

Carlos, qui avait tabassé le caissier, avait écopé de cinq ans, les deux autres de deux ans, dont un avec sursis. Lors de son incarcération, il était âgé de 32 ans. Aucune charge n'avait été retenue contre sa concubine Annie Adler.

En parcourant les déclarations, Anconi bondit en tombant sur une information : une adresse donnée par Frédo, chemin de la Marine, Saint-Brevin-les-Pins, Loire-Atlantique !

— Fatche ! tempêta le commissaire en maltraitant sa boîte de cachous. Carlos et Frédo se seraient-ils mis au vert dans la même localité ? Nina aussi ?

Il se garda de communiquer ces informations. Dans sa situation, conserver une longueur d'avance sur le major Javert lui paraissait essentiel. « Qu'il attende, ce pisse-vinaigre. » Il éprouva une délectation non dissimulée, perceptible dans les bureaux voisins.

Il rentra aussitôt chez lui, le dossier Rodrigues sous le bras, comme s'il craignait une indiscrétion, un regard trop curieux. Il descendit sans bruit, son vieux cuir sur l'épaule. Il rasa les murs, s'éclipsa du "36" sans saluer l'équipe de garde, ce qui tranchait avec ses habitudes.

Ne se comportait-il pas déjà comme un coupable ?

Le soleil l'accueillit sur le quai. L'air vibrait sur le parapet. Il se pencha. Au bord de la Seine, des gens profitaient de l'ombre des arbres immobiles, les jambes pendantes au-dessus de l'eau. Un homme seul, vêtu d'un costume clair et coiffé d'un panama avançait à pas lents.

Pourquoi Anconi crut-il entendre cette vieille chanson de Léo Ferré ?

« *Quand tu t'ennuies, tu fais les quais,*
Tu fais la Seine et les noyés,
Ça fait prend' l'air et ça distrait,
Paname… »

Au fait, comment avait-on assassiné Nina, là-bas à Saint-Brevin ? Du reste s'agissait-il vraiment d'elle ?

Il chassa ces pensées confuses. Boulevard du Palais, un taxi déposa devant lui un couple de touristes. Il le héla.

— Êtes-vous libre ? questionna-t-il, presque machinalement.

— Montez.

Le chauffeur lui demanda sa destination, ne fit aucun commentaire et démarra. Un gri-gri pendait au rétroviseur de la confortable Mercedes. La circulation en cette fin d'après-midi d'un dimanche de juillet était particulièrement fluide. Porte Maillot, le conducteur taciturne sollicita d'une voix ennuyée :

— Boulevard Kœnig, côté pont de Neuilly ou Puteaux ?

— Pouvez-vous me déposer pont de Neuilly, s'il vous plaît ?

La Mercedes dégringola en trombe l'avenue Charles-de-Gaulle, les feux passaient tous miraculeusement au vert devant elle.

Le commissaire termina le trajet à pied. Il vivait

dans une péniche amarrée face à l'île de Puteaux. Sa femme Hilda en avait hérité de son père, un peintre hollandais. Ils avaient ramené l'embarcation par les canaux jusqu'à Paris et l'avaient transformée en un superbe appartement. Ils avaient conservé la timonerie et la chambre du marinier au mobilier d'acajou verni qui servait de bureau au commissaire. Le logement était orné de nombreux tableaux, dont des paysages de Seine à toutes les saisons qu'Hilda réalisait. Anconi s'était approprié une toile de l'île du Pont couverte de neige.

— Oh ! *Mijn beminde**, tu rapportes du travail maintenant ?

Il l'embrassa sans répondre.

— Par cette chaleur, nous serions mieux au bord de la mer, tu ne trouves pas ? lança-t-il d'un ton détaché, en se débarrassant de son cuir. Il n'y a pas d'air ici.

Il gagna le bureau pour déposer le dossier Carlos, comme s'il craignait qu'un gendarme trop zélé ne vienne le lui confisquer.

— Moi, je suis en congé, totalement libre, dit-elle facétieusement. Et toi, tu as une idée derrière la tête.

Pressé par son épouse, il relata son après-midi et les insinuations de Javert.

*Mon bien-aimé, en néerlandais.

— Le dossier, c'est donc cela ? Tu ne vas pas te laisser inculper sans te défendre ! Tu la connais, cette Nina ?

— Elle a été interrogée par la PJ au titre de témoin. Je n'en ai jamais entendu parler depuis. Elle n'avait pas participé de près au casse. À l'époque je l'ai innocentée.

— As-tu contacté ton collègue Blanchard ?

— Tè… non. Un dimanche… tu crois que…

— Tu m'as bien dit que Saint-Brevin est toute proche ?

Blanchard dirigeait le commissariat de Saint-Nazaire. Tous deux avaient collaboré dans plusieurs affaires anciennes. Ils étaient restés amis.

Alors qu'Anconi s'était laissé envahir par la colère, Hilda organisait déjà la défense. Elle insista, jusqu'à lui apporter le répertoire téléphonique.

— Si nous buvions quelque chose de frais, auparavant ?

Pas dupe, elle lui servit un grand verre d'eau en riant, en sachant bien qu'il attendait autre chose.

Il composa le numéro personnel de Blanchard. On décrocha dès la deuxième sonnerie.

— Allô, Vieux ? C'est Anconi. Je suis gêné de te déranger un dimanche.

Une voix enjouée lui répondit. Aussitôt, le commissaire visualisa le taulier de Saint-Nazaire : un flic aux allures de cow-boy, chaussé de boots, un éternel foulard rouge autour du cou.

— Oh ! Bonjour, Patron. Quel plaisir ! Seriez-vous dans le coin ?

— Non, à Paris. Il m'arrive une drôle d'histoire. Je peux te raconter ?

— Sans problème. Je suis de service et je m'ennuie.

À nouveau, Anconi exposa l'appel de Javert. En entendant les accusations, Blanchard s'esclaffa.

— Je le connais, ce Javert. Un coriace. Crac ! Crac ! Carré dans sa tête.

— Sais-tu que ce càcou, il ose me convoquer comme un vulgaire galapiat ?

— Ah ! Pas étonnant ! Voulez-vous que je fouine un peu ? L'assassinée disparue répondrait au surnom de Nina, c'est bien ça ? Que faisait-elle de sa vie ?

— Quand je l'ai connue, elle était chanteuse dans une boîte de Pigalle, tu vois le genre ? La vingtaine, plutôt jolie, enfin je ne te fais pas un dessin.

— Je vais chercher. Il n'y a pas tant d'établissements de nuit à Saint-Nazaire, encore moins à Saint-Brevin, en dehors de celle du casino. Comment voulez-vous procéder, Patron ?

— Je me le demande. Je dois t'avouer que, lorsque l'autre pandore m'a accusé, mes nerfs se sont croisés sur l'estomac.

Un petit rire lui répondit.

Anconi crut bon de prendre des nouvelles de son collègue.

— De ton côté ?

— Une affaire de drogue. Depuis le mois dernier, dans les jours suivants un gros coup de galerne sur le golfe de Gascogne, du force 8 pas moins, les plages de la région reçoivent par intermittence des paquets de cocaïne, probablement bazardés d'un bateau en difficulté au cours de cette tempête. Compte tenu des vents dominants, je pressens un largage dans le chenal d'entrée de Saint-Nazaire, du côté du Grand Charpentier. Depuis je cherche. La routine. Je soupçonne un petit caïd, Charlie, d'être mêlé à cette affaire de came, mais je n'ai aucune preuve. On attend, on surveille, on espère un tuyau.

— Et le bateau ? Coulé ?

— Allez savoir !

— Nous, à Paris, on fouille les cours d'immeubles à la recherche du "tueur de vieilles dames" ! plaisanta Anconi. Quel temps chez toi, Vieux ?

— Chaud ! Mais, tu connais, il y a toujours un peu de vent, ici. Bon, je vous tiens au courant pour cette Nina. Sans garantie, ce Javert ne risque pas de m'aider.

— Merci, Vieux, je compte sur toi.

Hilda, l'oreille aux aguets, n'avait rien perdu des réponses de son commissaire de mari.

Elle avait dressé le couvert sur la terrasse de la péniche.

— Je t'ai préparé un pastis, avec des glaçons. J'ai pensé qu'avec cette chaleur… As-tu appris quelque chose d'intéressant, *mijn beminde* ? demanda-t-elle malicieusement.

— Oh ! merci, Hilda, bonne idée. Il se renseigne.

Son épouse n'insista pas. Elle servit une salade grecque, sur la terrasse aménagée de *Zeeland*. Anconi ouvrit un rosé de Cassis, pour rejoindre sa Méditerranée.

Les bruits de fourchettes meublèrent un moment l'atmosphère. Ne se regardaient-ils pas en douce, chacun attendant que l'autre revienne sur l'affaire Nina ?

De *Woodstock*, la péniche d'à côté, des accords de guitare s'échappèrent dans l'air tranquille. Anconi crut reconnaître *Apache* des Shadows. Leur jeune voisine, qu'il avait amicalement surnommée "Birkin" en raison de son accent anglais enthousiaste et de ses tenues indiennes parfois extravagantes, vivait avec un musicien. Souvent seule, car son compagnon partait en tournée, elle s'était prise d'affection pour Hilda.

Toutes deux passaient des soirées à rire et plaisanter de leurs conjoints lorsque ceux-ci s'absentaient pour leur travail.

Le téléphone sonna, alors que la nuit tombait doucement. C'est un peu lourdement qu'Anconi se déplaça vers le combiné. Hilda tendit l'oreille.

— Allô ?

— Vous êtes bien Monsieur *lé* commissaire Anconi ?

Une voix à l'accent étranger. Sirupeuse et roucoulante.

— Qui est à l'appareil ?

— Carlos ! Vous vous *souvénez sourement dé* moi ?

Anconi bondit. Il fit signe à Hilda, lui désigna impérativement l'écouteur.

— Carlos Rodrigues, quoi ! Vous m'avez envoyé au trou pour cinq ans !

Fatche ! Anconi ne croyait nullement aux coïncidences ! Il établit aussitôt le lien Carlos-Nina, mais mima le plus grand étonnement.

— Pas moi, Carlos, pas moi. Le juge. Si tu n'avais pas sorti ton feu…

Un des rares clients qu'il se complaisait à tutoyer.

— C'est *dou* passé.

Il prononçait « dou » à la place de « du ».

— Fatche ! Tu as un sacré culot de me relancer chez moi ! Et d'abord, comment t'es-tu procuré mon numéro ?

— *J'é* mes entrées…

— Tè pardi ! Et tu m'appelles un jour de plein été pour ressasser tes exploits.

— *I'ai bésoin dé* vous, Commissaire.

Anconi ricana.

— Tu m'embauches, à présent ? Tu me confonds avec Nestor Burma ?

— Nina a *disparou.*

Anconi plaida le faux pour savoir le vrai.

— Elle t'a quitté, il faut la comprendre. Cinq ans, c'est long, surtout que les occasions n'ont pas dû lui manquer, Bonne Mère, vu sa profession.

— Vous êtes à côté *dé* la plaque.

— Toujours dans les bars de nuit, ta dulcinée ?

Le commissaire se plut à taquiner ce personnage pour qui il n'éprouvait aucune sympathie. À l'époque, la concubine du petit truand était venue dans son bureau supplier Anconi de ne pas « enfoncer son homme » lorsqu'il témoignerait au procès. Il n'avait pas été dupe de son attitude aguicheuse et de ses sous-entendus. Sacrée Nina !

— Nous avons quitté Paris pour la province.

— Et tu penses qu'elle est retournée à Pigalle sans toi, c'est pourquoi tu fais appel à moi pour la retrouver ? Tu oublies que je n'exerce pas à la Mondaine, Carlos.

— Vous n'y êtes pas *dou* tout. *Né* m'obligez pas à vous forcer la main, Commissaire.

La voix de son correspondant avait perdu son caractère sucré. La bonne humeur d'Anconi s'envola.

— Fatche ! Faudrait pas me prendre pour un autre !

— *Né* vous fâchez pas, laissez-moi vous dire…

Il se lança aussitôt dans son récit. À sa sortie de Fleury-Mérogis, il avait baroudé quelques années puis avait retrouvé Annie Adler. Ils s'étaient mis au vert chez un ami, au bord de la mer. Très vite, il avait acheté une villa, Nina chantait le soir au casino, lui vivait de ses “économies”. Une vie rangée, jusqu'au jour où elle s'était volatilisée. Carlos avait attendu quelques jours avant de mobiliser ses anciens amis du milieu, en vain.

— Nada, conclut-il d'un ton larmoyant.

— As-tu prévenu la gendarmerie ?

Il s'en était abstenu, sans doute peu enclin à voir les pandores venir fouiner dans ses affaires.

— Où t'es-tu retiré ? À Nice ? railla Anconi, pour se donner le temps de réfléchir.

Comment expliquer la cascade des évènements du jour ? Le corps de Nina, à condition qu'il s'agisse bien du sien, est découvert, puis disparaît. Quelques heures plus tard, un major de gendarmerie met en cause le commissaire. Curieusement, pour finir, le concubin de Nina lui demande de l'aide pour la retrouver. Une chose paraissait acquise : Carlos Rodrigues semblait ignorer la mort de sa chanteuse. À moins que ? Mais alors, pourquoi contacter la PJ ?

— ...dans un coin peinard, je vous dis. Vous connaissez Saint-Brevin ?

— Non, mentit le commissaire, qui se demandait ce que signifiait l'appel de Carlos.

Ce dernier lui fit l'éloge d'une station balnéaire construite dans les pins, une longue plage de sable fin, des villas face à la mer, un endroit pour oublier les tracas des grandes villes et « se la couler douce ».

— Vous pourriez vous accorder quelques jours et *mé* rejoindre. *Jé souis* très inquiet pour Nina.

Dans l'écouteur, Anconi entendit des pièces de monnaie dégringoler dans l'appareil. Il téléphonait d'une cabine.

— Tu me prends pour ton larbin ! Où se trouve-t-elle, ta plage de rêve ?

— Saint-Brevin, *jé* vous dis, en face de Saint-Nazaire, s'emballa Rodrigues, plein d'espoir.

— Fan de Carlos ! Laisse-moi te donner un conseil. Appelle de ma part le taulier de Saint-Nazaire, Blanchard, un bon ami à moi. Raconte-lui tes déboires, il va vite mettre la main sur ta Nina.

Le ton de son interlocuteur changea brusquement à l'autre bout du fil.

De doucereux, il devint acide, impérieux, comminatoire.

— Vous ne me comprenez pas bien, Anconi. Sachez que j'ai les moyens de vous obliger à m'écouter…

— Fatche ! Je rêve ! Tu me menaces !

— *Jé* vous avertis, c'est tout. Sa voix s'était apaisée. Donnant-donnant, susurra-t-il. Pas d'embrouille. Vous m'aidez à retrouver ma Nina et je garde pour moi ce que je sais…

— Fan de putain ! Du chantage ? Bougre de mafalou ! Que le diable te patafiole !

— *Né* vous fâchez pas, Commissaire. *Jé* vous propose *jouste oune* marché.

— Parole, tu me joues un remake des Ripoux ! Ce n'est pas un petit càcou de ton espèce qui va m'impressionner. Un mot de plus et je te fais taper pour injure et outrage à agent dépositaire de l'autorité publique.

Hilda, du plat de la main, faisait signe à son mari de calmer le jeu.

— Quelques informations glissées à Arnaud-Fontaine pourraient vous adoucir ?

Le commissaire explosa :

— Qu'est-ce que tu me baves sur les noix ? Tu penses vraiment me faire peur, marchand de mort subite ?

Chacun savait, au “36”, qu'Anconi et son directeur ne s'accordaient pas. Arnaud-Fontaine, famille bourgeoise, carriériste notoire, s'était élevé dans la hiérarchie en écrasant quelques collègues et en léchant les bottes de tout ce qu'abritent les lambris de la place Beauvau. À l'inverse, Anconi adorait son métier de flic ; il avait gravi lentement les marches, entouré d'inspecteurs qu'il appelait “Petit” et qui auraient donné leur vie pour lui.

De nouveau Hilda tenta de calmer l'agitation de son mari. Elle griffonna sur la couverture de l'annuaire du téléphone. « *Fais semblant d'entrer dans sa combine*. »

Le commissaire fulminait, roulait des yeux furibonds, jurait intérieurement. La vision de son directeur l'envahit, ces sourcils figés en accent circonflexe sous ce crâne luisant, la raideur du personnage derrière son bureau Empire. Il l'imagina prononcer cette sentence qui l'agaçait au plus haut point lorsqu'elle sonnait la fin d'un entretien : « Pas de vagues, Anconi, pas de vagues ! » Car ce que redoutait le plus Arnaud-Fontaine, c'était bien les remous qui pourraient lui valoir une remontrance, pire, une mise au placard.

— Votre silence me laisse penser que vous ne seriez pas totalement opposé à collaborer… insinua Carlos, tout mielleux.

Hilda chuchota à l'oreille de son mari, devenu rouge de colère : « Propose-lui un rendez-vous. »

Le commissaire écouta le conseil.

— Monte à Paris ! offrit-il d'une voix blanche, tu pourras raconter tes salades au directeur.

— Tss ! Tss ! Ne me prenez pas pour un amateur. Venez plutôt à Saint-Brevin ! Vous verrez, c'est une station pleine de charme.

L'accent de Carlos, avec ses « é » mouillés à la Julio Iglesias, parachevait l'exaspération du commissaire.

« *Accepte !* » écrivit fébrilement son épouse sur le bottin.

Deux injonctions le même jour, c'en était trop pour lui. Il ne se souvenait pas d'avoir vécu une telle situation.

— Tu n'es qu'un sale maître-chanteur ! cria-t-il dans le combiné.

— Pas de grossièretés entre nous, Commissaire. Vous ne connaissez pas Saint-Brevin, mais vous trouverez facilement le casino, il est indiqué partout. Rendez-vous à son “Sea-Club”, demain soir, à partir de 22 heures *jié souis* toutes les *nouits. Démandez* Carlos. *Jé* vous laisse *lé* temps *dé* vous *rétourner*.

C’était plus qu’il ne pouvait en supporter. Anconi raccrocha bruyamment, au grand dam d’Hilda. Il avala trois cachous compulsivement.

— Il m’a manqué ce càcou de pacotille ! Qu’est-ce qu’il croit ? Que je vais ramper devant une crapule ? Quel aplomb ! T’en rends-tu compte ? Hors de question que je me rende à sa convoc’ comme un potache chez le surgé !

La femme du commissaire se tut. Elle se garda de morigéner son époux. Non pas qu’elle l’approuvât, mais elle n’ignorait pas que, dans cet état, elle n’obtiendrait rien de lui. Elle laissa passer l’orage. N’était-elle pas déjà trop intervenue ? Elle débarrassa les couverts, mine de rien, alluma la radio.

Anconi, parti s’accouder au bastingage encore tiède de la terrasse, paraissait contempler la Seine. Ses yeux se portèrent vers les lumières du pont de Neuilly se reflétant sur le fleuve. Des hirondelles se découpaient dans le halo jaune des réverbères avant de plonger vers la surface de l’eau. Le ronronnement du trafic se perdait dans l’air du soir. Paris s’enveloppait de l’odeur suave de l’onde calme.

Progressivement la colère du commissaire s'estompa. Quand sa boîte de cachous fut vide, il rentra.

— Tu as raison, Hilda, il faut se rendre là-bas.

III

FÂCHEUSE POSTURE

Jusqu'au péage du pont de Saint-Nazaire où il dut débourser vingt-quatre francs, Anconi rumina. Il avait hésité longtemps à passer d'abord au commissariat de Blanchard, y renonça finalement, histoire d'édifier sa propre idée.

Il n'eut pas à rendre compte de son déplacement, car son directeur se trouvait opportunément en vacances, sans doute perché tout droit sur un canasson dans le manoir d'amis très chers, en Normandie. Il avait confié les clefs de la "maison" à Lefebvre, un de ses fidèles inspecteurs.

— Rien de nouveau, dans le 10e ? s'était-il assuré.

Quelques jours auparavant, une femme âgée vivant seule avait appelé le commissariat de son quartier, affolée. Elle avait ouvert la porte de son appartement, rue du Château-d'Eau, à un « monsieur louche » dont elle s'était débarrassée en criant au secours dans la cage d'escalier. « Le tueur de vieilles dames*, j'en suis certaine », avait-elle affirmé d'une

*Allusion à Thierry Paulin, qui sera arrêté le 1er décembre 1987 et inculpé pour 18 assassinats.

voix tremblante, déclenchant un dispositif d'encerclement du quartier qui n'aboutit qu'à créer un embouteillage monstre.

— Non, Patron. Vous savez, Bolz rentre de congé demain. Si vous avez besoin de moi…

— Merci, ne t'inquiète pas, Petit.

Hilda passa le chercher en fin de matinée, elle tint à conduire leur R21.

La première impression d'Anconi en découvrant Saint-Brevin fut celle de se sentir en vacances. Déjà la vue de l'estuaire et des Chantiers de l'Atlantique, l'air du large qui pénétrait par la vitre abaissée le transportèrent dans un autre monde. En bas, sur la Loire, un gros navire poussait pesamment sa vague d'étrave, aidé par trois remorqueurs. Sur la rive opposée, de minuscules bateaux se dandinaient sur un faible clapot, dans une anse, au pied d'un sémaphore blanc planté sur deux grands pieds graciles. Plus loin, d'un horizon plat et boisé émergeaient les taches rouges de toits en tuiles.

Hilda engagea la voiture dans la première bretelle de sortie indiquant « *Saint-Brevin* ». Ils atteignirent un vaste carrefour.

— Par où veux-tu commencer, *mijn beminde* ? demanda-t-elle, ne sachant quelle voie suivre. Nous cherchons tout de suite la gendarmerie ?

— Non, non. Je ne suis pas si pressé de rencontrer ce Javert ! Faisons un tour en ville, veux-tu ?

Ils empruntèrent une longue avenue bordée de maisons récentes à la couverture asymétrique. Il s'en dégageait une impression de calme et de modestie. Toutes semblaient respecter un même modèle, chacune dans son petit jardin entouré d'une clôture basse qui ne dérobait pas l'habitation aux regards. Les pins dominaient les constructions, on les devinait plantés dans le sable des dunes.

— Mais où se trouve donc la mer ? s'étonna Anconi, que l'étendue de la station commençait à surprendre.

Hilda ne le savait pas plus que lui. Des panneaux indicateurs la sauvèrent.

— « *Casino* », ce doit être par-là, ce genre d'établissement jouit toujours d'une vue sur l'océan.

Ils se perdirent lorsque le commissaire décida de tourner dans la direction qui lui semblait être celle de la plage. L'architecture se modifia cependant, laissant entendre qu'ils se rapprochaient du cœur de la ville. De coquettes villas de plain-pied bien entretenues, souvent agrémentées d'une petite véranda en bois et d'un avant-toit pointu orné de lambrequins. Une rangée de briques soulignait volontiers les ouvertures. Les feuilles graciles de nombreux mimosas apportaient aux jardins une ombre d'un vert bleuté.

L'absence de commerces, les avenues presque désertes conféraient à l'endroit un caractère résidentiel.

— Et maintenant, à droite ou à gauche ?

— …

Penaud, le commissaire avisa une famille en tenue de plage, parasol sur l'épaule, tapis de sol sous le bras.

— Si on se renseignait ? suggéra-t-il en les désignant.

Hilda s'arrêta à leur hauteur.

— Vous allez vous baigner ? demanda-t-il, au grand étonnement du groupe.

— Oui ! répondit avec enthousiasme un gamin en poussant son gros ballon du pied.

— Nous cherchons le syndicat d'initiative, questionna le commissaire, de peur de se ridiculiser en demandant la direction de l'océan.

Le père s'approcha.

— Vous prenez la première à droite puis la première à gauche, l'avenue de Mindin. Suivez-la jusqu'à tomber sur une agence immobilière. Là, vous vous dirigerez à droite, une rue très commerçante. Empruntez-la et poursuivez, vous apercevrez une église en pierre. Continuez, l'office de tourisme se situera sur votre gauche, un grand bâtiment moderne qui fait le coin sur la place.

— Merci beaucoup.

Hilda redémarra, le sourire aux lèvres, s'empêchant difficilement de rire.

— Tè, il faut bien que nous dénichions un hôtel pour ce soir ! bredouilla Anconi, gêné.

— Ah ! C'est cela ? Et puis ils distribuent probablement un plan de la ville !

Vexé, le commissaire se servit son premier cachou de la journée.

Ils suivirent les indications et trouvèrent facilement.

La cité s'animait à mesure. Tous les estivants confluaient dans la même direction, chapeau ou bob sur la tête, sac de plage à bout de bras. Au bout de l'avenue, des drapeaux flottaient mollement en haut de leur hampe.

— La mer ! s'écria Anconi comme un gosse qui la découvre pour la première fois.

Au syndicat d'initiative, une jeune fille les accueillit en souriant, assise derrière ses prospectus touristiques.

— Bonjour, Messieurs dames, Valérie, à votre service. Que puis-je pour vous ?

Anconi demanda un plan. L'employée se leva, en déplia un sur le guichet, posa le doigt sur l'endroit où ils se trouvaient.

— Vous êtes ici, sur la portion dénommée Saint-Brevin l'Océan. La station comprend deux parties, séparées par cette pointe que l'on appelle Le Pointeau. Au nord, ce sont Les Pins.

— J'ai l'impression que tout se ressemble…

— À première vue seulement, pourtant il y a deux centres bien distincts. Cherchez-vous quelque chose de particulier ?

— Pouvez-vous m'indiquer l'avenue de la Duchesse-Anne, s'il vous plaît ?

Elle montra, en haut du plan, un tracé perpendiculaire au rivage, se terminant en impasse devant la mer.

— Il existe une très belle villa à cet endroit, précisa-t-elle. De l'index, elle situa l'emplacement, puis y dessina une croix.

Pouvait-il s'agir de celle où Javert avait perdu le cadavre de Nina ? Il ne lui avait pas indiqué l'adresse exacte.

— Et la gendarmerie ?

Valérie regarda bizarrement ce touriste portant une veste de cuir par cette chaleur intense et posant de curieuses questions.

— Ici, avenue Clemenceau, au 37. Une grosse bâtisse avec un petit toit pointu juché dessus et un joli perron comme dans les châteaux. On ne s'attend pas à cela pour un tel usage, ajouta-t-elle en riant.

« Son major n'a rien du châtelain », pensa Anconi. Il remerciait déjà la jeune employée, repliait le plan, lorsque Hilda ouvrit la bouche pour la première fois.

— Pourriez-vous nous indiquer un hôtel pour ce soir ?

Valérie leur fit plusieurs propositions et s'offrit d'appeler pour eux. Après cinq demandes infructueuses, celui de La Boissière répondit positivement.

— Un désistement de dernière minute, me dit-on. Une chance pour vous ! Je leur…

— Oui, nous la prenons. Au nom de monsieur et madame Anconi. Dites-leur que nous arrivons rapidement.

L'employée transmit la réservation. Elle posa une nouvelle croix sur le dépliant qu'Anconi lui tendit à nouveau.

— 15, avenue de Verdun. En plus, ce n'est pas loin de la Duchesse-Anne.

Derrière eux, un couple de gens âgés, accompagné d'un petit chien blanc, s'impatientait. Ils montrèrent l'intérieur de leur sac, en écartant largement les anses.

— Nous avons trouvé cela sur la plage, ce matin, en promenant Jacky. Une honte ! Regardez ! C'est le deuxième depuis hier ! Tout pareil, recouvert de mazout ! Nous voulions tout de même le signaler.

— Je suis à vous tout de suite…

Anconi aperçut un bidon en fer rouge brique cabossé et tapissé de nombreuses plaques noires d'hydrocarbures. Il pensa à la tempête évoquée par Blanchard, qui rapportait aussi sur les plages de la région des paquets de drogue.

— La mer est devenue une poubelle, c'est pas croyable ! clabaudait la dame en prenant à témoin le commissaire. Que faut-il faire ?

Les Anconi remercièrent et laissèrent la pauvre Valérie se débattre avec les grincheux.

Ils s'installèrent à La Boissière dans une chambrette nichée sous une avancée du toit en chien-assis. L'établissement aux allures de chaumière leur plut immédiatement, avec ses petits carreaux aux fenêtres, son jardin arboré et sa terrasse abritée par des parasols rouges.

— Veux-tu jeter un coup d'œil à "ta Duchesse", *mijn beminde* ? À pied, ce sera…

Le commissaire préféra une consommation à l'ombre.

— Tu n'as pas soif ? Ensuite, j'irai me présenter à Javert. Je te parie qu'il porte une fine moustache ! s'amusa-t-il.

Hilda commanda un Perrier-citron, son mari une bière pression. Une atmosphère détendue s'installa. Anconi se sépara de son vieux cuir, remonta ses manches, oublia les cachous.

— Dire qu'hier tu étais enfermé dans tes locaux poussiéreux du quai des Orfèvres !

Une heure plus tard, le plan sur les genoux, Hilda guidait son mari dans les rues de Saint-Brevin. Ils ne se trompèrent de route que deux fois.

Ils reconnurent facilement la gendarmerie placée en travers de son terrain, impressionnante, mais presque élégante avec ses balcons, plus apparentée à l'hôtellerie qu'à la maréchaussée.

— Je patiente dans la voiture, décida Hilda.

Anconi se présenta au planton.

— Commissaire Anconi. Votre major m'attend.

Le factionnaire rectifia sa position, salua de la main au képi, s'éclipsa quelques minutes, revint.

— Suivez-moi, dit-il, en le regardant par en dessous.

C'est d'une façon moins protocolaire qu'il le conduisit dans une pièce qui sentait le tabac froid et le renfermé.

— Asseyez-vous, le major termine une audition. Vous n'êtes pas armé ?

Le commissaire resta debout, haussa les épaules sans répondre. « Fatche ! »

L'uniforme bleu se retira, ferma la porte.

Clic ! Clac !

« Fan de chichourle ! Mais il me boucle, ce rompe-figue ! »

De nombreuses minutes s'écoulèrent. Anconi percevait des bruits confus, des sonneries téléphoniques, parfois celui d'un chariot de machine à écrire brutalement ramené à la marge. Il pilla sa boîte de cachous.

Il appela à plusieurs reprises, d'une voix calme, sans que personne ne vienne. Il pensa d'abord qu'il avait été oublié, qu'une affaire imprévue avait mobilisé les gendarmes. Après une demi-heure d'attente environ, les nerfs passèrent par-dessus le corps. Il cria des « Hé ! » et des « Ho ! » de plus en plus fort, finit par tambouriner à la porte.

Sans résultat.

« Ce Javert me fait mijoter exprès ! » Anconi

pensa qu'il se vengeait sournoisement de la tournure qu'avait prise leur conversation de la veille. « Et Hilda qui cuit dans la voiture ! »

Il s'assit sur une des deux chaises, prépara l'entrevue qui se promettait houleuse.

Quarante minutes passèrent avant que la serrure ne cliquette. Le gendarme déjà entrevu s'effaça devant celui qui se présenta comme le major Javert. Impeccable dans son uniforme à quatre barrettes aux manches, la quarantaine, visage carré se terminant par un menton en galoche, cheveux courts et blonds coiffés en brosse. Et comme il l'avait supposé, une fine moustache ornait sa lèvre supérieure, lui conférant un air martial.

— Bonjour, Commissaire. Vous vous êtes finalement décidé à venir.

— Je commençais à le regretter, répondit Anconi sèchement.

— Comme je vous en ai informé au téléphone, nous sommes confrontés à un meurtre avec subtilisation de corps. La femme de ménage est formelle, d'ailleurs le billet retrouvé prouve que…

— Ma voiture est garée dans votre cour, l'interrompit Anconi. Voulez-vous que nous en examinions le coffre ? Mon épouse est au volant et je crains qu'elle ne s'inquiète de ma longue absence.

— Ne le prenez pas de cette manière. Je dois tout vérifier.

Le major s'assit en face du commissaire, réclama

du gendarme resté en faction devant la porte de la pièce une machine à écrire portative. Celle-ci lui fut promptement apportée, en même temps que des formulaires et des calques. Javert s'appliqua à faire correspondre exactement les paperasses et les enfila dans le rouleau de l'Olympia SM9.

— Vous n'imaginez tout de même pas procéder à un interrogatoire officiel ? éructa Anconi, bouillonnant à la vue de ce fonctionnaire qui lui rappelait trop Arnaud-Fontaine.

— Comment recueillez-vous les procès-verbaux, chez vous ? questionna le major en relevant les sourcils et en mimant le parfait étonnement. Quel est le nom de cette Nina ?

Anconi réalisa qu'il possédait une longueur d'avance. Javert semblait ignorer que la victime présumée chantait le soir au casino de Saint-Brevin.

— …

— Bon ! Si vous me racontiez vos relations avec cette Nina. Comment s'appelle-t-elle ? insista-t-il. Ou plutôt comment s'appelait-elle ? se reprit-il en appuyant sur l'emploi du passé.

Le commissaire se mura dans le mutisme. Il se demandait comment réagir. Répondre calmement aux injonctions pour recouvrer sa liberté ? Se fâcher et lui tourner le cou devant derrière ? Le gendarme prenait la situation très au sérieux, amidonné dans un carcan de règlements. Ne se plaisait-il pas aussi à “se payer” un commissaire de la PJ ?

— Une question en appelle une autre, finit-il par répondre avec un calme dont il s'étonna lui-même. Quel est le nom du juge d'instruction chargé de l'affaire ?

— Le procureur m'a désigné afin de prendre toute mesure visant à découvrir la vérité. De ce fait, notre conversation se doit d'être transcrite officiellement, vous en conviendrez. Reconnaissez que le billet trouvé sur la victime vous met en cause…

— Dois-je me considérer comme en garde à vue ?

— Ne m'y obligez pas, cher Commissaire. Coopérez ! Apportez-moi des éléments probants… Admettez l'existence d'accusations explicites de la part de cette Nina, et répondez-y. Nous sommes tous les deux attachés à faire éclater la vérité, n'est-ce pas ?

— Fatche ! « Explicites » ? Parole, vous prenez plaisir à me faire noir comme la cheminée ! Vous n'avez pas imaginé que ce « *t…* » ne signifiait pas nécessairement « *tuée* » et que l'on pouvait poursuivre la phrase par « *tirée d'affaire* », ou « *m'a témoignée de la sympathie* », par exemple ? Vous interprétez à votre convenance un texte inachevé. Des verbes qui commencent par « t » ne manquent pas ! Puis-je voir ce billet accusateur ?

— Il se trouve entre les mains de la scientifique, pour analyse.

— Vous n'avez même pas de corps ! explosa Anconi.

— Une personne l'a vu, madame Plantin d'excellente moralité, vous semblez l'oublier. Qui me dit que vous, ou des gens de chez vous, n'avez ou n'ont pas déplacé le cadavre ?

Blême, Anconi se leva et tendit ses deux poignets.

— Tè, je n'aime pas vos manières, gendarme Javert. Faites ce que vous considérez comme votre devoir. Mais sans moi.

Surpris, le major perdit contenance. Il lissa sa moustache, sembla hésiter, tenta une conciliation.

— Pardonnez ma brusquerie. À Saint-Brevin nous n'avons pas comme vous un cadavre dans le placard tous les jours.

Anconi, intraitable, maintenait toujours ses bras, poings fermés devant lui.

— Tè pardi ! Ni un commissaire de Paris dans l'épuisette !

— Vous allez m'obliger à suivre la procédure. J'en suis navré.

La situation devenait sans issue.

— Avant de me boucler, je souhaiterais seulement m'entretenir avec mon épouse, seul à seul. Elle poireaute dans la voiture. J'ai des dispositions familiales à prendre. Votre règlement ne s'y opposera pas ? À moins que vous aspiriez à la coffrer, elle aussi ?

Plus un mot ne fut échangé entre les deux hommes.

Quelques minutes plus tard, Hilda apparut, affolée,

accompagnée par un gendarme. Javert ne se montra pas.

— Mais que se passe-t-il, *mijn beminde* ? J'étais morte d'inquiétude. Le major ne m'a rien dit, il a l'air furieux. Pourquoi te garde-t-il ?

Le commissaire expliqua sa longue attente, la mauvaise tournure qu'avait immédiatement prise la conversation, et les « accusations farfelues de ce fatche de pandore ». Sans laisser le temps à son épouse de s'exprimer, il lui fit quelques recommandations.

— Et tu mettras Blanchard dans le coup ! conclut-il.

Il eut une curieuse sensation en voyant Hilda partir en pleurant. Le gendarme le conduisit dans une cellule peu confortable. Si l'immeuble de la maréchaussée se donnait de petits airs de pension de famille de ville thermale, la “chambre” qu'on lui attribua manquait terriblement de chaleur.

Son épouse regagna La Boissière. Elle peina à sécher ses larmes, mais ne put s'empêcher de penser que son commissaire de mari avait dû pousser le bouchon un peu loin. Elle se rassura à peine en imaginant que le malentendu se dissiperait vite.

19 heures. Quelle journée ! Par où commencer ? Assise sur le lit, elle se remémora les conseils de son époux et bâtit un plan en conséquence pour la soirée.

Sans entrain, elle dîna sans appétit, en réalisant

qu'un sac vide tiendrait difficilement debout. N'est-ce pas en songeant à son mari qu'elle commanda des huîtres et un verre de muscadet ? La salle de restaurant était comble, les conversations animées, mais elle n'y resta que peu de temps, car l'atmosphère trop joyeuse des pensionnaires ne convenait pas à ses humeurs chagrines.

Remontée dans sa chambre, elle choisit sa robe la plus habillée, celle qu'elle avait prévu de porter pour la soirée au casino projetée par son policier de mari. Elle se maquilla soigneusement, un peu outrageusement à son goût, se parfuma avec excès et vernit ses ongles. Un coup d'œil dans le miroir. « Ah ! Davantage de rouge à lèvres ! »

Satisfaite, elle attendit 21 heures pour gagner le rez-de-chaussée, un chapeau à la main, et commanda un taxi d'une voix impérieuse et snob qu'elle ne reconnut pas comme sienne. Le « tout de suite, Madame ! » et l'empressement du garçon de l'accueil confortèrent son attitude. Ne forçait-elle pas un peu le trait ? « Il le faut », se rassura-t-elle.

— Où dois-je vous conduire ? demanda le chauffeur.

— Au casino, je vous prie.

Elle reconnut la longue avenue de Mindin, s'inquiéta de ne pas apercevoir la mer.

Enfin celle-ci apparut brusquement au détour d'un parc, derrière les mâts d'un probable club nautique. De hauts immeubles clairs, aux façades brillamment éclairées par un soleil déclinant, faisaient face à l'océan.

— Nous y sommes, Madame.

Quelques voitures de luxe stationnaient devant un solide bâtiment blanc à trois étages. D'élégants balconnets surmontaient les larges ouvertures en arcades du rez-de-chaussée. Elle régla négligemment la course avec un gros billet et se dirigea nonchalamment vers les marches du portique d'entrée. De part et d'autre, des panneaux rappelaient les attractions proposées par l'établissement. Elle ne remarqua pas le nom de “Nina”, ne s'attarda pas, adoptant le pas décidé de l'habituée.

Elle repéra l'accès à la salle de jeux, chercha l'enseigne du Sea-Club. Elle jouait les affranchies, mais les tapis rouges, les lumières, le bruit, la clientèle nombreuse et cossue l'impressionnèrent. Elle prit sur elle et s'adressa à un employé habillé comme pour un repas de noces.

— Jeune homme, je viens d'Amsterdam, j'ai rendez-vous au Sea-Club…

Elle avait renforcé son petit accent hollandais à la Dave pour l'épater.

— Bonsoir, Madame. Suivez-moi, je vous y conduis.

Les lumières excessives firent place à une ambiance tamisée. Une musique de *smooth jazz* enveloppait d'ombre les recoins où de confortables fauteuils entouraient des tables basses. Devant le bar, des chaises hautes au dossier de velours. Derrière, un homme d'âge moyen se profilait entre verres et bouteilles multicolores. Un miroir éclairé reflétait ses gestes précis et étudiés.

Plusieurs sièges étaient occupés. Hilda remarqua un couple d'âge mûr très élégant et discutant en anglais, une femme jeune qui semblait s'ennuyer devant sa coupe de champagne en compagnie d'un homme qui avait le double de son âge. À l'extrémité du zinc, un type vêtu d'un costume trois pièces parlait tout seul à son verre rempli d'un cocktail rouge. Des alcôves confortables montaient des conversations feutrées ponctuées de rires trop aigus.

Elle s'installa au bar. Nullement habituée à fréquenter de tels endroits, elle se demanda ce qu'elle devait commander. Elle craignait de se faire remarquer par une boisson trop ordinaire, jeta un coup d'œil de côté en posant négligemment son chapeau.

— Bonsoir, Madame. Georges, à votre service. Que puis-je vous servir ? se renseigna le barman d'une voix professionnelle, neutre et appliquée.

— Une coupe de champagne, répondit-elle, du ton de celle qui ne boit jamais rien d'autre.

— Une préférence ? Mumm ? Veuve Clicquot peut-être ?

Elle n'y connaissait rien. Dans sa situation de femme seule d'un soir, la deuxième proposition l'amusa.

— Veuve Clicquot, je vous prie.

Elle se douta qu'il s'agissait du plus onéreux, mais son mari lui avait recommandé de ne pas lésiner sur les dépenses, « priorité aux résultats, fan de chichourle ! »

Une fois servie, elle s'adressa au barman d'un air détaché.

— Nina se produit-elle ce soir ?

— Euh ! Je l'ignore, Madame, dit-il en arrondissant les yeux.

— Sa voix est si charmante, n'est-ce pas ?

— Certainement, Madame.

— J'ai eu l'occasion de l'écouter ici, il y a quelques semaines. Un ravissement !

— Je vous approuve, Madame.

— Je reviens d'Amsterdam, j'aurais tant voulu assister à nouveau à son spectacle. Mon mari ne partage pas mon enthousiasme, mais il est en déplacement, et j'espérais…

— Oh ! Je comprends…

— Qui pourrait me renseigner ?

Le barman se pencha vers elle et murmura, gêné :

— Voyez cet homme chauve au bout du zinc, devant un bloody mary ?

Sans répondre, Hilda tourna la tête dans la direction indiquée, l'air de celle qui ne parle pas à n'importe qui.

— Oui…

— Ce monsieur connaît bien Nina, désirez-vous entrer en conversation avec lui ?

— Demandez-lui plutôt où je puis la rencontrer, voulez-vous ?

Georges se déplaça vers l'homme au cocktail rouge, s'inclina et chuchota en désignant discrètement Hilda. Celle-ci sursauta lorsque monsieur “bloody mary” se dirigea vers elle, son verre à la main.

— Vous souhaitiez revoir Nina, me dit-on ?

Hilda s'étonna qu'une chanteuse décrite comme légère par son mari fréquente un individu qui ressemblait plus à un cadre bien rangé respirant la neurasthénie.

— Je suis une admiratrice, confessa-t-elle en levant les yeux au ciel.

N'aperçut-elle pas une larme vite essuyée lorsqu'il affirma d'une voix sourde :

— Certain qu'il l'a tuée ! murmura-t-il d'une voix chevrotante en se penchant vers elle.

IV

VINGT-DEUX, ROUGE ET IMPAIR

Hilda feignit la plus vive émotion, allant même jusqu'à se forcer d'un petit cri aigu :

— Mon Dieu ! C'est affreux ! Que dites-vous là ?

— Vous ne connaissiez pas son amant ? poursuivit l'homme d'un ton confidentiel en se rapprochant d'Hilda à la frôler.

Cette dernière s'écarta instinctivement, étonnée par le contraste entre la tenue élégante du bonhomme et des manières trop familières. Une haleine empestant le tabac et l'alcool lui tint lieu d'explication.

— De qui parlez-vous donc, Monsieur ?

— De Carlos ! Cet ignoble type qui vivait à ses crochets ! Un repris de justice, Madame ! Il ne lui laissait pas une minute de liberté.

Il vida d'un trait son bloody mary et en commanda aussitôt un autre.

— Vous êtes un ami de Nina ? demanda la femme du commissaire en employant volontairement le présent.

— Je l'étais, Madame… je… je l'étais.

— Mais qu'est-ce qui vous fait dire qu'elle a été…

— Mais j'ai bien vu ses manigances ! Ce type est violent. Un soir que je discutais autour d'un verre avec elle, ici même, il s'est approché de moi et m'a menacé…

Hilda sursauta.

— Non ? l'encouragea-t-elle, du ton de celle qui aimerait en apprendre davantage.

— …il a attrapé méchamment la pauvre Nina par le bras et l'a durement emmenée dehors.

— Vous avez assisté au… au meurtre ? demanda-t-elle en affectant une grimace de profonde horreur.

— Vous l'auriez vu la brutaliser, vous ne me poseriez pas cette question !

L'homme sortit un paquet de Marlboro de sa poche, plaça une cigarette à l'envers entre ses lèvres, tenta d'allumer le bout filtre avec son briquet.

— Quand l'avez-vous rencontrée pour la dernière fois ? poursuivit Hilda. J'ai dû m'absenter à Amsterdam ces dernières semaines pour un vernissage, prétendit-elle pour justifier sa question.

L'homme remit sa Marlboro dans son paquet, absorba une gorgée de son breuvage écarlate, parut réfléchir.

— Elle se produisait ici chaque soir… Un beau jour, pffuit ! Je vous assure qu'il l'a tuée !

— Nina faisait-elle partie de votre famille ? demanda malicieusement Hilda qui ne croyait pas un instant à cette possibilité.

L'alcool favorisa les confidences.

— Nous étions devenus amis, confessa-t-il. Après son spectacle, j'avais pris l'habitude de lui offrir une coupe. Elle semblait seule et malheureuse, je voulais simplement la protéger. Je n'ai pas réussi…

N'avait-il pas d'autres intentions ? Hilda embraya sur des banalités, évoquant la vie solitaire des artistes de music-hall, puis chercha à en savoir davantage :

— Cet amant brutal, il vit à Saint-Brevin ?

— Dame ! Dans un joli coin, en plus ! Une belle propriété ! Un comble, figurez-vous que c'est moi qui lui la… lui ai vendue. Je suis promoteur immobilier.

« Sans doute aussi l'occasion de faire un peu mieux connaissance avec Nina », se dit-elle, imaginant les visites précédant la transaction.

— Ah ! Vous pourriez me conseiller ? Je cherche à acquérir un bien, minauda-t-elle.

— Au Pointeau ! Une chance de cocu ! ricana-t-il sans relever la demande, en sifflant une gorgée de bloody mary.

Il poursuivait en boucle ses accusations contre “l'amant” de Nina.

— Pointeau ? s'enquit-elle en battant des paupières.

— Oui, un quartier rupin de Saint-Brevin. Allée Stefani ou par-là, je ne sais plus, enfin qu'importe ! Une baraque planquée dans les pins, les Chleuhs avaient truffé le coin de bunkers pendant la guerre.

— Oh ! On se croirait dans une pièce de théâtre. L'amant tue sa maîtresse dans le parc du domaine sans remarquer le témoin, là tout près derrière un buisson, qui n'ose pas intervenir. Comme c'est excitant ! se surpassa-t-elle dans un grand élan de frivolité. Aimez-vous comme moi les tragédies de Mauriac ?

Elle se mit à réciter avec emphase, sous l'œil ébahi de Georges qui pourtant en avait vu d'autres :

— « *Nous sommes seuls tous les trois, en pleine nuit, à ce carrefour de nos vies…* »

La femme du commissaire n'avait jamais lu aucune pièce de Mauriac, mais cette réplique lui restait d'un professeur de français qui en abreuvait toutes ses classes. Est-ce la Veuve Clicquot qui révélait chez elle des talents de comédienne ? Au moins, grâce à son stratagème connaissait-elle l'adresse de Carlos Rodrigues.

— Cela s'est-il déroulé de cette manière ? poursuivit-elle en approchant de ses lèvres sa coupe de champagne.

— Je vous répète que cette brute l'a assassinée ! s'entêta l'agent immobilier d'une voix empâtée par les cocktails.

— Avez-vous prévenu ces messieurs de la police ?

— La po… police ?

— Cette pauvre fille ! Si vous avez été témoin du crime, vous devez aller déposer !

— Déposer quoi ?

— Déposer plainte ! répondit-elle d'un ton suraigu, mimant le plus grand effroi. Où le drame s'est-il donc produit ?

— J'ai tout vu ! cria-t-il.

Hilda se tourna vers le barman, tenta de le prendre à témoin :

— Georges ! Aidez-moi ! Convainquez-le de le faire !

Le serveur, qui ne pouvait pas ignorer la conversation, feignit de répondre à la jeune cliente qui s'ennuyait devant sa coupe de champagne et se réfugia dans ses bouteilles.

Hilda comprit qu'elle n'apprendrait malheureusement rien d'autre. Cet homme qui s'enivrait au bar du casino avait-il vraiment surpris quelque chose ? Ne s'était-il pas seulement entiché de Nina en lui faisant du gringue tous les soirs au Sea-Club après son spectacle ? Imaginait-il, par jalousie, que Carlos Rodrigues avait supprimé sa compagne ?

— Puis-je vous demander votre carte ? sollicita-t-elle avec son plus beau sourire, vous m'aiderez dans mes recherches…

Elle s'amusa, sans le montrer, du double sens de sa requête.

Il fouilla malhabilement la petite poche de son gilet, en tira péniblement un bristol.

« *Cabinet René Richoux*
Transactions immobilières
14, allée des Embruns
Saint-Brevin-l'Océan
(40) 27 20 00 »

Le barman croisa le regard d'Hilda et leva les yeux au ciel, comme pour la prendre à témoin de l'état de son client qui réclamait un nouveau cocktail. Le promoteur attirait maintenant l'attention des autres consommateurs. Lorsque Hilda régla sa coupe de champagne, Georges lui glissa un billet sur lequel il avait écrit : « *Voyez Oscar, le croupier de la table de roulette*. »

Elle le remercia d'un mouvement de tête, salua René Richoux en lui promettant sa visite prochaine. Il ne lui rendit pas sa politesse. Les coudes posés sur le zinc, la tête entre les mains, il s'avachissait dans une torpeur alcoolisée.

La femme du commissaire hésita. Elle ignorait tout des tables de jeu, de ses règles. Son numéro de snob l'avait épuisée. Elle sortit.

La nuit s'était installée. La fraîcheur du soir dissipa le léger vertige qui lui tournait la tête. Le champagne, les lumières, l'ambiance enveloppante du casino et cette curieuse rencontre l'avaient quelque peu chavirée. Elle sourit de la comédie qu'elle avait jouée.

De nombreux estivants flânaient en famille devant la mer. Derrière les parents, des enfants dégustaient une dernière glace en se chicanant. Hilda se demanda à quoi correspondait ce cordon de lumières scintillantes qui barrait une partie de l'horizon.

Que faisait son pauvre commissaire ? Subissait-il un interrogatoire ? Lui avait-on seulement apporté à dîner ? Quelle invraisemblable histoire ! Ces pensées l'encouragèrent-elles à rencontrer cet Oscar ?

Elle se recomposa un visage de femme riche et maniérée puis regagna résolument l'intérieur, un soupçon de hauteur sur les lèvres. Elle se dirigea lentement vers ce qu'elle imaginait être la salle de jeu.

Un homme, costume noir et cravate assortie l'arrêta avec une exquise politesse.

— Pardonnez-moi, Madame, souhaiteriez-vous accéder à… ?

Hilda interrompit sa marche, feignit la surprise, toisa l'importun.

— Plaît-il ? lança-t-elle, les lèvres pincées.

— L'entrée exige la présentation d'une pièce d'identité. Une simple formalité, bien entendu, s'excusa-t-il.

La femme du commissaire arbora aussitôt un sourire charmeur, écarquilla les yeux.

— Oh ! Où ai-je la tête ? Ces voyages sont exténuants, susurra-t-elle en ouvrant sa minuscule pochette. Ah ! Tenez ! La voilà, dit-elle en tendant négligemment le document demandé.

Elle ne fit rien pour cacher la liasse de billets de

banque soigneusement rangée qui occupait toute la place dans son petit sac.

L'homme en noir déplia la carte, vérifia d'un coup d'œil averti la correspondance entre la photo du document et le visage de la joueuse. Hilda craignit un instant que son maquillage excessif ne la trahisse. Il n'en fut rien.

— Vous pouvez entrer, madame Anconi. Passez une bonne soirée.

Elle foula la moquette moelleuse d'un pas étudié, suffisamment lent pour lui permettre d'inspecter les lieux. Elle dédaigna les machines à sous clinquantes pour se diriger vers les tables de jeu. Bien qu'ignorante, elle repéra facilement la roulette. Quatre joueurs entouraient le tapis. Le croupier, un jeune homme blond aux cheveux courts, le visage impassible, déplaçait avec dextérité des jetons sur le tapis avec un instrument qui rappelait le râteau à étaler la pâte à crêpes. Un léger cliquetis accompagnait ses gestes, les jetons glissaient tantôt vers lui, tantôt vers l'un ou l'autre joueur.

« Quelles sont donc les règles ? » se demandait Hilda qui en possédait une vague connaissance, essentiellement issue d'une scène du film *Lost in America*. Elle se souvenait de cette séquence où une jeune actrice très énervée sautillait, poings fermés, et misait tout sur le « *22* » en hurlant et gesticulant.

Lorsqu'elle vit un joueur changer un gros billet contre des pions de différentes couleurs, elle se décida. Elle s'assit à la gauche du croupier, tendit négligemment deux coupures de cent francs.

— Oscar, voulez-vous ? demanda-t-elle sans le regarder, affectant le plus grand détachement.

Au fond d'elle-même elle se sentait ridicule et mourait de peur. Mais elle souhaitait aussi se faire remarquer.

Le croupier, sans relever la familiarité de cette dame, sélectionna avec souplesse une pile de jetons et les poussa vers elle. Hilda attendit le coup d'après, scrutant la bille qui dansottait sur le cylindre qui paraissait tourner à l'envers, comme les roues des voitures au cinéma.

— Rien ne va plus !

Tout se passa alors très vite. Quatre paires d'yeux fiévreux scrutèrent la course de l'engin. La bille atterrit avec un petit bruit sec dans une case du tambour qui poursuivit sa rotation avant de s'immobiliser.

— Dix-huit, rouge et pair, prononça Oscar d'une voix claire et neutre.

Il s'en suivit un ballet du râteau sur le tapis. Elle n'y comprit rien, peina à décoder le déplacement des jetons qui glissèrent les uns vers un trou où ils tombèrent en s'entrechoquant, les autres, plus rares, vers un des parieurs. À l'évidence, les gains.

— Faites vos jeux !

Elle hésita, n'osa pas encore miser. Le croupier l'observa brièvement, elle crut discerner un regard interrogateur. Elle se donna un nouveau tour mort, s'aperçut que certains joueurs répartissaient leurs jetons sur plusieurs cases. Elle manipula les siens, deux verts marqués « *50* », cinq bleus marqués « *10* », tous les autres blancs et marqués « *1* ».

— Neuf, rouge et manque, annonça Oscar.

Nouvelle farandole du râteau sur le tapis vert. Tous les jetons gagnèrent le trou.

— Faites vos jeux !

Elle se lança, n'utilisa que des « *1* ». Elle en plaça deux sur le chiffre « *22* », en mémoire du film, deux autres sur le « *rouge* », en raison de la colère de son mari, enfin deux sur « *impair* », car elle avait le sentiment d'en commettre un. Au dernier moment elle déposa deux jetons de même valeur sur une colonne, la plus proche d'elle. Elle venait de dépenser huit francs ! La modestie de sa mise la rassura.

« Comment parler avec cet Oscar ? » s'interrogeait-elle, alors que celui-ci lançait la bille en prononçant son « rien ne va plus. » Il n'était pas tard. « Céderait-il sa place à l'un des deux autres hommes en costume noir, debout à proximité et conversant à voix basse en semblant attendre leur tour ? »

La petite boule blanche sauta dans le « *33* ».

— Trente-trois, noir et pair !

La moitié de ses huit francs disparut, engloutie par le trou. Sans montrer la moindre émotion, elle réitéra la même combinaison. Elle choisit d'adopter toujours la même stratégie.

Les trois coups suivants, sa fortune fut diverse. Lorsqu'elle gagnait sur la couleur, elle perdait sur la colonne ou la parité. Comme elle en avait décidé, chaque fois qu'une case lui était favorable elle y laissait son gain rapporté, doublant ainsi systématiquement la mise. À l'issue de ces premiers essais, son tas de jetons avait considérablement fondu. Sans y prendre goût, elle s'habituait à ce jeu, aux mouvements rapides du râteau. Seuls troublaient le silence les sauts ridicules de la bille et le bruit des jetons. Les formules magiques du croupier scandaient la partie, découpaient mécaniquement le temps. Son cœur ne battait-il pas un peu plus vite lorsque le cylindre emprisonnait enfin le numéro sortant ?

Elle détaillait cependant cet Oscar du coin de l'œil. « Un ami de Nina ? Son frère ? Amant peut-être ? Comment s'y prendre pour l'interroger ? »

Le « *22* » sortit à sa cinquième tentative, lui rapportant une jolie pile de jetons qu'elle reposa immédiatement sur le même numéro d'un air inspiré.

— Rien ne va plus !

Tous les regards convergèrent vers elle lorsqu'Oscar annonça :

— Vingt-deux, noir et pair !

Le râteau glissa devant elle un délicieux tas multicolore ! Elle cacha sa joie. Son cœur ne battait-il pas un peu vite ?

Imitant les autres joueurs, elle jeta un jeton de « *10* » vers le croupier sans le regarder.

À ce moment, Oscar se fit remplacer par un collègue. Hilda se leva, de discrets applaudissements l'accompagnèrent. Elle mima l'indifférence, arbora en se forçant un sourire suffisant, redoutant que le rouge ne transparaisse sous son fard.

— Auriez-vous l'obligeance de m'aider ? réussit-elle à prononcer d'un ton supérieur en s'adressant au croupier qui quittait déjà la table.

— Pardon ? En quoi puis-je…

— Je n'ai emporté que ce petit sac, implora-t-elle en montrant le tas de jetons qu'elle venait de gagner.

Il y avait plus deux mille francs à la place qu'elle avait occupée.

— Vous désirez nous quitter déjà ? Vous êtes en veine…

Il s'empressa cependant vers la sortie de la salle, revint avec un sac en velours noir dont il retourna le fond au vu de tous. Il y glissa le butin d'Hilda.

À la table, la roulette avait repris sa farandole sous l'autorité du nouveau croupier et retenait toute l'attention des joueurs.

La femme du commissaire s'approcha alors d'Oscar et lui chuchota dans l'oreille :

— Si nous parlions de Nina, voulez-vous ?

Il sursauta, blêmit, fixa cette inconnue d'un regard où l'étonnement se partageait avec la peur.

— Pas ici ! glissa-t-il d'une voix enrouée, en roulant des yeux effrayés. Ses gestes devinrent fébriles, il scruta tous les coins de la salle. Suivez-moi chez le caissier, parvint-il à prononcer d'une voix qu'il voulut ferme.

— Julien ! Les gains de Madame. Madame souhaite nous quitter.

N'était-ce pas plutôt lui qui éprouvait le besoin impérieux de se débarrasser d'elle au plus vite ?

Le caissier, un gros homme aux doigts boudinés s'empara du sac noir. Avec une remarquable agilité, il compta les jetons.

— Deux mille quatre cent cinquante francs, Madame.

Dans ses mains, les billets de banque glissaient comme du sable. Hilda fourra la liasse dans sa pochette. Elle percevait le souffle court d'Oscar, dans son dos, et respirait l'odeur aigre de sa transpiration.

Derrière ses allures de femme fatale, elle réfléchissait intensément. Pourquoi une telle panique chez Oscar ? De qui avait-il peur ? Qu'allait-elle lui demander ?

— Venez jusqu'au bar d'ambiance ! chuchota-t-il dans sa nuque.

Hilda salua le caissier et quitta la salle à pas lents et calculés, suivie de très près par le croupier. Au Sea-Club, il lui montra le coin le plus sombre et l'invita à s'asseoir.

L'agent immobilier Richoux avait disparu. Georges s'affairait, composant deux cocktails aux reflets bleus avec des gestes appliqués. Hilda fut certaine qu'il faisait mine de ne pas les remarquer. Toujours ces airs enveloppants de *smooth jazz* qui assuraient l'intimité des clients et aspiraient à favoriser leur décontraction. Presque toutes les tables paraissaient occupées, principalement par des couples que les lumières tamisées ne laissaient deviner que les silhouettes.

— Qui vous envoie ? attaqua Oscar.

— Mais personne ! Que croyez-vous ? Je voulais revoir Nina. Pourquoi ne chante-t-elle pas ce soir ?

— Elle ne se produit plus ici.

— Oh ! Depuis quand ?

Hilda tentait de conserver des allures de petite-bourgeoise snob.

— Une ou deux semaines environ…

— Elle ne viendra plus, alors ?

— Je l'ignore, Madame.

— Savez-vous où je pourrais la rencontrer ?

Feignait-il d'ignorer sa fin tragique ?

— Non, je regrette. Vous êtes amies ?

— Une admiratrice. Cette voix… s'emporta-t-elle dans un élan faussement romantique, dites-moi, monsieur Oscar, vous étiez très liés, je crois.

— Euh… nous travaillions tous les deux au casino.

— Une jolie femme, cette Nina. Elle ne m'a jamais dit si elle était mariée. Elle doit attirer le regard des hommes, j'en suis certaine.

— …

Oscar semblait de plus en plus gêné d'évoquer la chanteuse.

— Vous n'étiez pas sensible à son charme ? chuchota Hilda en employant à dessein le passé.

Le croupier se troubla.

— Vous pouvez bien me l'avouer, insista-t-elle. Je suis convaincue qu'elle ne vous était pas indifférente. Je me trompe ?

— Elle vivait avec quelqu'un… de peu recommandable.

— Oh ! Je m'en souviens, elle me l'avait laissé entendre. Une sorte de macho, non ? Quelle horreur !

La femme du commissaire, imprégnée de son détestable personnage, parlait à bâtons rompus comme à un vieil ami.

— Vous le connaissiez ? reprit-elle, sentant qu'elle appuyait sur un point douloureux.

— De loin. On le croise souvent au casino.

— Moi, à votre place, je pense que je serais tombé amoureux de Nina, s'emporta-t-elle en levant les yeux au ciel, pleine d'emphase.

Les joues du croupier s'empourprèrent.

— Ne rougissez pas ! Un flirt, c'est de votre âge !

— Ce n'est pas ce que vous croyez.

— Elle vous a quitté, c'est aussi pour cela qu'elle ne travaille plus ici ?

Sans lui laisser le temps de répondre, elle ajouta :

— Depuis quand ne l'avez-vous pas revue ?

— Je vous l'ai dit, une ou deux semaines. Un désaccord avec son groupe de musiciens, à ce qu'il paraît.

— Quel désaccord ?

— Je ne sais rien de plus, Madame, c'est la raison qui nous a été donnée…

— Elle ne serait pas plutôt séquestrée par son type ?

Il ne répondit ni oui ni non, se méfiant à mesure de cette femme excentrique. Il haussa les épaules.

— Elle avait évoqué son nom… n'habitait-il pas au Pointeau ?

— Peut-être.

— Un nom étranger, espagnol ou portugais, quelque chose de ce genre, plaida-t-elle.

— Ah ! Le Sud-Américain ? Rodrigues ?

— C'est cela ! Elle doit souffrir auprès de cette brute, non ? Elle ne vous faisait pas de confidence ?

— Je dois retourner travailler, Madame.

— Vous l'avez revue ?

— Comment cela ?

— Nina n'a pas cherché à vous revoir, depuis son départ ? Moi, à sa place, j'aurais laissé tomber ce moricaud de malheur !

Il ne répondit pas.

— Ce Rodrigues, il fréquente le casino ? poursuivit-elle.

— Oui, cela arrive, dit-il d'un air effrayé.

— Vous le connaissiez donc ?

— Un client comme un autre. Nous nous devons à la discrétion.

— Il n'est pas présent, ce soir ?

Oscar sursauta, jeta des regards effrayés autour de lui, fouilla l'obscurité des recoins du Sea-Club. Les tables étaient disposées de telle façon qu'elle garantissait l'intimité des consommateurs.

— Je l'ignore, Madame.

— Il vous a menacé, je me trompe ? Ils sont chatouilleux, ces Sud-Américains.

— Il joue parfois aux machines à sous, quand Nina fait son tour de chant, ou au blackjack.

La réponse ressemblait à une diversion. Hilda, fine mouche, l'exploita.

— Et il s'installait à votre table pour vous narguer, ou vous intimider peut-être ?

Oscar, maintenant, transpirait, s'agitait sur son fauteuil.

— À moins que ce Rodrigues ne fréquente plus l'établissement, maintenant que Nina ne chante plus ici ?

— Je vais devoir vous laisser, Madame. Je suis désolé que vous n'ayez pas pu rencontrer Nina.

Hilda ressentait de la honte à martyriser cet homme. Elle voyait en lui la victime d'un amour impossible. Nina entretenait-elle d'autres liaisons ? Richoux en était-il ? Que cachait cette mésentente avec son orchestre ? Son commissaire de mari ne lui avait pas dressé un tableau si élogieux de cette femme à la réputation facile. Oscar connaissait-il seulement la fin tragique de sa belle chanteuse ?

— J'espère que vous me pardonnerez d'avoir remué de pénibles souvenances, prononça-t-elle, la tête de côté, en posant sa main sur le bras du croupier. Je souhaite que vous la revoyiez. Et moi, j'espère bien l'écouter bientôt ! conclut-elle avec affectation.

— Je vous souhaite le bonsoir, Madame. Reviendrez-vous, vous semblez bien connaître les systèmes de la roulette ? Votre paroli*, un coup de maître !

Elle ne comprit pas le compliment, puisque seuls des choix de circonstance avaient guidé ses mains. Jouant son rôle de pédante jusqu'au bout, elle ébaucha une révérence pour le remercier.

Oscar se retira, le dos légèrement voûté, regardant ses souliers fouler la moquette moelleuse.

La femme du commissaire songeait à quitter le bar lorsqu'elle entendit, provenant d'une table voisine :

— Carlos ! J'attends toujours la marchandise !

La disposition en alcôve empêchait une vision directe. Elle se leva, le cœur battant, fit quelques pas qu'elle voulut maladroits, laissa choir sa petite pochette sur le sol. Elle se pencha. Dans son geste, elle découvrit trois hommes attablés devant de minuscules verres d'alcool. L'un d'eux lui rappela

*Système de jeu consistant, pour les spécialistes, à miser trois chances simples et une colonne et de doubler la mise après le premier gain.

la description faite par son mari : un visage olivâtre, des cheveux sombres gominés et coiffés vers l'arrière, un costume blanc.

« Carlos Rodrigues ? »

La confirmation lui vint de l'accent et de la vulgarité du propos :

— Un verre *dé* trop, la *pétite* dame ?

Les deux autres éclatèrent de rire.

Avaient-ils surpris la conversation d'Hilda avec Oscar ?

V

UNE MAUVAISE NUIT

Il était plus de minuit lorsque Hilda sortit du casino. Un vent léger, encore tiède malgré l'heure, soufflait de la mer. Après les lumières vives des salles de jeu, l'obscurité la saisit. En dépit de ses hauts lampadaires, le boulevard de l'Océan restait plongé dans l'ombre. Elle traversa en hâte la chaussée déserte et s'effondra sur un banc, face à la plage. La comédie qu'elle s'était imposée l'avait épuisée. Elle fondit en larmes. Des sentiments contraires l'agitaient.

Elle se revit s'essayant à la roulette avec cet aplomb, ces poses prétentieuses et dédaigneuses et en ressentit de la honte. En même temps elle ne cachait pas une certaine fierté, non pas celle d'avoir gagné au jeu, mais celle d'avoir su remplir un rôle d'enquêtrice. « Si mon commissaire avait pu me voir ! » Elle tamponna ses yeux.

Seul le fracas des vagues sur la plage animait cette nuit d'été. Un liseré d'écume marquait leur chute sur le sable. Au loin, les lumières d'une côte scintillaient.

Une angoisse la submergea tout à coup. Elle avait rencontré trois personnages liés à Nina. Chacun d'eux nourrissait des sentiments pour cette femme. Outre ce Carlos Rodrigues, deux hommes s'intéressaient à elle : Richoux, l'agent immobilier en costume trois pièces, pleurnichard et accusateur, Oscar, le jeune croupier qui n'avait pas osé avouer franchement sa flamme. En existait-il d'autres ? Un musicien à l'origine du désaccord ? La jalousie pour mobile ?

Son esprit revint s'attacher au premier, Carlos Rodrigues, bavardant avec deux individus. Avait-il tendu un piège à son époux avec ses acolytes ? La “marchandise” qu'ils avaient évoquée ensemble, s'agissait-il de son mari ?

Un homme passa devant elle, suivi d'un toutou haletant au bout de sa laisse. Il se traînait péniblement derrière son maître.

— Allez ! On rentre, Champion ! Maman nous attend !

Soudain Hilda réalisa qu'elle était venue en taxi ! Pleine de confusion, elle se précipita au casino, avisa un costume noir.

— Appelez-moi un taxi, je vous prie ! exigea-t-elle en s'obligeant à reprendre son ton rive gauche.

— Tout de suite, Madame.

Elle affecta de s'intéresser aux affiches vantant les spectacles de l'été dans l'établissement. Bien entendu aucune n'annonçait Nina. Elle s'apprêtait à s'enfuir au cas où Carlos Rodrigues quitterait le Sea-Club. « Suis-je bête, comment saurait-il m'identifier ? »

Ses nerfs lâchaient. Heureusement, son attente ne s'éternisa pas. Une 604 s'arrêta au pied des marches, enseigne lumineuse sur le toit.

Le conducteur contourna sa voiture et ouvrit la porte arrière :

— Où dois-je vous déposer, Madame ?

— Hôtel La Boissière, s'il vous plaît, indiqua-t-elle en reprenant avec soulagement le ton de la vraie Hilda.

Il démarra en douceur.

— Belle soirée, n'est-ce pas ? commenta le chauffeur en fixant sa passagère dans le rétroviseur.

Hilda répondit par un sourire contrit de sorte qu'aucun mot ne fut échangé pendant la course. « Encore une bourgeoise qui a perdu gros au jeu », imagina-t-il.

En réalité, la femme du commissaire repérait anxieusement le trajet suivi. Celui-ci s'avéra bref. Sitôt arrivée, elle se précipita dans sa chambre, attrapa les clefs de la R21 et ressortit en courant. Il était une heure du matin, aucune lumière ne filtrait des ouvertures de l'hôtel.

Elle reprit la direction du casino qu'elle atteignit sans difficulté. Juste en face de l'établissement, elle trouva miraculeusement une place pour se garer. « Il n'y a pourtant que dans les films que cela se produit ! » pensa-t-elle. Elle éteignit les phares, puis le moteur.

Elle commença son attente, fixant les trois marches de l'entrée.

Une demi-heure s'écoula. Elle se surprit à bâiller. « Oubliées les quelques huîtres et la coupe de champagne. » Elle ouvrit la boîte à gants, découvrit avec émotion les cachous de son mari, se servit copieusement, comme il l'aurait fait.

Des invectives interrompirent son attendrissement.

— ...ta faute ! tonitruait une voix.

Deux types s'enguirlandaient bruyamment sur le trottoir, juste derrière sa voiture. Elle ne les avait pas vus s'approcher.

— Fallait bien... trouver un intermédiaire ! brailla l'autre, un grand dégingandé.

— Ouais ! Un cave ! Qui te dit... qu'il a pas planqué... la marchandise ?

“Marchandise” ? Comme au Sea-Club ? Ne s'agissait-il pas des hommes qui éclusaient en compagnie de Carlos ? Hilda se tassa sur son siège, retint son souffle.

— Il avait promis pour ce soir ! reprit le plus petit.

La conversation hachée respirait l'ivresse. De quoi parlaient-ils ? De Nina ? D'Anconi ?

— Pauvre naze !

Les deux gars, manifestement éméchés, en vinrent aux mains. Le plus grand s'affala sur le banc tout proche, l'autre, emporté par son élan, heurta le capot de la R21.

Un pin-pon lointain réconcilia les protagonistes.

— Tirons-nous, Billy !

Les deux adversaires déguerpirent en chaloupant. Lorsqu'ils passèrent sous un lampadaire, elle remarqua les jambes arquées de celui qui avait cogné.

Ils grimpèrent dans une grosse voiture sombre parquée à une centaine de mètres. La bagnole démarra aussitôt et Hilda vit ses larges feux rouges disparaître dans la nuit.

Elle reprit sa surveillance.

Depuis combien de temps s'était-elle assoupie lorsqu'un ronflement la réveilla en sursaut ? Une automobile stationnait devant l'entrée du casino, moteur en marche. Un homme se tenait debout à son côté, immobile sur le trottoir, qui semblait attendre. Hilda baissa sa vitre embuée, s'enfonça légèrement dans son siège. Elle ne savait pas reconnaître les marques des voitures. Pourtant celle-ci, une décapotable très basse de couleur rouge ou orangée, lui évoqua un modèle sport avec ses deux places et ses bruits de moteur agressifs.

Plusieurs minutes s'écoulèrent. Un costume clair apparut en haut du perron, panama sur la tête. Il s'immobilisa un instant, puis descendit les marches et s'installa au volant. Le voiturier s'inclina, puis claqua la portière derrière celui en qui Hilda reconnut Carlos Rodrigues.

L'auto démarra dans un rugissement belliqueux. La lumière du lampadaire éclaira fugitivement le visage du Bolivien et le rougeoiement de son cigare. Hilda ne put relever le numéro de sa plaque, mais remarqua une immatriculation inhabituelle, rouge sur blanc.

Elle mit sa voiture en marche et la dégagea doucement vers la chaussée. Sur le boulevard, elle suivit les deux feux arrière qui s'éloignaient déjà au loin. Hilda crut perdre sa cible et accéléra. Elle fut prise de panique quand la voiture de Carlos fit demi-tour place René-Guy-Cadou et revint vers elle. Instinctivement, elle se tassa sur son siège lorsque les deux autos se croisèrent. Tremblante, elle fonça et vira devant l'office de tourisme. Elle récupéra péniblement le sillage des feux arrière de Rodrigues. Rentrait-il à son domicile ?

Il roula à vive allure sur le grand boulevard, emprunta celui de Mindin qu'elle commençait à bien connaître, puis suivit la direction de Saint-Nazaire. Où se rendait-il à une heure du matin ?

Nouvelle surprise ! Au lieu de gagner la bretelle d'accès au pont, il poursuivit tout droit. Hilda nota, en passant, le nom des communes inscrites sur le panneau : « *Corsept, Paimbœuf.* »

Perplexe et craintive, elle prolongea sa chasse dans une campagne toute noire. Elle ne croisa qu'un seul véhicule sur plusieurs kilomètres. Elle peinait à suivre, tant il roulait vite.

Au loin, elle aperçut soudain l'éclat des feux rouges se renforcer.

« Mince, il va s'arrêter, il m'a repérée ! »

Hilda freina instinctivement, le cœur battant. Les lumières disparurent brusquement sur la gauche. Elle attendit puis approcha à petite vitesse la R21, prête à écraser l'accélérateur si la voiture de sport réapparaissait. « Je deviens complètement folle ! S'il me voyait… » réalisa-t-elle en pensant à son mari.

Lentement elle atteignit un carrefour. Un étroit chemin s'enfonçait entre des arbres noirs. Un panneau annonçait « *Métalu* ». Aucune habitation visible.

Elle n'osa pas s'engager. « Si je le croise, je suis morte ! »

Elle gara sa Renault à distance, sur le bas-côté, éteignit ses phares, coupa le contact, attendit anxieusement.

Dix minutes plus tard, elle reconnut le rugissement de la voiture de Carlos qui émergeait de la campagne. C'était bien elle, sauf que la capote maintenant rabattue empêchait de distinguer le visage du chauffeur.

Bien que sa curiosité fût à son comble, elle renonça à explorer l'endroit. Elle rebroussa vivement chemin et s'attacha de nouveau aux deux feux rouges de ce « càcou de Carlos », comme aurait dit Anconi.

Sa filature la ramena aux longues avenues de

Saint-Brevin, Mindin puis Foch, à vive allure. Hilda pensa qu'il retournait au casino, mais brusquement le poursuivi disparut dans une rue latérale, sur la droite.

« *Allée Stefani* », lut-elle lorsqu'elle parvint à l'endroit. Elle eut le temps de voir les feux rouges s'engager dans une propriété de cette voie plongée dans le noir. Le panneau "voie sans issue" et l'obscurité des lieux – elle ne repéra qu'un seul éclairage public – la dissuadèrent de poursuivre sa chasse. Allée Stefani ? N'était-ce pas l'adresse qu'avait indiquée l'homme aux bloody mary, quelques heures plus tôt au bar du Sea-Club ?

Brutalement, elle ressentit une immense fatigue. Dans ses phares, une cabine téléphonique se profila. Elle sentit le besoin d'appeler son mari, de partager avec lui cette soirée extravagante. Elle quitta son véhicule, poussa les battants.

La tonalité retentit après qu'elle eut introduit quelques pièces. Elle composa le "17".

— Allô ? La gendarmerie ?

— Oui, brigade de…

Hilda l'interrompit sèchement :

— Je souhaite m'entretenir avec le commissaire Anconi.

— Vos nom et prénom, Madame.

— Anconi, Hilda, son épouse, précisa-t-elle, une octave au-dessus.

— D'où appelez-vous ?

— *Goderdomme**, je veux parler à mon mari !

— Il n'y a pas de commissaire ici. C'est l'adjudant-chef Dufour qui commande la brigade.

— Mais vous retenez mon époux chez vous depuis hier soir ! éclata-t-elle.

— Vous faites certainement erreur. D'où appelez-vous, Madame ? répéta la voix butée.

— De Saint-Brevin, pas de "la boucherie Sanzot" ! ironisa-t-elle, à bout de nerfs.

— Ah ! Tout s'explique. Vous vous trouvez présentement en relation avec la gendarmerie de Paimbœuf !

— …

— Nous assurons cette nuit la permanence pour le pays de Retz, ajouta le factionnaire pour meubler le silence. Donnez-moi l'objet de votre appel, précisément.

— Je vous l'ai dit ! Je veux joindre mon mari, le commissaire Anconi, retenu par vos collègues de Saint-Brevin !

— Un instant…

Hilda perçut des bruits de feuilles froissées.

— À partir de 8 heures demain matin, vous…

— Mais il existe sûrement un moyen de les contacter !

— Il n'y a certainement personne, Madame, puisque nous sommes seuls de garde pour…

*Nom de Dieu, en néerlandais.

— *Barst maar**, c'est Kafka chez vous !

— Aucun camarade ne porte ce nom, ici. On vous renseignera au mieux dès 8 heures à Saint-Brevin !

Elle raccrocha sèchement, les nerfs à vif. Se pouvait-il que son commissaire de mari croupisse tout seul dans cette grande bâtisse ?

Elle quitta la cabine. 1 h 30.

Elle songea un instant à se présenter chez les gendarmes de Saint-Brevin. Déclencher un scandale n'entraverait-il pas le cours de l'enquête ?

Elle y renonça, la mort dans l'âme.

L'allée Stefani restait déserte. Une voiture passa à toute allure sur l'avenue Maréchal Foch, toutes vitres baissées. Leurs têtes surgissant des portières, des jeunes en goguette chantaient et braillaient à qui mieux mieux.

Hilda reprit la R21. Avant de retourner à son hôtel, elle ne put s'empêcher de tourner et virer à la recherche de la gendarmerie. L'immeuble du 34 avenue Clemenceau était silencieux, quelques lumières filtraient par ses ouvertures. Elle se raisonna et rentra, le cœur au bord des larmes.

Elle se jeta sur son lit, pleura longtemps avant de sombrer dans un sommeil agité. Dans son cauchemar, Carlos, cigare au bec, tentait d'écraser Anconi avec sa voiture de sport. Assis sur le siège passager, le major Javert l'encourageait vigoureusement.

*Très grossier, équivalent néerlandais du mot de Cambronne.

Le téléphone la réveilla. Elle constata qu'elle s'était couchée tout habillée. Il faisait grand jour. Huit heures ! Elle décrocha maladroitement :

— Hilda ? C'est moi.

— Oh ! *Mijn beminde*, enfin ! Comment vas-tu ? Ils t'ont laissé dormir, au moins ?

— Ne t'inquiète pas pour moi, ils me relâchent.

— Ah ! Tout de même ! Il a fini par comprendre que tu n'étais pour rien dans ce micmac.

— Pas totalement. Un corps a été retrouvé très tôt ce matin sur une plage de Saint-Brevin par un photographe amateur. Les premières constatations, confrontées aux dires de la femme de ménage, permettent de penser qu'il s'agit de celui découvert dans la villa. Javert a enfin réalisé qu'il m'aurait été impossible de voyager jusqu'à Saint-Brevin dimanche matin, d'extraire le corps du pavillon Les Boucauds et de m'en débarrasser avant de rentrer à Paris au “36” où il m'a joint en fin d'après-midi. Du reste, Lefebvre, L'Araignée, et Schultz ont confirmé ma présence au Quai ce matin-là.

— Il aurait dû le comprendre dès hier, non ?

— Attends ! Il n'exclut pas mon rôle dans le meurtre, ce fada !

— Rooo ! Je peux venir maintenant ?

Hilda ne lui raconta pas sa longue nuit. Elle se hâta, sur un trajet devenu rapidement familier. À la radio du bord, un journaliste repassait une ancienne interview de Serge et Beate Klarsfeld concernant le rôle de Klaus Barbie pendant la guerre, criminel nazi condamné deux jours plus tôt. Sans transition, le speaker soulignait la troisième victoire d'Yvan Lendl à Roland-Garros, match gagné contre Mats Wilander en quatre sets, ce qui confortait sa place de numéro un mondial.

Dix minutes plus tard, elle se présentait au 34 de l'avenue Clemenceau. Anconi attendait en haut des marches, serré dans son vieux cuir. Non rasé, il avait triste mine.

— Fan de putain, une sale nuit ! ragea-t-il.

Hilda l'entoura de ses bras.

— Ils t'ont interrogé sans arrêt ?

— Emploi du temps, emploi du temps… Un chacal, ce Javert ! Que voulais-tu que je leur dise ? Ils ont fini par me laisser tranquille. Et ce matin, branle-bas, bruit de bottes, braillements et ordres confus, la caserne en émoi. On venait de découvrir la môme !

— Partons d'ici, *mijn beminde* ! Tu as grand besoin d'un petit-déjeuner et d'une douche.

Dans la voiture, Hilda rompit le silence :

— Sais-tu où le corps de Nina a été retrouvé ?

— Sur une plage, j'ai cru comprendre celle de La Courance. Il y a là un ruisseau qui se jette dans la mer. Elle reposait dans le lit du cours d'eau. J'ai entendu que l'endroit se situait près du rocher du Pointeau.

— Quoi ? Tu en es certain ? Le Pointeau ?

— Vaï ! Quelle importance ? Le meurtrier a dû surprendre la femme de ménage à la villa. Comprenant la raison de son départ précipité, il aura embarqué sa victime pour la jeter à la mer pendant la nuit. La trouille !

— Sauf que Carlos Rodrigues habite le quartier du Pointeau !

Anconi regarda curieusement son épouse.

— Comment sais-tu cela ? Tu es donc allée au casino ? l'interrogea-t-il, intrigué, alors que la voiture se garait devant La Boissière.

Toute fière, elle promit de tout lui dire devant un café et des croissants. Elle mourrait pourtant d'envie de raconter sa nuit.

— Faisons un brin de toilette et descendons au restaurant.

La salle était presque vide.

— Alors ? Qu'as-tu appris sur Carlos ? supplia Anconi, ragaillardi.

Hilda prit tout son temps pour lui faire revivre sa longue soirée, heure par heure. Sa rencontre au Sea-Club, sa partie de roulette…

— Pas croyable ! siffla le commissaire, bouche bée d'admiration. Tè, j'aurais voulu te voir !

— Il m'a même parlé !

— Qui ?

— Carlos !

Lorsqu'elle raconta sa filature, son mari poussa un de ses cris venus des quais de Marseille.

— Fatche ! Ce type est dangereux ! Tu aurais pu…

Tout *espouti*, il la félicita chaudement.

— Tu ne manques pas d'audace !

— C'est certainement lui qui a supprimé Nina, conclut-elle en feignant de minimiser son rôle. Son domicile se trouve proche de l'endroit où a été découvert le corps et, d'après ce que j'ai appris hier soir, il la brutalisait. Dis-moi, ton gendarme connaît-il l'existence de Carlos Rodrigues ?

— Je ne pense pas, et je me suis bien gardé d'en parler.

Dans leurs tasses, le café avait refroidi. Tous les touristes avaient pris la direction de la plage. La serveuse, au fond de la salle, guettait le départ des deux attardés.

— Si nous lui faisions une petite visite, allée Stefani ?

— J'aimerais bien en apprendre davantage aussi sur cette maison dans laquelle le corps a été planqué avant d'en être subtilisé, répondit Anconi, amusé de son rôle devenu presque subalterne. Javert m'a informé qu'elle avait été vendue récemment par l'agence des Oyats.

Il souhaita en premier lieu contacter L'Araignée.

— Je veux tout savoir sur cette Nina, commanda-t-il. D'où vient-elle, a-t-elle des parents, des amis ? Il n'y a rien dans le dossier.

— Je vais chercher, Monsieur le commissaire, assura l'archiviste qui prenait presque à son compte le manque de renseignements, comme une lacune. Il nota à la page du jour de son agenda « *Nina, urgent* » et souligna le numéro de l'hôtel La Boissière : « *40 27 .. .. ..* ».

— Merci, Vieux. Tu as aperçu Lefebvre, ce matin ?

— Je vous le cherche tout de suite, Monsieur le commissaire.

L'attente se révéla courte.

— Besoin de moi, Patron ?

— Oui. Tu vas te rendre au Lotus, une boîte de Pigalle, et te renseigner sur ce qu'est devenue Annie Adler, dite Nina.

— Votre morte ?

— En effet. Tâche de retrouver sa piste pendant l'emprisonnement de son julot en 78. Qu'a-t-elle fabriqué avant d'échouer à Saint-Brevin ? Qui voyait-elle, amis ou amies ?

— Tout va bien, Patron ?

— Oui, Petit, j'ai trouvé une excellente adjointe sur place.

Presque vexé, l'inspecteur cacha cependant sa déception.

À l'accueil de La Boissière, le commissaire demanda l'adresse de l'agence des Oyats.

— Allée de la Loire. Ce n'est pas loin, vous pourriez vous y rendre à pied. Elle se situe au pied du pont, face au port de Mindin.

Tous deux partageaient la même fatigue, ils

empruntèrent la R21. L'endroit semblait désert. Ils s'attendaient à une forêt de mâts, ils aperçurent une plage en partie recouverte par un maigre clapot. Quelques bateaux tiraient sur leur mouillage, nez pointé vers le large ; l'un d'entre eux reposait de guingois sur le sable. Surtout, le pont de Saint-Nazaire écrasait le décor de sa hauteur.

Ils quittèrent l'ombre des pins pour la petite rue, parallèle au rivage. Ils poussèrent la porte de l'agence des Oyats. Une femme entre deux âges, tailleur strict, un nez pointu chaussé de lunettes à verres épais, se tenait assise derrière un bureau. Une pile de chemises cartonnées y reposait ainsi qu'un bandeau au nom de Campillon Françoise. Sur un des murs, un grand poster présentait une photo aérienne de Saint-Brevin. Sur l'autre, une armoire métallique ouverte laissait voir ses dossiers suspendus.

— Bonjour Messieurs dames, que cherchez-vous ? demanda-t-elle d'une voix pointue, en souriant.

— Bonjour, Madame, commença Anconi, nous sommes policiers. J'imagine que vous connaissez la macabre découverte, dans la villa Les Boucauds dont vous avez assuré la transaction.

— Quelle horreur cette histoire ! Les gendarmes me quittent à peine !

— Nous enquêtons de concert, affirma aussitôt le commissaire. La victime s'est avérée parisienne, de sorte qu'ils ont fait appel à moi, comprenez-vous. J'appartiens à la police judiciaire.

La femme avait froncé les sourcils. Hilda se tenait en arrière, cachant sa fierté sous une attitude d'adjointe dévouée.

— Je leur ai livré tous les détails…

— Je n'en doute pas. La villa en question vient de changer de mains, n'est-ce pas ?

— En effet. L'ancien propriétaire réalisait des travaux lorsqu'il est mort brutalement au mois de mars. Les héritiers ne s'entendaient pas, de sorte qu'ils ont mis en vente immédiatement en nous confiant le produit. Le nouvel acquéreur souhaitait prendre possession de son bien au plus tôt. C'est d'ailleurs pourquoi j'ai demandé à madame Plantin, une dame très sérieuse, de bien vouloir dégrossir le nettoyage avant son emménagement. La pauvre ! Si j'avais su ! Quel horrible spectacle !

— À quelle date s'est effectuée la transaction ? l'interrompit délicatement Anconi.

— Je l'ai déjà dit à vos collègues… La signature et la remise des clefs devaient intervenir chez le notaire au tout début du mois de juillet.

— De sorte que la villa se trouvait inoccupée depuis le décès de… comment s'appelait-il ?

— Monsieur Ernest Chapelier. À sa mort, les travaux avaient évidemment été interrompus par les héritiers. Quelques pièces restaient à rénover, je crois.

— Les enfants de cet homme se sont déplacés en personne signer le compromis de vente ?

— Bien entendu.

Elle feuilleta son carnet de rendez-vous, légèrement agacée de répondre une nouvelle fois aux questions de la police.

— Le vendredi 19 juin.

— Je suppose que vous avez eu de nombreuses visites, intervint Hilda qui mourrait d'envie de connaître la date du décès sans oser la demander, ce genre de biens doit être très recherché.

— Vous avez raison, une villa si proche de la mer, pensez donc ! En réalité, l'affaire s'est conclue très vite.

— Compte tenu des faits, vous nous accorderez que l'identité de tous ces visiteurs nous aiderait peut-être à retrouver le meurtrier…

— Vous êtes encore plus tatillons que les gendarmes !

— Comprenez ! poursuivit la femme du commissaire, n'importe qui a pu cacher un corps dans une maison inoccupée, mais avouez que vos clients connaissaient mieux que personne la disposition des lieux et quel parti en tirer. L'un d'entre eux vous a-t-il paru étrange ?

— Vous savez, Madame, nous rencontrons toutes sortes de gens dans une agence. Nous ne jugeons pas.

— Nous partageons vos scrupules, compatit Hilda en levant les yeux au ciel. Parfois cependant, une attitude, un accoutrement, une réflexion, un détail retient l'attention. Vous voyez ce que je veux dire ?

— Je crois. Non, rien ne m'a frappé.

Pourquoi les Anconi pensèrent-ils tous les deux qu'elle mentait ? Ni l'un ni l'autre n'osa insister, pour éviter de braquer cette femme un peu rigide.

— Vous me demandez d'établir la liste des personnes qui ont souhaité visiter, convint cette dernière… Mais… est-ce bien légal ? hésita-t-elle. Ces gens pourraient nous en vouloir, dans notre profession nous sommes tenus à la discrétion.

Anconi la rassura :

— Tè pardon ! Il s'agit d'un meurtre !

Elle ouvrit à regret son carnet de rendez-vous, le feuilleta du doigt. Elle saisit un papier à l'en-tête de l'agence des Oyats, commença à y inscrire des noms.

— De quoi est mort monsieur Chapelier ? demanda Hilda, avec l'air de ne pas s'intéresser à la réponse.

— Je l'ignore, d'ailleurs cela ne me regarde pas. Les enfants ont mentionné une disparition brutale, sans doute inattendue.

— Ils devaient être bien affectés… contraints de surcroît à vendre une maison de famille.

La gérante montra une mimique d'approbation, somme toute assez peu convaincante.

— Voilà, dit-elle en tendant sa feuille. Je n'ai inscrit que ceux qui ont effectué une visite du bien, comme vous l'exigiez. Je vous suggère également d'interroger les voisins de l'avenue de la Duchesse-Anne. Ils constituent des témoins possibles en cette saison touristique…

Anconi s'empara de la liste et la lut :

« *11 juin : Monsieur et madame Justin, retraités, Nantes*

13 juin : Monsieur Morin, médecin, Saint-Brevin

15 juin : Monsieur Lacabane, agent de sécurité, Saint-Brevin

16 juin : Madame Wilkinson, libraire, Paris. »

— Lacabane… Alfred Lacabane ? se troubla le commissaire.

VI

ANCONI ET SON ADJOINTE

Madame Campillon vérifia.

— Oui, en effet. Vous le…

— Fatche !

Le dossier de L'Araignée ne situait-il pas ce Frédo domicilié à Saint-Brevin ? Anconi échafaudait déjà le scénario : meurtrier ou complice de Carlos, il avait planqué le corps dans la villa qu'il était sur le point d'acquérir et qu'il savait inoccupée.

— Je suppose que ce Lacabane s'est porté acheteur ? s'enflamma le commissaire.

— Ah ! Non, affirma la gérante.

La réponse le troubla, dissolvant d'un coup son hypothèse :

— Qui donc alors, dans cette liste ?

— Aucun d'entre eux.

Sans regarder ses visiteurs, elle avait lancé ces trois mots secs avec un plaisir mal dissimulé, comme on balance mine de rien un vilain croc-en-jambe.

— Fan de Frédo ! Je ne comprends plus, éclata Anconi, abasourdi par cette réplique inattendue.

— C'est simple, poursuivit-elle, la villa a été achetée par un confrère. Il cherchait une résidence de vacances pour la louer.

— Sans même la voir ? s'emporta Anconi en s'accordant fébrilement un cachou. Et vous n'avez pas trouvé cela curieux ?

— Il m'a affirmé que le bien lui était familier, pour y avoir été invité à plusieurs reprises par son ami, monsieur Chapelier. Rien n'interdit à un confrère de…

— Tout de même ! Cela ne vous a pas surprise ?

— Les uns les autres, dans le métier, nous finissons par connaître chaque avenue, chaque demeure de notre ville. Pourquoi lui aurais-je refusé la vente ? J'avais entièrement confiance en lui.

— Je suis obligé de vous demander de nous fournir le nom de ce confrère.

Hilda fouilla dans son sac avant d'intervenir.

— Ne s'agirait-il pas d'un certain monsieur Richoux ? s'enquit-elle d'un ton détaché.

Anconi fixa curieusement son épouse, d'abord étonné puis admiratif. Madame Campillon, par contre, lui jeta un regard circonspect.

— Pourquoi me questionner si vous connaissez déjà les réponses ?

— Parce que, selon nos premières investigations, cet individu semblait proche de la victime. C'est pourquoi son nom m'est venu en tête.

— Vous ne le soupçonnez tout de même pas ? s'indigna la gérante, c'est un homme d'une intégrité établie et reconnue à Saint-Brevin. Il est au-dessus de tout soupçon, cherchez ailleurs ! Par pitié, d'une coïncidence ne tirez pas une conclusion hâtive et hasardeuse.

Elle s'était dressée avec autorité derrière son bureau, forçant sa voix jusqu'à la rendre bitonale.

— À quelle date vous a-t-il contactée ?

— Dès que j'ai eu le mandat de vente des enfants Chapelier. Entre professionnels, nous nous communiquons les offres, à l'occasion nous nous renvoyons l'ascenseur.

— Si Richoux se trouvait ami avec ce monsieur Chapelier, comment expliquer que vous ayez reçu mandat, plutôt que lui ?

— Les héritiers ont géré la succession selon leurs vœux, je vous l'ai dit.

Hilda s'immisça de nouveau dans la conversation, sortit un stylo Bic et le bristol de Richoux, dans l'attitude de prendre des notes.

— Quelle profession exerçait le propriétaire des Boucauds ?

— Il se trouvait en retraite. Auparavant, il commandait un remorqueur *Abeille* au port de Saint-Nazaire. Ne me demandez pas celles des enfants, Yvonnick et Mauricette, je l'ignore.

Elle accompagna sa réponse d'un petit rire aigu et sarcastique.

— Sans doute disposez-vous cependant de leurs adresses et coordonnées ?

À regret, elle ouvrit la chemise « *Vente Les Boucauds* », ajusta ses lunettes, prit son temps pour griffonner deux numéros de téléphone et assura que « pour le reste » il leur faudrait voir avec le notaire, maître Bodon. Elle ajouta :

— Tout ce que je sais, c'est qu'ils n'habitent pas la région. Si vous n'avez pas d'autre question…

— Un détail encore : l'adresse de ce monsieur Lacabane.

Madame Campillon ronchonna, s'étonna de l'absence de coordination entre la police et la gendarmerie. Elle écrivit de nouveau sur un minuscule post-it qu'elle poussa vers eux avec un mouvement d'impatience : « *Lacabane, 13 bis, chemin de la Marine*. »

— Il ne m'avait pas laissé de téléphone, assura-t-elle, les lèvres pincées. De vous à moi, ce monsieur, que vous semblez connaître, ne m'avait pas produit bonne impression. Trop poli pour être honnête !

Sans doute espérait-elle, par sa remarque, se montrer désagréable à l'égard du commissaire et de son adjointe. Il n'en fut rien, Anconi affirma partager son point de vue et réclama les adresses des autres.

— Il nous reste à vous remercier, madame Campillon.

Hilda y ajouta des excuses pour le dérangement.

Dans la rue, Anconi demanda à son épouse si elle soupçonnait ce Richoux du meurtre de Nina. Elle émit un petit rire avant de répondre que le bonhomme lui était apparu comme un amoureux transi qui noyait son chagrin dans des cocktails rouges.

— J'imagine plutôt ce Lacabane dans la peau du tueur, ajouta-t-elle.

— Pourquoi aurait-il supprimé la maîtresse de son ami Carlos, ces deux-là étaient de la même bande ?

— N'oublie pas qu'il a visité la villa où a été retrouvé le corps de Nina.

Le commissaire ne trouva pas d'argument à opposer à son “adjointe”.

— Vaï ! Si nous allions jeter un coup d'œil à la maison du crime ?

Anconi avait besoin de renifler les lieux. Les descriptions rapportées, les procès-verbaux, même les photographies ne le satisfaisaient jamais. Il lui fallait rôder, s'approprier l'endroit, imaginer les acteurs, tenter de reconstruire l'histoire.

— Si tu veux, *mijn beminde*… prends le volant, je vais te guider avec le plan.

Ils regagnèrent l'inévitable et maintenant familière avenue de Mindin. Dans le soleil d'été, le moindre logis rappelait les vacances, entre l'ombre des pins, les toits écrasés par la chaleur, les dériveurs 470 entourés de leurs équipages impatients de quitter leur allée de sable.

Une agitation insouciante animait les jardins des villas, les allées, toute la station.

Les intersections défilaient. Chaque fois, à droite, la mer se devinait au loin, entre les mimosas touffus. Au niveau de l'avenue des Poilus, ils croisèrent un jeune homme à vélo, haveneau et panier à pêche en bandoulière, chantant à tue-tête *Mistral gagnant*.

— Tu sais, je me dis qu'il est difficile de croire qu'un crime a été perpétré ici ! confessa Hilda deux minutes plus tard.

Anconi se contenta de hausser les épaules. Carrefour des Sylphes, Hilda prévint :

— Eh ! Ralentis, on approche !

L'avenue de la Duchesse-Anne s'ouvrit, étroite, sur leur droite. Parmi toutes ces villas, comment reconnaître Les Boucauds ? Silencieux, le commissaire s'imprégnait du paysage, à petite vitesse. Une haute tour de béton attira son regard, résolument carrée et dépourvue de fenêtres. Un blockhaus, se dit-il.

Ils identifièrent le pavillon qu'ils cherchaient à l'estafette bleue stationnée devant et aux barrières de ruban qui en interdisaient les accès. Le portail était défendu par un gendarme en tenue qui semblait s'ennuyer ferme. Dans le jardin, d'autres uniformes scrutaient la moindre parcelle de sable. À l'intérieur, des silhouettes apparaissaient derrière les fenêtres.

Anconi resta dans la R21, de peur d'être reconnu. Hilda quitta subitement l'habitacle, s'approcha.

— Que se passe-t-il ici ? Une bombe ? demanda-t-elle d'un ton naïf et faussement effrayé à celui qui gardait l'entrée.

— Ne vous inquiétez pas, Madame. Vous connaissez cette maison ?

Le commissaire se rapetissa derrière le volant. « Bonne Mère, que fabrique-t-elle ? »

— Non. Je suis en vacances. Vous me faites peur, on se croirait dans un film policier.

— N'ayez crainte, une enquête de routine…

Hilda s'éloigna, avisa un voisin âgé qui contemplait la scène derrière la barrière de sa propriété. Elle se dirigea vers lui.

— Jamais vu tant de pandores, commenta-t-il en la laissant s'approcher de lui.

— Bonjour, Monsieur. Ils nous ficheraient la trouille, dit-elle en désignant les hommes en bleu.

— Dame ! Si je me doutais que cela finirait comme ça…

Accoudé à sa clôture, il souriait d'un air entendu, les mains dans les poches de sa vareuse.

— Vous m'effrayez, que s'est-il donc passé ici ?

— Vous n'habitez pas le quartier, je le vois bien. La maison, dit-il en montrant Les Boucauds, a été vendue par les enfants, à la mort du vieux. Je m'entendais bien avec lui. Quelle tristesse !

— Pourquoi les gendarmes ?

— Vous n'êtes pas au courant ?

Trop heureux de rencontrer un public, il raconta

la macabre découverte avec un plaisir évident. Hilda feignit d'apprendre le drame, poussant des « Oh ! » et des « Ah ! » d'encouragement.

— Vous connaissiez la morte ? s'enquit-elle. Appartenait-elle à la famille de l'ancien propriétaire ?

Ses questions incitèrent les commérages. Le voisin ignorait tout de la victime, mais avait été témoin de scènes "édifiantes" depuis que la maison était inoccupée.

— Que voulez-vous dire ?

Le bonhomme attendait cette relance. Avec jubilation il décrivit des visites nocturnes répétées – un couple, il en était sûr –, des lumières vacillantes, et puis une nuit, le vacarme d'une violente dispute. Même qu'il était sorti de chez lui, il était plus de 23 heures. Plus personne, Les Boucauds plongés dans le noir, une voiture s'éloignait en empruntant l'avenue Bertie.

— Vous croyez que…

— Certain ! affirma-t-il, les yeux brillants.

— Vous n'aviez pas prévenu la police ?

— Pour leur dire quoi ? Qu'un couple s'envoyait en l'air dans une baraque inoccupée et qu'il s'était chamaillé ? En plus les flics… Depuis mai 68, j'suis pas copain avec !

Il ricanait.

— Mais vous avez laissé un meurtrier s'envoler !

— Les tourtereaux, je ne les ai jamais observés de près. La nuit, cette portion de rue est si mal éclairée.

— Il n'est jamais revenu dans la villa ? demanda Hilda.

— Je l'ignore, je ne soulève pas mes rideaux à chaque instant.

Elle imaginait pourtant le contraire.

— Dimanche, vous n'avez rien remarqué ?

— Si ! La femme de ménage en VéloSoleX, arrivée de très bonne heure. Ensuite, je suis parti déjeuner chez mes enfants, comme d'habitude.

Dommage, pensa Hilda.

— La dispute, vous souvenez-vous de la date ?

Il regarda drôlement cette passante trop curieuse. Si les premières questions l'avaient émoustillé, l'insistance de cette femme inconnue suscita soudainement sa méfiance. Il se referma comme une huître.

— Ma foi non. Vous savez, à mon âge, les jours se ressemblent, la mémoire s'érode comme un vieux clou rouillé.

Il réfléchit avant de lâcher :

— Il y a un moment de cela, en tout cas… Tenez, cela se situait un jour de grand marnage, j'avais fait de la crevette !

Hilda ne crut pas un instant à une défaillance intellectuelle de ce voisin bavard, mais méfiant. Elle n'insista pas, il leur serait facile de trouver un horaire des marées. Elle le salua et regagna la R21.

Pendant ce temps, Anconi avait observé le manège des gendarmes tout en mémorisant les lieux, l'avenue se perdant dans le sable, la mer scintillant au loin devant la pinède. Il scrutait chaque propriété, celle de pierre aux allures de manoir, celle aux volets rouges, cette autre collée au blockhaus. Des vacanciers se rendaient à la plage avec tout leur attirail, vaguement intrigués par le spectacle incongru du véhicule bleu stationné là.

— Tu ne manques pas d'audace ! Que t'a appris ce voisin ? s'empressa-t-il de demander à son épouse.

— Selon lui, un couple semblait se donner du bon temps dans la villa… jusqu'à une nuit de dispute.

— Fan de putain ! Une maison de passe ? s'exclama Anconi.

Hilda pouffa.

— Toi, alors ! s'indigna-t-elle.

Elle rapporta la conversation, la méconnaissance de l'identité des galants et le manque de précision concernant les dates.

— Il n'a pas assisté au déménagement du corps, dimanche ?

— Il s'absente toujours ce jour-là…

— Pas de chance. Au moins dispose-t-on d'une petite indication, avec cette histoire de grande marée. Et nous gardons une longueur d'avance sur les gendarmes. Hilda, tu te montres habile comme tout !

Elle rougit de plaisir.

— Pauvre Nina ! soupira-t-elle. S'il s'agissait bien d'elle, l'homme qui l'accompagnait, nous le connaissons : c'est forcément l'acquéreur, Richoux ! Qui d'autre savait mieux que lui cette maison inoccupée ?

Anconi sortit de son vieux cuir la liste établie par la gérante de l'agence des Oyats. Il tapota la feuille.

— Tu sembles oublier que n'importe lequel des visiteurs pouvait y conduire la pauvre fille. Au premier chef ce cher Frédo Lacabane ! s'enflamma le commissaire. Il connaissait la maîtresse de Carlos. Nous n'ignorons pas qu'il habite Saint-Brevin. Reste à découvrir son mobile.

— Et des preuves, tempéra Hilda.

Elle s'empara du papier.

— Nous pouvons éliminer les Justin, ce couple de retraités. Persistent cette madame Wilkinson dont nous ne savons rien et ce Morin, médecin à Saint-Nazaire.

— Tu as raison, Petiot possédait lui aussi un diplôme de médecin ! Frédo demeure tout de même notre meilleur suspect.

Devant eux, les gendarmes quittaient les lieux. Le major Javert sortit des Boucauds, une mallette noire à la main, l'air préoccupé. Anconi s'enfonça dans son siège, fit signe à Hilda de l'imiter. Ils se relevèrent lentement lorsque le ronron de l'estafette s'estompa.

— Et maintenant ?

— Tè, on dit souvent dans la police : « pour découvrir le meurtrier, intéresse-toi d'abord à la victime. » Si nous rencontrions la direction du casino ? Au moins pourra-t-elle nous préciser quelques dates, en particulier celle de sa dernière représentation. Tu m'as parlé aussi d'un différend avec ses musiciens.

— Si quelqu'un me reconnaît là-bas ? s'inquiéta subitement Hilda.

— Préfères-tu que je m'y rende seul ? proposa le commissaire, un tantinet railleur.

— Tu exagères, je suis ton adjointe ! Passons d'abord à l'hôtel. Je me change, je me démaquille, je m'attife comme une mémère et le tour est joué.

Anconi laissa son épouse conduire. Il brancha la radio, chercha une fréquence locale. La voix d'enfant de Vanessa Paradis les accompagna dans le taxi de Joe. Alors qu'ils abordaient l'avenue Léa, le jingle d'Alouette annonça le flash d'informations de midi. Après un rappel de l'actualité, dominée pour les jeunes par les résultats du baccalauréat, l'animateur déplora « l'émoi provoqué à Saint-Brevin par la découverte du corps d'une jeune femme sur la plage de La Courance » ajoutant que « la gendarmerie chargée de l'enquête suspectait une origine criminelle ».

— Dieu garde, on ne m'accuse pas encore officiellement ! ricana Anconi. Dis-moi, Hilda, tu n'as pas l'estomac qui réclame ?

Ils s'arrêtèrent au "Débarcadère", un restaurant qu'ils avaient repéré sur le chemin de l'agence des Oyats, le matin même. Ils s'installèrent en terrasse sur une table disposée à l'ombre d'un parasol grenat. Devant eux s'étalait sous le soleil l'estuaire de la Loire surplombé par la courbe du grand pont et barré sur l'autre rive par des reliefs industriels et portuaires dominés par le gigantesque portique des Chantiers de l'Atlantique. Le commissaire quitta son vieux cuir.

Il commanda des sardines grillées, son épouse des moules frites, tous deux s'accordèrent sur un pichet de grolleau gris. Ils ne parlèrent pas de l'affaire, mais l'un et l'autre continuaient d'y penser et échafaudaient en silence des hypothèses.

Ils tentaient, chacun de leur côté, de reconstituer l'univers de Nina. Plusieurs hommes lui tournaient autour. En premier lieu Carlos Rodrigues, "fiancé" déclaré au moment de son arrestation en 1978. Il faisait montre de brutalité à son égard, la surveillait, selon un témoin. Ensuite un des musiciens qui ne faisait peut-être pas que l'accompagner de son instrument dans ses tours de chant. Depuis quand ? Carlos l'avait probablement découvert. Ce promoteur, Richoux, semblait aussi lui faire la cour, en lui offrant du champagne au Sea-Club et accusait franchement Carlos. D'ailleurs il avait prétendu à Hilda avoir assisté au meurtre alors que celui-ci ne s'étalait pas encore dans les journaux. Restait le jeune

Oscar, croupier au casino qui semblait mourir d'amour pour cette femme plus âgée que lui, sans l'avouer franchement.

Une manière différente d'appréhender les faits consistait à raisonner en fonction de la maison du crime. Une villa inoccupée, achetée par un promoteur, Richoux qui fréquentait la victime, voilà qui rendait ce dernier encore plus suspect. Cependant un autre connaissait les lieux pour les avoir visités, Fredo Lacabane, l'ancien comparse de Carlos Rodrigues.

Et s'ils ne se trouvaient plus en bons termes, ces deux-là, à cause de Nina ? Ou complices, au contraire ?

Un élément orientait la situation : les dires d'un voisin qui prétendait avoir remarqué un couple dans le pavillon, à plusieurs reprises, la nuit, ainsi que des bruits de bagarre. Il restait cependant incapable d'en préciser les dates et ne les avait pas vus. Nina peut-être ? Mais avec qui ?

Enfin, pourquoi le corps avait-il été retiré du placard des Boucauds pour être abandonné sur la plage de La Courance, toute proche du quartier du Pointeau où résidait Carlos ?

— La tête me boulègue ! Par quoi commencer ? demanda Anconi, autant pour lui que pour son “adjointe”.

— Un dessert, Messieurs dames ? les interrompit le garçon.

Ils choisirent des glaces « avec beaucoup de chantilly » précisa Anconi, sous le regard amusé de son épouse.

Une petite voiture rouge décapotable se gara sur le parking, devant les anciennes installations du bac. Hilda leva les yeux vers les passagers. N'espérait-elle pas reconnaître celui qu'elle avait suivi au milieu de la nuit ?

Déçue, elle en vit sortir deux jeunes gens, détendus, en tenue de joueurs de tennis. Ils s'assirent à la table voisine.

— Tu sais, *mijn beminde*, souffla-t-elle, je me demande bien ce qu'est allé faire Carlos Rodrigues la nuit dernière sur cette route de Paimbœuf, en rase campagne. Un peu bref, pour un rendez-vous, tu ne penses pas ?

Le commissaire suspendit son geste de gourmandise.

— Tu m'as parlé d'un panneau au bord du chemin indiquant la direction « *Métalu* ». Peut-être que Carlos s'est reconverti dans la récupération de métaux ? À proximité de Saint-Nazaire, cela peut représenter une activité lucrative.

Hilda, peu convaincue, remarqua ironiquement que passer des bijouteries à la ferraille constituait un “fan de grand écart” !

Anconi sourit.

— Nous irons fureter par-là, promis !

Elle sortit de son sac le plan de Saint-Brevin.

— Regarde ! Nous sommes ici, tout près de l'endroit en question, nous pourrions… insista-t-elle en pointant l'index sur la route de Corsept.

Le commissaire se pencha sur la carte. Sa première nuit à la gendarmerie ne l'aidait pas à situer précisément les lieux et évaluer les distances. Sans l'avouer explicitement, il reconnaissait qu'Hilda possédait là un avantage indéniable.

— S'il s'était débarrassé du corps de Nina dans la Loire toute proche ? appuya cette dernière. Il aura dérivé avec le courant jusqu'à la plage…

Bien que dubitatif – comment dissimuler un cadavre dans le ridicule coffre d'une voiture de sport ? –, il accepta la proposition.

— Boudiou ! Tu as gagné. Mais ensuite nous irons cuisiner le directeur du casino.

Hilda cacha sa satisfaction derrière sa glace. Maintenant qu'elle avait récupéré son cher commissaire, cette expédition loin de Paris prenait des allures de chasse au trésor. Ce n'était pas pour lui déplaire. L'Institut néerlandais de la rue de Lille où elle donnait des cours lui semblait bien distant. À ce moment, un gigantesque porte-conteneurs remonta lentement l'estuaire au large de Mindin, entouré d'un ballet de remorqueurs minuscules. Malgré la distance, on lisait facilement les trois lettres « *MSC* » sur ses flancs. Il s'engagea doucement sous le tablier du pont.

À quelques tables d'eux, trois ouvriers en bleu de

travail s'assirent et commandèrent bruyamment des steaks-frites et des bières. Elle se leva, s'approcha d'eux.

— Bonjour, Messieurs. Pardonnez-moi, connaîtriez-vous une entreprise du nom de Métalu dans la région ?

Tous trois tendirent le menton.

— Dame oui ! Même qu'on y bosse ! Pas vrai, les gars ? s'exclama le plus âgé en esquissant le geste de se mettre debout.

Les autres opinèrent, tout en restant assis, laissant l'aîné parler à l'étrangère, fixant cette femme qui n'était pourtant pas habillée comme une touriste.

— Ah ! Je tombe bien, alors.

— Vous cherchez du boulot ?

Hilda rit, hocha la tête. Elle inventa une histoire abracadabrante pour justifier son intérêt.

— Vous récupérez les métaux ? demanda-t-elle, déclenchant l'hilarité générale. Anconi feignait l'indifférence, raclant sa coupe des derniers restes de glace. Pourtant il ne perdait pas une miette de la conversation. « Fatche, quel culot ! »

— Qui vous a raconté cela ? Au cas où vous voudriez traverser l'Atlantique, nous construisons des bateaux ! Pas vrai, les gars ?

— Ah ?

— Même que c'est chez nous qu'est né *Elf-Aquitaine*, le premier maxi-catamaran de l'histoire. Marc Pajot a gagné La Baule-Dakar avec ce bateau à peine sorti de nos ateliers. Vous connaissez la Route du hum ? Eh bien, il l'a remportée aussi en 82, on n'en est pas peu fiers, chez Métalu ! Pas vrai, les gars ? répéta-t-il.

Hilda les félicita. Les steaks-frites arrivèrent.

— À votre service, Madame, notre chantier se trouve à quelques kilomètres d'ici, sur la route de Paimbœuf. Nous en construisons des plus petits, si vous préférez, assura-t-il en clignant de l'œil.

— Encore bravo et bon appétit, leur souhaita-t-elle en rejoignant sa table !

Anconi, à voix basse, observa qu'il imaginait mal un individu tel que Carlos Rodrigues s'intéresser à la construction de voiliers de course en métal.

— Raison de plus pour aller voir, *mijn beminde*.

— Tè pardi.

Le commissaire régla la note, endossa son cuir en dépit de la chaleur. Hilda reprit le volant et, sans hésiter, suivit la berge plantée d'une rangée de pins parasols. Elle passa devant l'agence des Oyats puis tourna résolument à droite sur l'avenue de Bodon vers le tunnel glissant sous la route Bleue*. Une circulation intense y défilait, contrastant avec la tranquillité de Mindin. Ils longèrent la chapelle moderne puis les multiples bâtiments de la maison départementale de Mindin devant lesquels de nombreuses automobiles stationnaient. Hilda hésita, ne

*D213 reliant Guérande aux Moutiers-en-Retz en longeant le littoral.

reconnaissant pas un paysage qu'elle avait seulement entrevu la nuit précédente.

Anconi, le coude à la portière, se laissait conduire.

— Ah ! Voilà. D277, je la cherchais…

Après deux kilomètres d'une route bordée de taillis et de haies touffues, elle découvrit le croisement et le chemin étroit dans lequel avait disparu la voiture de Carlos, la veille.

— Tu vois ? Il a emprunté cette petite route.

— Allons-y !

Elle engagea la R21. Quelques centaines de mètres plus loin, une maison basse paraissait inoccupée, derrière ses volets clos.

— Il n'a pas pu se rendre là. D'où je stationnais, je l'aurais aperçu.

Elle poursuivit au ralenti. Progressivement, un paysage sans relief s'éclaircit. Des haies épineuses entouraient de maigres prairies. Le chemin se termina en cul-de-sac devant la Loire.

Ils durent stopper devant un vaste hangar blanc aux parois métalliques et ondulées, marqué *Métalu*. Hilda se gara parmi d'autres voitures. Celle de Carlos n'y figurait pas. Sous une grue, une semi-remorque stationnait dans la cour du bâtiment. Plusieurs hommes s'employaient à y caler un grand voilier en aluminium.

Le commissaire quitta l'auto, suivi de son épouse. On apercevait des coques brillantes posées sur des bers à l'intérieur du chantier. Anconi héla un ouvrier. Celui-ci interrompit une soudure, s'approcha, relevant sa cagoule de protection sur son crâne.

— Bonjour ! Je cherche Carlos Rodrigues. On m'a appris qu'il travaillait ici, risqua Anconi.

— Carlos ? Jamais entendu parlé. On a dû mal vous renseigner.

— Tè, pourtant…

— Je bosse ici depuis la création de la boîte, affirma le soudeur, aucun Carlos n'y a été employé, pouvez m'en croire. Désolé, Monsieur.

Il retourna à sa tâche en réajustant son armure. Le commissaire le remercia et rejoignit son épouse sur le terre-plein proche de l'entreprise. Face à eux, de longues estacades en bois plantaient leurs pieds dans la Loire, à intervalle régulier. Chacune d'elles se terminait par une cahute en planches d'où émergeait le squelette d'un large carrelet. Sur l'autre rive d'énormes citernes s'alignaient, quelques navires étaient accostés à leur aplomb.

— Qu'est venu faire ce càcou de Carlos dans un lieu pareil au milieu de la nuit ? Personne ne le connaît chez Métalu.

— Il est pourtant nécessairement arrivé jusqu'ici, *mijn beminde*, la route est sans issue et ne dessert aucune habitation.

— Un bain de minuit ? ironisa le commissaire en montrant le panneau « *La Grand Ville - Baignade interdite.* » Maintiens-tu qu'il ait emprunté ce chemin ?

— Absolument. Je t'assure...

Une piste caillouteuse donnait accès aux pêcheries en longeant la berge. Hilda s'y éloigna à pied. Le soleil de ce début d'après-midi ne laissait aucune ombre. L'eau du fleuve clapotait doucement sur le rivage tapissé de tiges de roseaux desséchés. Des oiseaux blancs se réunissaient sur l'onde, à bonne distance de la berge, entraînés par un flot silencieux.

Anconi la suivit sans conviction, tripotant sa boîte de réglisses. Il ôta son cuir, remonta ses manches.

— Regarde !

Un canot pneumatique noir se détacha d'une pêcherie et fonça vers l'amont. Un puissant hors-bord, à en juger par son sillage d'écume. Deux hommes se tenaient à l'intérieur. L'embarcation s'éloignait rapidement, aidée par le courant de marée.

Le commissaire, subitement intéressé, prévint son épouse qu'il retournait au plus vite chercher les jumelles dans la voiture. La honte d'avoir un instant douté de son "adjointe" l'obligea à courir.

Il revint, tout époumoné, les lui tendit. Le canot se réduisait à un point.

— Il accoste dans une île, s'étonna Hilda. L'endroit semble désert. Regarde !

Anconi ajusta l'optique à sa vue, scruta longuement.

— D'où sont-ils partis ? s'enquit-il finalement.

— De cette baraque ! La bleue, la mieux entretenue. Celle-là ! s'exclama-t-elle en tendant le bras.

Anconi enjamba maladroitement la barrière qui interdisait l'accès à la pêcherie puis s'engagea en hésitant sur la longue passerelle.

— Surveille bien qu'ils ne reviennent pas ! cria-t-il tout en courant maintenant sur les planches.

Il atteignit la baraque. Le cadenas de la porte était déverrouillé. Il poussa le battant.

— Fan de putain ! s'exclama-t-il au spectacle qui s'offrit à lui. Viens vite voir ! hurla-t-il dans la direction d'Hilda.

VII

LA VIE EN ROSE

La femme du commissaire vérifia, de droite, de gauche, que personne n'approchait, avant d'entamer l'escalade inconfortable de la barricade. Elle courut à son tour, engagea son talon entre deux planches, faillit tomber à l'eau, pesta en néerlandais. Elle s'attendait à découvrir un nouveau cadavre. « Pourquoi pas celui de Carlos ? » imagina-t-elle soudain. La veille, dans l'obscurité, sous la capote de la voiture rouge, se serait-elle méprise sur l'identité du conducteur, trop persuadée qu'il ne pouvait s'agir que de lui au volant ?

Au premier regard, elle fut presque déçue.

Sur le plancher de la cabane s'entassaient pêle-mêle des bidons métalliques cubiques de couleur carmin. Certains étaient attaqués par la corrosion. Tous portaient des taches de mazout. D'autres laissaient encore voir l'image d'une femme jeune en robe longue blanche et corsage rouge, assise sous un arbre, ses bras attirant une branche vers elle.

Le commissaire remuait les jerricanes, confrontait

les inscriptions partiellement effacées, déclenchant un tintamarre. Il jurait, lâchant les formules les plus vulgaires de son répertoire marseillais.

— Tu vas nous faire repérer, *mijn beminde*. Quel est ce bazar ?

— Tè, des bidons ayant contenu trois litres d'huile olive espagnole de marque Carbonell® !

— Ouverts comme des boîtes de conserve ! Mais ils sont vides ! objecta Hilda. Quel intérêt ?

— Regarde ! Regarde !

Le commissaire souleva une toile goudronnée. Des paquets blancs enveloppés de plastique transparent reposaient là.

— Tè pardi ! De la poudre, tiens ! Cocaïne ou héroïne ! Nous avons mis les pieds chez des trafiquants. Une réserve discrète de briques de came. Voilà ce que venait chercher ton Carlos Rodrigues la nuit dernière ! Bravo, Hilda ! Sans ta filature, macache bono !

— Les types sur le canot pneumatique, où se rendaient-ils ?

— Qu'est-ce que tu veux que je te dise ? La messe ? Je la sais pas.

— Décampons avant qu'ils ne rappliquent ! Ces gens-là ne rigolent pas.

Ils s'éclipsèrent après avoir remis tout en ordre. Anconi emporta un bidon vide, en le tenant délicatement pour ne pas effacer d'éventuelles empreintes.

— Tu te souviens des deux vieux qui râlaient à l'office de tourisme, demanda "l'adjointe" du commissaire ? Ils se plaignaient de découvrir des jerricanes souillés de mazout sur la plage. Je ne les ai pas bien regardés… mais celui-ci leur ressemble.

— Tu as raison, Blanchard a parlé d'une perte de marchandise en mer.

— Oh ! Je comprends mieux ! explosa Hilda au mot "marchandise".

Ils regagnèrent vivement la rive. Ils franchissaient la barrière de l'estacade lorsqu'ils perçurent le bruit lointain d'un moteur. Ils découvrirent dans les jumelles le canot de caoutchouc noir qui revenait vers la pêcherie, encore assez distant.

Pas un abri ne s'offrait aux enquêteurs. La végétation, formée de taillis et de ronces encerclant quelques arbres isolés, n'autorisait aucune cachette. Ils s'éloignèrent, s'astreignant à adopter le pas tranquille de simples promeneurs, regagnèrent la R21. Anconi déplaça alors le véhicule jusqu'au bord du fleuve, pour conserver une vue sur la pêcherie.

— Que fais-tu ? Ils vont nous repérer !

— Dieu garde ! J'ai mon idée…

Le commissaire ajusta les jumelles et suivit la progression du pneumatique. Hilda, tremblante, fixait l'estacade de bois. L'embarcation accosta et disparut à leurs yeux derrière l'entrelacs des pilotis. Dix minutes passèrent avant que deux individus ne sortent de la cabane.

— J'ai peur ! Par pitié, ne restons pas là !

Anconi attira alors Hilda contre lui et l'embrassa fougueusement, en la maintenant serrée.

— Surtout, ne bouge pas, chuchota-t-il à son oreille.

Les deux types ne s'inquiétèrent pas de ce couple d'amoureux venus se bécoter dans ce coin désert. Du coin de l'œil, le commissaire surveilla leur progression, s'attendant à découvrir Carlos Rodrigues. Au lieu de cela, un grand gaillard portant un lourd sac de sport marqué Adidas dans lequel il reconnut Fredo Lacabane ! Il n'avait jamais vu l'autre, un petit râblé aux jambes arquées.

Les individus gagnèrent le parking de Métalu et s'engouffrèrent dans un Renault Trafic blanc. Le fourgon quitta tranquillement les lieux, Anconi se retourna alors qu'il roulait déjà sur le chemin en soulevant la poussière. Il nota *in extremis* l'immatriculation.

— As-tu reconnu en eux les gars qui picolaient avec Carlos hier soir ? Ceux qui se bagarraient sur le trottoir.

— Je n'ai pas osé les regarder en face, j'avais trop peur. Et puis tu ne m'en as pas laissé la possibilité, roucoula-t-elle.

Anconi pouffa.

— Le grand, je le connais, c'était Fredo. Un petit avec des jambes arquées, cela t'évoque-t-il quelqu'un ?

Hilda concéda avec stupeur que la description correspondait bien aux bagarreurs éméchés de la nuit précédente.

Elle tremblait rétrospectivement en imaginant les dangers qu'elle avait encourus.

— Dieu garde, ils ne te connaissaient pas, tu ne risquais rien, la rassura-t-il. La drogue, voilà la dernière activité de Carlos qui s'est de nouveau acoquiné avec ce grand niais de Fredo Lacabane. Blanchard sera intéressé par nos trouvailles, lui qui enquête justement sur un trafic de came !

Puis, d'une voix badine, il proposa :

— En attendant, si nous les suivions ? Tu es une spécialiste des filatures, non ?

Hilda ne sut jamais s'il s'agissait d'un compliment ou d'une moquerie. Le commissaire démarra et reprit la route étroite. Au croisement de la D277, il hésita un court instant. La camionnette avait disparu.

— À ton avis, quelle direction ? la taquina-t-il.

— S'ils fricotent avec Carlos, ils retournent à Saint-Brevin.

Anconi opina, tourna à droite, accéléra. Il doubla en maugréant quelques « tortues ». Hilda se cramponnait à la poignée de la portière.

— Où sont-ils passés, ces marchands de mort subite ?

Ils parvinrent très rapidement à la bretelle d'accès au pont de Saint-Nazaire, s'engouffrèrent sous la route Bleue et atteignirent l'échangeur, à l'entrée de Saint-Brevin. Aucune trace du Trafic blanc.

Ils tournèrent deux fois sur ce trop vaste carrefour, un nœud de voies si compliqué que l'on hésitait toujours sur la route à suivre.

— Ils nous ont semés, ces càcous, déplora le commissaire en entamant un troisième passage.

— Tu as relevé leur immatriculation…

— S'ils changent les plaques… Bon ! Je vais prévenir Blanchard. Nous avons mis la main par hasard sur le réseau qu'il recherche. Il a évoqué au téléphone une tempête de force 8, une cargaison perdue qui s'échouerait à marée haute sur le sable. Ces bidons correspondent.

Anconi se laissa guider par son épouse pour retourner à l'hôtel.

— La "marchandise" dont parlaient mes deux protagonistes de la nuit. La drogue ! répéta Hilda.

— Hum ! Mais quel lien avec le meurtre de Nina qui nous occupe ? déplora Anconi.

Seuls des bruits de vaisselle animaient à cette heure La Boissière, désertée par ses clients. Ils se précipitèrent dans leur chambre. Anconi décrocha le combiné, demanda à parler à Blanchard.

— Bonjour, Patron, résonna la voix perpétuellement enjouée.

Anconi raconta d'abord sa nuit à la gendarmerie, puis celle d'Hilda et enfin la découverte de la cache de la pêcherie.

— Whaou ! Javert ne vous a pas épargné ! Je le savais un peu rigide, mais là il a passé les bornes…

— Je ne te le fais pas dire, Vieux. Il a cru se farcir un commissaire, l'affaire de sa vie !

— Il va manger son chapeau, promis-juré ! Mutation aux îles Kerguelen ! Zou !

Blanchard s'enflammait.

— Vous avez certainement mis la main sur le repaire que je cherchais vainement. Je les soupçonnais de récupérer leur came et de la stocker quelque part. J'envoie une équipe en planque là-bas. Les pêcheries, près de Métalu, je vois. À quoi ressemblaient vos deux zigotos ?

Anconi certifia avoir identifié Lacabane puis décrivit la démarche de l'autre.

— Le petit, c'est Billy, un dealer bien connu de nos services ! Méchant comme une teigne !

On va rechercher ce Renault Trafic qui vous a semés !

— Pour Nina, du neuf ?

— Hélas ! Je suis désolé, Patron. Vous me livrez des infos sur ce trafic de drogue, mais de mon côté je n'ai rien déniché sur votre Nina, poursuivit-il d'un ton inhabituellement affligé. J'ai appris que son corps avait été retrouvé sur une plage. Elle semble inconnue dans le milieu nazairien, les boîtes de nuit n'en ont jamais entendu parler. J'ai chauffé mes indics, mais aucun retour pour l'instant. Chou blanc. Je vous tiens au courant, Patron.

— Merci, Petit.

— À vous deux, avec votre femme… ajouta-t-il avant de raccrocher, vous ne voudriez pas travailler chez moi ?

Un rire amphigourique lui répondit.

Pendant ce temps Hilda avait étudié le plan de Saint-Brevin, sans perdre pour autant une bribe des paroles de son mari.

— Que t'a-t-il appris ? s'enquit-elle.

— "Jambes arquées" s'appellerait Billy. Un dealer. Blanchard nous remercie. Nos renseignements viennent à point nommé pour son enquête sur un trafic de drogue local. Par contre, Nina semble inconnue « de l'autre côté de l'eau », comme il dit.

— Carlos est impliqué dans ce meurtre, j'en ai le pressentiment.

Elle gardait en souvenir la remarque machiste et narquoise du bonhomme, au Sea-Club du casino, la veille au soir.

— Je cherchais la direction que ce foutu fourgon a suivie pour nous échapper si facilement, poursuivit-elle. Pour moi, il a emprunté le pont. Nous étions tellement persuadés qu'il se dirigeait vers Saint-Brevin…

— Que le diable les patafiole ! s'emporta le commissaire. Conduis-nous, veux-tu, à ce casino avant que les pandores ne s'y rendent, à moins que ce ne soit déjà trop tard ?

Hilda ne se maquilla pas, s'appliqua un fichu sur la tête, se contempla longuement dans le miroir, de face, de profil. Rassurée, elle prit le volant. Elle connaissait parfaitement la succession des avenues, Mindin-Foch-Océan. Elle peina à trouver une place de parking.

Les bruits de la plage les assaillirent en sortant de voiture, une cacophonie de cris couvrant celui du choc des vagues de la marée haute. Un ballon atterrit même sur leur capot. L'insouciance se reposait sous les parasols, le sable appartenait aux estivants.

Ils traversèrent le boulevard, entrèrent dans le casino. Hilda s'effaçait derrière son mari.

Anconi exhiba d'emblée son insigne au portier. Celui-ci s'inclina, s'enquit du motif de leur visite.

— Rencontrer votre directeur. Une affaire grave.

Le ton autoritaire du commissaire balaya les scrupules de l'employé, un homme d'une quarantaine d'années, cheveux courts et costume anthracite. Il décrocha un combiné téléphonique, parla d'un air impassible, tout en jetant un regard inquiet sur les importuns. Hilda baissait la tête, s'attacha aux chaussures étincelantes du garçon. L'ambiance différait totalement de celle qui régnait la veille, comme celle d'une boîte de nuit avant l'heure d'ouverture.

Après quelques minutes de chuchotements, l'appariteur raccrocha.

— Monsieur le directeur se trouve actuellement absent. Le responsable clientèle se propose de vous recevoir. Suivez-moi.

Il découvrit un battant dissimulé derrière un

miroir, s'inclina légèrement pour les laisser passer. Un escalier étroit montait en spirale. Ils débouchèrent sur un long couloir desservant plusieurs portes closes. Silencieux, leur guide frappa l'une d'entre elles avec retenue. Une vague réponse étouffée parvint.

Ils entrèrent.

Une pièce étriquée et dépourvue de fenêtre, un bureau riquiqui occupé par plusieurs écrans, une moquette épaisse, deux combinés téléphoniques à portée de main et un classeur métallique. L'homme ne se leva pas, tendit le bras vers l'unique chaise inconfortable, obligeant le couple Anconi à rester debout. Il portait une chemise à fleurs ouverte sur un énorme médaillon. Un visage au sourire permanent, des dents très blanches.

— Bonjour, Monsieur, commença Anconi, pardonnez notre…

— Vous appartenez à la police ?

L'entretien débutait mal.

— Commissaire Anconi, PJ de Paris. Mon adjointe, ajouta-t-il d'un ton professionnel, en montrant Hilda. Nous venons vous parler d'Annie Adler, dite Nina, qui travaille dans votre établissement.

— Nina, oui, la chanteuse. Une belle voix. Que devient-elle ?

— Dois-je comprendre qu'elle ne se produit plus chez vous ?

— En effet.

Son sourire s'accentuait légèrement, chaque fois qu'il prononçait une parole.

— Pour quelle raison, ce départ ? Se trouvait-elle en fin de contrat ?

— Euh, non. Nous l'avons regrettée. Pourquoi cette question ?

— Depuis quand chantait-elle dans ce casino ? poursuivit Anconi sans répondre.

— C'était sa troisième ou quatrième saison. Mais…

Sur l'insistance d'Anconi, il ouvrit le deuxième tiroir d'un meuble classeur métallique, en tira une fiche, revint s'asseoir et actionna un minuscule ventilateur. La signature du contrat d'Annie Adler datait de juin 1983.

— Je me souviens maintenant, ajouta-t-il, faussement jovial, Yannick Noah remportait Roland-Garros… A-t-elle commis un délit ? s'enquit-il.

Le responsable clientèle commençait de s'inquiéter.

— Non pas, Monsieur. Son corps vient d'être découvert sur une plage de la station.

Sa bouche s'entrouvrit, comme celle d'un poisson hors de l'eau.

— Vous voulez dire que… réussit-il à prononcer.

— Oui. Morte. Vous l'ignoriez ? Des collègues ne sont pas passés vous voir ? Pardon, excusez, vraiment, j'ai peine à vous croire.

— Non… Mon Dieu ! Que lui est-il arrivé ?

— Tout porte à penser qu'elle a été assassinée, dit Anconi d'un ton volontairement glacial.

L'homme, très ébranlé, pâlit derrière son éternel sourire.

— Pauvre fille. Comment est-ce possible ?

— Que pouvez-vous nous dire à son sujet ?

— La coqueluche de nos soirées ! confia-t-il, comme si le côté commercial du personnage prenait rapidement le dessus sur le chagrin. Une jeune femme charmante, pleine de talent.

— Nous voudrions connaître la date de sa dernière représentation, cela nous aiderait à déterminer celle du meurtre.

— Permettez ? Je vérifie. Un meurtre, vraiment ? prononça-t-il d'une voix altérée en se levant.

Craignait-il pour la réputation de l'établissement ?

Il consulta de nouveau sa fiche. Son front laissait perler une goutte de sueur qu'il balaya de la main.

— Voilà. Son dernier tour de chant… le samedi 20 juin.

— Son contrat cessait-il à cette date ?

— Non. Pas du tout. Je comptais sur sa présence le lendemain et trois jours par semaine durant tout l'été.

— Que s'est-il passé ?

Le chargé de clientèle expliqua, embarrassé, qu'un différend opposait « depuis quelque temps » la chanteuse à son orchestre. Il avait pensé d'abord qu'il s'agissait d'un problème passager, « les artistes, des êtres capricieux ! » Aussi fut-il étonné de constater un soir l'absence de Nina. Les musiciens, pris de court, jouèrent ce soir-là en solo des grands standards. Bien entendu, ils ont mis fin à leur contrat. Le bruit a couru qu'elle souhaitait rejoindre ses parents à l'étranger.

— Sur quoi portait leur désaccord ?

— Les *Yellow Stars* étaient trois : un accordéoniste, un guitariste et un batteur. Sur scène, ils arboraient une chemise en soie jaune, expliqua-t-il. L'un d'eux affectionnait particulièrement la chanteuse… j'ai pensé que cela engendrait des problèmes.

— Au sein du groupe ?

— Nina était très belle et possédait de nombreux admirateurs. Un jour, l'accordéoniste est apparu avec un œil au beurre noir qu'il chercha à dissimuler, mais que tous remarquèrent. Chacun savait que Nina fréquentait aussi un homme très jaloux…

— Carlos Rodrigues.

— Ah ! Vous le connaissez ? Cet homme assistait à chaque représentation. Il la surveillait, cela ne dupait personne.

— Ils étaient amants ?

— Elle n'en parlait pas, mais j'imagine qu'ils l'ont été…

— Vous pensez que Carlos avait frappé l'accordéoniste ?

— Certainement ! répondit-il immédiatement, avant de se reprendre… enfin je l'ai supposé.

— Vous souvenez-vous de la date de l'altercation ?

— La semaine précédant la dernière représentation de Nina.

— Vous ne pourriez pas être plus précis ? J'imagine que cet incident a fait sensation.

— Attendez... Il s'aida d'une éphéméride posée sur le bureau, elle se produisait ce week-end, vendredi 12 juin, me semble-t-il.

— Nina a-t-elle évoqué cette péripétie auprès de vous ou d'un autre employé du casino ?

— Non, elle ne m'a rien dit. J'ai seulement remarqué que son... que monsieur Rodrigues l'a emmenée dès la fin de son tour de chant, après cette soirée. D'habitude, elle restait un moment au bar, entourée de ses admirateurs.

— Ses manières, je veux parler de celles de Carlos, se sont-elles modifiées ? Vous a-t-il semblé brutal avec elle ?

— Je vous ai dit, répondit l'homme au médaillon de plus en plus mal à l'aise, ce monsieur se montrait autoritaire. Vous le soupçonnez ?

— Pas vous ? demanda à brûle-pourpoint le commissaire.

— Les Sud-Américains ont le sang vif, mais de là à conclure. J'ignore totalement ce qui a pu se produire...

Hilda, silencieuse jusqu'à maintenant, intervint :

— Nina se droguait-elle ?

Le chargé de clientèle sursauta. Il s'agita sur son fauteuil avant d'assurer qu'il n'en savait rien. Pourquoi demandez-vous cela ?

— Dans ce milieu, ce type d'addiction s'avère fréquent. Le stress, la pression du public…

— Notre établissement ne tolère pas ces pratiques.

— Nina avait-elle évoqué, auprès de vous ou de l'un de vos employés, une discorde entre elle et ce Carlos Rodrigues ? Le craignait-elle, selon vous ?

— Je ne dirais pas cela.

Il ne précisa pas sa pensée, mais il demeurait évident qu'il s'autocensurait.

— Il mène grande vie, ce monsieur, insista Hilda. Il roule dans une voiture de sport, fume de gros cigares… Un bon client pour vous, sans doute.

— Il joue rarement.

Anconi laissait son épouse asticoter l'homme à la chemise à fleurs, qui peinait à retrouver le sourire élastique qu'il arborait en début d'entretien. Hilda changea de sujet.

— Cet orchestre, les *Étoiles jaunes*, où le trouve-t-on ? demanda-t-elle innocemment.

Il retourna fouiller dans son classeur métallique.

— *Yellow Stars*, cela sonne mieux, observa-t-il en dégageant une nouvelle fiche.

Il se rassit, tripota son médaillon, repoussa une mèche de cheveux.

— Ils venaient de Paris. Nina nous les avait imposés, refusant de se produire avec une formation locale que nous lui avions proposée. Je suppose qu'ils ne sont pas restés dans la région.

— Sans doute à cause de cet ami accordéoniste… insinua la femme du commissaire.

Anconi profita du silence pour reprendre l'initiative.

— Il nous faudra les interroger, aussi je vous demande de nous communiquer leurs adresses.

— J'allais vous le proposer, je n'ai rien à cacher à la police.

Il recopia sa fiche :

« *Daniel Mendel, guitare et basse, 37, rue Saint-Sulpice, Paris* 6^{e}

Jean Mendel, accordéon, rue de la Colonie, 13^{e}

Moussa N'Diaye, batterie, rue de panama, 18e. »

— Les Mendel, même famille ? demanda le commissaire.

— Deux frères.

— Lorsque ces musiciens se déplaçaient à Saint-Brevin, où logeaient-ils entre leurs représentations ?

— Nous les accueillons gracieusement.

Hilda joua sa naïve.

— Oh ! Vous faites hôtel aussi ?

— Non, Madame, ce n'est pas notre vocation. Nous disposons de chambres, mais seulement pour nos artistes.

Anconi comprit l'allusion de son épouse et enchaîna :

— Ce Jean Mendel pourrait avoir tenu un rôle dans la disparition de Nina. Cette histoire d'œil au beurre noir mérite des éclaircissements... Nous devons interroger les employés du casino qui assuraient leur service ?

— Mais personne ne le faisait ! L'orchestre dînait au bar de la Boule, avant d'accompagner Nina. Le ménage de leurs pièces était effectué par notre personnel d'entretien. Tout simplement.

— Justement. Les femmes de chambre jouent parfois un rôle inattendu, elles surprennent sans le vouloir des secrets, les exemples abondent...

— Vraiment ?

— Vous souhaitez comme nous que celui qui a tué Nina soit arrêté ?

— Bien sûr, se rebella le chargé de clientèle, qu'imaginez-vous ?

À regret, il retourna à son meuble de fer.

— Je sais que nous employons plusieurs personnes pour l'entretien. Je regrette, se reprit-il, je ne dispose pas de leurs coordonnées, ce n'est pas dans mes attributions de... Permettez un coup de fil ?

Il composa un numéro, demanda à parler à un certain Merlin, le responsable des techniciens de surface, leur précisa-t-il en attendant la communication. Anconi regardait évasivement les écrans de surveillance des salles de jeu, désertes à cette heure. Il montra l'un d'eux à Hilda, celui où l'on voyait une femme passer l'aspirateur entre des machines à sous délaissées. Il lui glissa son insigne dans la main.

Hilda comprit, s'excusa comme quelqu'un qui doit s'absenter brièvement, quitta la pièce.

La conversation avec monsieur Merlin dura quelques minutes. L'homme à la chemise à fleurs notait des noms sur une feuille de papier. Il la poussa vers le commissaire. Ce dernier s'en saisit au moment où il aperçut son épouse sur un écran. Il s'empressa de détourner l'attention de son interlocuteur.

— Voyez-vous un détail qui pourrait nous éclairer ? Parmi ses "admirateurs", y en avait-il de plus assidus ?

— Vous me mettez franchement mal à l'aise. Nous devons à notre clientèle la plus grande discrétion.

— Vaï ! Vous devrez probablement venir témoigner un jour à la barre, lors du procès du meurtrier, en tant qu'employeur de la victime.

Anconi insista sur le caractère confidentiel de leur entretien. Son interlocuteur hésitait, son sourire devenait crispé, la sueur marquait sa chemise sous les aisselles.

— Monsieur Rodrigues se montrait très protecteur à l'égard d'Annie, commença-t-il.

Il l'appelait par son véritable prénom pour la première fois.

— Pourtant elle a été assassinée. Suspectez-vous sa jalousie de l'avoir conduit au meurtre ?

Il ne répondit pas, ce qui en soi ne constituait pas un démenti.

— Sinon ?

— Il y avait un monsieur d'âge mûr qui lui faisait une cour évidente, mais on ne m'a jamais signalé un geste déplacé. Il lui offrait le champagne après sa représentation.

— Nina s'y montrait sensible ?

— Cela l'amusait, je crois.

— Son "protecteur" laissait faire ?

— Il cachait très mal sa contrariété. En fin de soirée, il attrapait Nina par le bras et l'emmenait parfois un peu vivement.

— Somme toute, Carlos Rodrigues ne la lâchait pas d'une semelle.

— Si. Elle venait toujours se maquiller dans sa loge, une heure avant son tour de chant. Elle arrivait seule, en taxi.

— Tè, il ne l'accompagnait pas ?

— Non, il se montrait pour la dernière chanson, *La Vie en rose* qui clôturait toujours son récital.

— Et ce monsieur qui lui offrait le champagne, pouvez-vous me confier son nom ?

— Je regrette, je ne voudrais pas lui porter préjudice.

Anconi n'insista pas, ayant cru reconnaître dans la description, l'homme aux bloody mary dont lui avait parlé son épouse. Celui qui avait acheté la villa Les Boucauds !

Il remercia “chemise à fleurs”.

Hilda n'apparaissait plus sur les écrans de contrôle lorsqu'il serra la main de son interlocuteur. Ce dernier raccompagna le commissaire et le laissa dans le hall, visiblement soulagé de son départ. « Il est pressé comme un lavement de me voir déguerpir », pensa le policier.

Il dut attendre un bon quart d'heure dans la voiture surchauffée. Il baissa les vitres, relut les adresses des musiciens, s'accorda trois cachous pour réfléchir. Sur le sable, l'été sentait la crème solaire. Des cris et des rires lui parvenaient par bouffées.

« Ce galant homme offrant le champagne et buvant des bloody mary me reste sur l'embouligue. » Son nom ne lui revenait pas en tête.

Hilda ouvrit soudain la portière, se renversa sur le siège passager, tout sourire.

VIII

LE PIÈGE

— Tu parais gaie comme tout ?

— Tiens-toi bien, *mijn beminde*, commença-t-elle d'un ton mutin. Jean Mendel ne joue pas que du “piano à bretelles”, comme vous dites, vous les Français.

L'épouse du commissaire s'expliqua. Ayant compris ce que son mari lui suggérait, elle s'était précipitée d'aller interroger la femme de ménage qui apparaissait sur l'écran de contrôle.

— Je t'ai remarquée depuis le bureau…

— Il m'a aperçue ?

— Non. Non. Raconte !

Elle ne se fit pas prier. Elle venait d'apprendre que Nina fréquentait régulièrement la pièce allouée à l'accordéoniste.

— Comment le savait-elle ?

— Les femmes devinent ces choses-là.

— Pardi. Elle les a surpris ?

— Non pas. Mais il y a des détails qui ne nous trompent pas.

Anconi tentait d'intégrer cette information. Jean Mendel, son œil au beurre noir, la jalousie de Carlos, la brouille entre Nina et l'orchestre. Une liaison à risque ?

— Nous voilà avec un nouveau soupirant. Je comprends mieux pourquoi Nina avait imposé les *Yellow Stars*, pour l'accompagner. Sans jeu de mots, ajouta-t-il. Merci, Hilda !

— Et maintenant ? demanda-t-elle, impatiente, il serait temps que tu me présentes ce Carlos Rodrigues ?

Anconi accepta, sous réserve d'un coup de fil préalable au Quai, pour lancer ses inspecteurs sur les traces des *Yellow Stars*. Ils rentrèrent à La Boissière.

Il ouvrit la fenêtre de leur chambre, aussitôt inondée d'une odeur résinée et chaude. Il s'assit au bord du lit, décrocha le combiné.

— Je descends chercher des boissons fraîches… chuchota Hilda en s'éclipsant sans bruit alors que le commissaire composait le numéro du Quai.

— Allô ?

Il ne reconnut pas la voix, « probablement un nouveau », pensa-t-il, demanda à parler à l'inspecteur Lefebvre. Le « de la part de qui ? » confirma sa supposition, car chacun identifiait aussitôt son accent au “36”. Il attendit une minute. Dans le parc, sous ses yeux, un écureuil grimpa à toute vitesse le long du tronc d'un pin et disparut.

— Allô, Patron ? Tout va bien ?

Toujours cette sollicitude de la part de l'inspecteur.

— Oui, Petit, merci. J'ai une nouvelle requête, les enfants. J'aimerais que vous enquêtiez, toi ou Bolz, sur un groupe musical, les *Yellow Stars*. Ne cherchez pas chez Michel Drucker, ils se produisent plutôt dans des boîtes ou des cabarets parisiens. Ils sont trois, je te donne leurs adresses…

— Mais je les connais, Patron !

— Ah ? Ils sont si renommés ? Je dois vieillir…

L'inspecteur émit un petit rire étouffé avant de rassurer son supérieur.

— Non ! Non ! Pas du tout ! En fouinant dans la vie de votre morte, je suis tombé dessus. Nina a vécu avec l'un des musiciens pendant l'incarcération de Carlos Rodrigues.

— Fatche !

Lefebvre raconta sa virée au Lotus, quartier de Pigalle.

— Dans les années 75, les *Yellow Stars* y jouaient chaque soir en sourdine ou accompagnaient les artistes. Annie Adler y chantait, comme vous le savez. Selon le patron, Nina s'est réfugiée dans les bras de l'accordéoniste lorsque Carlos a pris pension à Fleury-Mérogis, en 1978. Le gars s'appelait Jean Mendel. Le Lotus ne travaille plus avec les *Yellow Stars* depuis plusieurs années et son régisseur ignore ce qu'ils sont devenus.

— Figure-toi que j'ai retrouvé la trace de l'accordéoniste à Saint-Brevin, accompagnant Nina au casino !

— Ça alors ! s'exclama l'inspecteur.

— Du moins, il s'y produisait encore récemment, poursuivit Anconi. Selon la direction de l'établissement, Nina se serait séparée des *Yellow Stars*. Pas clair, Petit, pas clair ! Je te donne l'adresse actuelle de Mendel. Vas-y, ou envoie Bolz, et tâchez de déterminer la nature de ses relations avec Nina avant le meurtre, car celle-ci semblait aussi être retombée dans les pattes de Carlos. Cela m'étonnerait que ces deux-là soient copains…

— Carlos l'aurait supprimée, terminé bonsoir ?

— Possible. Nous n'avons pas encore franchi l'endroit le plus étroit, Petit, je le crains !

Lefebvre dut se contenter de cette réponse énigmatique.

— Bolz est-il satisfait de ses vacances, au moins ?

— Oui, il est revenu bronzé comme un Carambar… Je peux vous passer L'Araignée, Patron ? On me signale qu'il vous réclame.

Un bref déclic retentit dans l'écouteur.

— Bonjour, Monsieur le commissaire, je me suis permis d'entreprendre des recherches approfondies sur votre victime, cette Annie Adler.

Toujours cette politesse excessive liée à son extrême admiration pour le commissaire. Cependant, les termes et le ton employés laissaient présager une découverte intéressante.

— Bonne idée, Vieux. Tu ne veux pas cesser de me gratifier de tes “Monsieur le commissaire” ? Alors ?

— Je ne sais pas si cela vous aidera. Annie est née à Lodève, dans l’Hérault, en 1956. Ses grands-parents avaient tenu à Lyon un magasin de vêtements, rue Sainte-Catherine, jusqu’à leur arrestation et leur déportation en 1943. Ils ne sont pas revenus d’Auschwitz. Ils avaient un fils âgé de 14 ans qui trouva refuge aux “Enfants d’Izieu” grâce à l’aide de commerçants voisins. Dans ce refuge pour enfants juifs, il rencontre celle qui deviendra plus tard son épouse. Ils échappent tous les deux par miracle à la rafle d’avril 1944. Ils se marient très jeunes, après la guerre, et donnent naissance bien plus tard à Annie. Celle-ci grandit à Lodève où ses parents gèrent un bureau de tabac. Son professeur de musique remarque sa voix et…

— Que sont devenus les parents de la petite ?

— Ils ont fait leur “*alyah*” en Israël en 1974, partis travailler dans un kibboutz, près de Tibériade. Majeure, on peut supposer que leur fille a refusé de les suivre.

— Comment as-tu appris tout cela ? l’interrompit Anconi, admiratif.

— Lorsque j’ai découvert ses origines lyonnaises et juives, j’ai consulté les archives de la préfecture de Police. Puis quelques coups de fil dans les ministères, Mons…

— Oh ! Va ! Tu fais jaillir le passé comme le jus de la figue ! Je suppose que tu connais la suite ?

— Annie Adler fréquente pendant quelques mois un célèbre cours de chant privé à Paris, mais abandonne sans doute par défaut de moyens. Elle se produit alors dans les couloirs du métro pour survivre. Une arrestation met fin à ses prestations souterraines. Puis elle côtoie d'obscurs cabarets parisiens. Dans un de ces endroits, au Lotus, elle rencontre Carlos, un assidu de cette boîte. Lefebvre s'y est rendu, il a dû vous apprendre le reste.

— Oui. Merci.

— Chemin faisant, reprit L'Araignée de sa voix posée, j'ai découvert que Carlos Rodrigues, après sa libération en 1983 avait regagné la Bolivie. À cette époque, les putschs militaires s'y succédaient. Sa trace se perd, de même que ses activités en Amérique du Sud. Je cherche.

— Nina l'accompagnait-elle ?

— Non, Carlos la place sous la protection de Fredo Lacabane à Saint-Brevin. La DGSE dispose de quelques photographies de Carlos prises à des réceptions données par des gradés de l'armée et des dignitaires boliviens à La Paz au cours de ces années-là.

— À quel moment est-il rentré en France ?

— Probablement lors du processus de démocratisation du pays, après 1985.

Hilda, à ce moment, posa près de lui un verre embué, un demi de bière.

— Merci encore, Vieux. Si tu pouvais me retrouver la date précise du retour en France de ce càcou... je le soupçonne fortement de toucher maintenant au trafic de drogue.

L'archiviste osa un rire de gorge.

— Vous m'auriez affirmé qu'il travaillait pour les cafés Grand'Mère, j'aurais mis la clef sous la porte, Monsieur le comm...

— "Patron" seulement ! Sans adieu, Vieux !

Hilda sirotait un Vichy fraise, accoudée au montant de la fenêtre. Le commissaire raccrocha, choqua son verre à celui de son épouse, la remercia.

— Cette pauvre Nina...

Il résuma ce qu'il avait appris, une moustache de mousse sur les lèvres. Hilda exposa sa version des faits :

— Carlos, de retour en France, prend très mal la liaison de Nina avec son musicien, ce Jean Mendel. Il finit par cogner l'accordéoniste pour l'éloigner. Voilà la vraie raison du départ des *Yellow Stars*, affirma-t-elle. Nina le repousse et lui, jaloux comme un pou, zigouille la pauvre fille !

— Tè, il dépose ensuite le corps dans le placard d'une chambre de la villa Les Boucauds, un pavillon qui ne lui appartient pas. Il faudra m'expliquer.

— Fredo a visité la maison, il est complice !

Hilda se tut, persuadée d'avoir deviné la vérité. Elle connaissait les accès de mauvaise foi de son commissaire de mari devant les solutions trop simples. « Surtout quand celles-ci lui sont trop fortement suggérées. »

— Si nous partions lui demander maintenant, *mijn beminde* ?

— Tu crois que les gendarmes sont déjà passés ?

Tous deux se regardèrent. Sans rien se dire, ils filèrent sans finir leurs verres.

— Je te laisse conduire, toi seule connais l'adresse.

Ils reprirent la longue avenue de Mindin, des villas, encore des villas, blanches sous le soleil, des carrefours polygonaux, comme si chaque pavillon en possédait un pan. Rond-point de la Courance, Anconi se redressa.

— Le corps n'a pas été retrouvé par-là ?

— La plage s'étend derrière le camping, je crois.

L'avenue, large et divisée par un étroit parterre central, dessinait maintenant une longue courbe bordée de feuillus. Hilda ralentit, s'arrêta devant la cabine téléphonique de laquelle elle avait tenté de joindre la gendarmerie, la nuit précédente.

— Il s'est engagé dans cette voie sans issue…

L'allée Stefani offrait une ombre accueillante. Ils cherchèrent en vain une place de parking, hésitèrent à s'enfoncer dans cette rue étroite protégée par un sens interdit « *Sauf riverains* ». Finalement, Hilda parcourut au ralenti les cent premiers mètres et trouva à sa gauche un terrain arboré et non bâti, manifestement mal entretenu. Elle se gara devant, assurée de ne pas déranger. Ils continuèrent à pied, scrutant les portails et les propriétés plus ou moins enfouies dans la végétation. Anconi jeta son vieux cuir sur l'épaule, donna le bras à Hilda.

Parvenus à l'extrémité de l'allée, ils rebroussèrent chemin.

— Tu ne reconnais pas ?

— De nuit, j'ai juste aperçu les feux arrière disparaître… de ce côté-ci.

Personne à qui demander dans ce quartier trop calme.

Le commissaire se haussa sur la pointe des pieds devant une clôture plus opaque que les autres.

— Tu m'as bien parlé d'une voiture de sport ? s'enquit-il soudain.

— Oui, une décapotable, orange ou rouge.

— Tè vé ! Il y a là derrière une Porsche qui correspond pile-poil.

On devinait une villa moderne, entourée d'une végétation méditerranéenne et touffue qui la dérobait aux regards indiscrets. Pas de boîte aux lettres, pas de numéro, seulement un bouton d'interphone en dessous d'un écriteau décoré en porcelaine. En lettres de fer : « *La Sierra* ». Anconi appuya longuement.

Aussitôt une voix crachotante répondit.

— Oui… c'est pour quoi ?

— Carlos Rodrigues ?

— Je suis le vigile. Qui le demande ?

Un ton sec, peu amène.

— Commissaire Anconi, police judiciaire. Il m'attend.

Le grésillement s'interrompit brusquement. Le cerbère peu aimable était parti aux renseignements.

— Bravo, chuchota le commissaire à l'oreille d'Hilda.

Une minute plus tard, le portail glissait sans bruit, laissant apparaître une allée pavée menant à un garage. Anconi reconnut le modèle 911 Targa d'un orange rutilant, stationné devant. Un jeune gaillard musclé astiquait à la peau de chamois le véhicule qui n'en avait pourtant nullement besoin.

Sur le côté, des marches en dallage conduisaient à la maison en serpentant parmi des plantes grasses exubérantes. Un haut palmier apportait une touche exotique. Un individu descendit l'escalier, veste de daim sur un tee-shirt blanc, pantalon moulant, lunettes Ray-Ban. Il mastiquait ostensiblement un chewing-gum.

— Suivez-moi, mâchonna-t-il simplement.

Carlos Rodrigues les attendait en peignoir bleu ciel au bord d'une piscine bien cachée derrière un rideau de bambous. Anconi reconnut le teint olivâtre, les cheveux de jais frisottant dans le cou, le sourire sarcastique.

— Commissaire, vous avez fini par *vénir*. Bonjour, Madame, ajouta-t-il en détaillant de la tête aux pieds madame Anconi.

Celle-ci crut un instant qu'il la reconnaissait. Elle évita de montrer son dégoût, se contenta de répondre d'un signe de tête.

— Tu habites une bien jolie villa, remarqua le commissaire, en le tutoyant. Sans doute un héritage d'un oncle d'Amérique du Sud ? railla-t-il.

— Ne soyez pas désagréable. Votre enquête progresse-t-elle ?

Il voulut prendre le policier par le coude, l'invitant à prendre place dans un des fauteuils en rotin disposés autour d'une table basse où reposaient un seau à champagne et des flûtes. Anconi se dégagea, déclina l'offre. Carlos saisit une coupe. L'homme à la veste de daim s'était retiré.

— Vous avez tort. Par ce temps, rien de tel que des bulles fines et glacées, s'extasia-t-il en exposant son verre à la lumière. Quelles nouvelles m'apportez-vous ? Avez-vous retrouvé ma Nina ?

Se pouvait-il qu'il ignore le sort de la malheureuse ? Anconi en doutait. Devait-il le lui révéler ? Il décida d'attendre. « À quoi joue ce mafalou des hauts plateaux ? »

— La police manque de rapidité, tu le sais, concéda-t-il. Précise-moi plutôt depuis quand Annie Adler a disparu, cela pourrait m'aider ? Elle vivait ici ?

— Je vous l'ai dit, le 20 juin. Un samedi. Ce soir-là j'étais venu la chercher plus tard que d'habitude au casino. Pffuit ! À partir de ce jour, aucune nouvelle.

— Je suppose que tu as posé des questions dans l'établissement…

— Personne n'a pu me renseigner. Elle aurait regagné sa loge après le spectacle, elle ne s'y trouvait plus à mon arrivée.

— Tu n'as pas imaginé qu'elle avait pris son sac et sa quille pour convoler avec un autre ? Un musicien de son orchestre, par exemple ?

Le coup porta. Le Carlos se redressa, ses yeux se rétrécirent.

— Vous auriez tort de m'injurier, Commissaire.

Anconi feignit de ne pas saisir la menace. Il adopta un ton professionnel.

— Que nenni ! Je cherche, c'est tout. Si tu ne me déballes pas tout, comment veux-tu que je progresse ? Ne me laisse pas croire que tu ignorais qu'elle a vécu avec l'accordéoniste, pendant que tu purgeais ta peine.

— *Dé* l'histoire ancienne.

Il gardait ce langage qui agaçait le commissaire, les consonnes mouillées, les accents aigus inappropriés des “e”.

Hilda se taisait, rassurée de ne pas avoir été reconnue, éprouvant à chacune de ses répliques un mépris croissant pour ce type arrogant et fourbe.

— Tu vois de qui je parle ? Le gars accompagnait Nina dans son tour de chant, un membre des *Yellow Stars*. Moi, je crois que leur liaison perdurait, au contraire. Tu as frappé ce Jean Mendel pour l'effrayer, tu l'as menacé. Résultat, il a pris la poudre d'escampette avec ta dulcinée.

— …

— Je te soupçonne même d'être revenu à Saint-Brevin pour tenter de l'arracher à son musicien. Depuis quand habites-tu dans cette somptueuse villa ?

— La loi l'interdit ?

— Carlos, je crois que tu me mènes en bateau. Pourquoi as-tu fait appel à moi pour retrouver Nina ? Il existe une gendarmerie ici, pourquoi l'as-tu laissée en dehors de cette disparition ?

— C'est simple pourtant. Vous le savez très bien.

Carlos remplit de nouveau sa flûte, content de sa réplique.

— Vide ton sac, Rodrigues.

— Quand vous m'avez pincé, en 78, Nina n'a pas été inquiétée, commença-t-il d'un ton narquois…

— Évidemment ! Elle n'avait pas participé à ton braquage minable, protesta le commissaire.

— Vous l'avez laissé croire au juge ! Mais elle s'y trouvait, et vous ne l'ignoriez pas !

— Fatche ! Tu m'accuses de faux témoignage ! Je brûle de te tourner la tête devant derrière, sale vermine ! J'aurais dû me douter qu'il y avait un coup fourré.

Hilda retint son mari par la manche.

— Ne montez pas sur vos grands chevaux, Commissaire ! prévint Carlos. On peut discuter.

— Tu plaisantes ! Tu devrais me remercier d'avoir épargné ta fiancée à l'époque !

— Et si je racontais "ma vérité" à qui veut l'entendre ?

— Arrête de barjaquer. Qui croira à tes inepties ? Je ne crains rien, mon bon !

Hilda intervint. Elle s'approcha du Sud-Américain, lui ôta délicatement sa flûte des mains, la renversa doucement dans le seau à glace. Carlos resta figé dans son peignoir ridicule.

— Vous souhaitez que le commissaire camoufle votre crime, certifia-t-elle, aussi vous le menacez pour l'obliger à l'accepter.

— J'ai payé pour ce que j'ai fait, se défendit-il. Je suis *clean* !

— Je ne parle pas du braquage de la place Vendôme, monsieur Rodrigues, mais du meurtre de Nina.

Un silence sépulcral s'installa. On ne perçut plus que le discret glouglou de la piscine à débordement.

L'homme à la veste de daim se montra, sans doute intrigué par le calme soudain, et demanda d'un ton servile :

— Besoin de moi, Patron ?

Un geste rageur le renvoya.

— De quoi parlez-vous ? réussit enfin à articuler celui qui, l'instant d'avant, croyait manipuler un commissaire. Sa pâleur lui donnait un horrible teint blafard.

— Mais de la "brutale disparition d'Annie Adler", voyons, scanda Hilda.

Anconi relaya son épouse.

— Tu es sans doute le seul, dans tout Saint-Brevin, à ignorer la fin tragique de Nina. Les journaux, la radio, sans compter le Sea-Club du casino dans lequel tu picoles tous les soirs ! Même les plus petits coquillages en discutent entre eux dans le sable ! Tu me balades, tu me menaces, tu... *Clean* ? Tu parles ! Le corps a été découvert à La Courance, tout près de chez toi. Tu nous expliques ?

— La plage est dangereuse, elle se sera probablement noyée...

— Surtout, ne montre pas ton chagrin. Tu l'as assassinée !

— Et pourquoi je me jetterais dans la gueule du loup en vous appelant au secours, si c'était moi ?

— Tu veux qu'un autre porte le chapeau, en m'utilisant !

Carlos perdit totalement son calme. Il fixa subitement l'adjointe du commissaire, plissa ses petits yeux méchants.

Il désigna Hilda de son bras tendu.

— Je te reconnais, maintenant ! Hier soir, cette péronnelle m'espionnait au casino ! Ramiro ! Ramiro ! hurla-t-il en balançant coupes et seau à champagne par terre, d'un revers de main. *Puta* ! Ramiro !

La bouteille roula sur le dallage, tomba dans la piscine. Les verres se brisèrent.

L'homme à la veste de daim réapparut, mastiquant toujours son chewing-gum. Cette fois, il tenait négligemment un automatique à bout de bras, l'air satisfait.

— Boucle-les-moi, Ramiro, là où tu sais ! Ôte-lui son pétard, c'est un flic.

Anconi tenta d'intervenir.

— Ce n'est pas cinq ans que tu prendras, cette fois, Carlos, c'est perpète !

Ramiro le palpa, à la recherche d'une arme cachée. Il affichait un visage insolent et content de lui.

— Inutile, je n'en porte jamais, grommela Anconi.

— Vous avez abusé de ma patience, Commissaire, asséna Rodrigues. Vous l'aurez voulu. *Vamos* ! N'oubliez pas, vous n'êtes rien ici, rien ! ajouta-t-il en claquant l'ongle de son pouce derrière sa dent en or.

Il disparut dans sa résidence par une large baie. Il baragouinait en espagnol, gesticulait comme un dément.

— *Nada* ! répéta-t-il.

Ramiro secoua son pistolet pour leur montrer le

chemin et se plaça derrière eux. De force, ils durent contourner la villa. Il les fit pénétrer par une embrasure étroite s'ouvrant dans un escalier sombre.

— Descendez !

Une fraîcheur moite les saisit. Un étage plus bas, ils durent s'arrêter devant une porte métallique. Une vague lueur éclairait le mur de béton. Ramiro, sans les quitter des yeux, tourna une grosse clef, refoula la lourde ouverture et les poussa à l'intérieur d'une pièce totalement noire. Le commissaire perçut la pression d'un canon dans son dos.

Un grand bruit résonna. Ils étaient enfermés. L'endroit sentait le moisi, un silence absolu y régnait.

— J'ai peur, *mijn beminde*.

Pour toute réponse, Anconi lui serra fort la main.

— C'est de ma faute, je l'ai provoqué, poursuivit-elle en se pelotonnant contre lui.

— Mais non ! Mais non ! Ce Carlos est un mafalou doublé d'un fada, mais il ne pourra pas nous retenir ici bien longtemps, tenta-t-il pour la rassurer.

Le commissaire explora la pièce à tâtons. La maçonnerie, rugueuse sous les doigts, suintait d'humidité. Une étrange et épaisse froidure enveloppait le lieu. Il ne trouva d'abord aucune issue. Le sol lui sembla nu jusqu'à ce qu'il bute contre un tas de gravats. Il poussa un cri qui s'étouffa entre les murs.

Après l'éclat éblouissant du dehors, leurs yeux devenus aveugles s'acclimatèrent progressivement à l'obscurité. Anconi remarqua un fin rai de lumière, à hauteur d'homme, s'approcha. Une ouverture avait été presque totalement obstruée par des parpaings. Anconi y plaqua son œil, ressentit un léger souffle parvenant du dehors. Il lui sembla distinguer une végétation touffue qui masquait le décor extérieur. Il porta ensuite l'oreille à la fente.

— Écoute ! Le bruit de la mer ! Fatche ! Nous voilà enfermés dans un blockhaus, Hilda. Nous sommes propres, les soldats.

— Nous allons mourir, dans ce trou. Personne ne nous retrouvera.

Elle se mit à pleurer doucement.

IX

LES ÉVÈNEMENTS SE PRÉCIPITENT

Anconi prit Hilda dans ses bras, tenta de la rassurer, Carlos ne pouvait pas les garder infiniment, sa colère passerait, la prudence lui reviendrait.

— Tu rêves, voyons ! Il a déjà tué Nina ! Maintenant qu'il est démasqué, il ne s'arrêtera pas.

— Ce càcou de pacotille me le paiera !

Il reprit l'exploration du cachot. Il palpait nerveusement les murs humides, cherchant une issue. La lourde porte par laquelle on les avait poussés s'avéra inébranlable. Ses doigts relevèrent seulement les saillies de gros rivets. Les coups qu'il frappa contre elle le convainquirent de son épaisseur. « Inutile d'espérer sortir par là. » Ses mains ne reconnurent aucune autre sortie possible.

Il se rapprocha alors du mince pinceau de lumière, y colla son œil. Tout à coup il perçut des bruits, des grattements dans la végétation extérieure. Des reniflements lui parvinrent, s'amplifièrent. Bientôt un souffle et des éternuements spasmodiques se mêlèrent aux craquements de branchages foulés.

— Hilda ! Un chien ! Il y a un chien, dehors, tout près.

Un son de ruissellement confirma son impression.

— Fatche de couillon, c'est qu'il nous pisse dessus ! Eh ! Oh ! Il y a quelqu'un ?

À l'évidence, une bête se soulageait contre le mur de leur prison. Anconi cria « au secours ! » à plusieurs reprises.

— Ho ! Ho ! ? Ici ! Viens ! Viens ! répéta-t-il, pour attirer l'attention de l'animal. Approche !

Hilda renchérit par des « à moi ! à moi ! » tonitruants. Serrés l'un contre l'autre, ils guettaient la moindre réponse. Ils entendirent la bête fouler les buissons, puis renifler. Il émit une sorte de clabaudage, gratta le mur en aboyant à plusieurs reprises.

Un cri interrompit le manège du chien. Quelqu'un l'interpellait impérativement.

— Albator ! Albator ! Au pied !

Anconi reprit le nom de la bête, tenta d'attirer son attention. Mais le maître l'emporta par ses appels répétés et impérieux. Après un dernier jappement, le héros de manga s'éloigna dans le bruissement d'invisibles buissons.

— Personne ne viendra nous secourir, se lamenta Hilda, hoquetant.

Le commissaire avala trois cachous, grommela des injures. L'œil rivé à la fissure, il frappa le mur ici et là, comparant les sons émis par la structure. Puis, de la main, il tâta soigneusement le béton suintant. Il réalisa qu'ils se trouvaient dans la chambre de tir du fortin. L'ouverture d'où dépassait le fût du canon avait été bouchée sommairement, laissant filtrer en un endroit ce filet de lumière. Il explora le sol, ramassa un morceau de parpaing et commença à frapper de toutes ses forces. Des fragments s'effritèrent à ses pieds, d'autres tombèrent à l'extérieur.

— Tu vas te blesser ! Que fais-tu ? demanda Hilda qui ne pouvait qu'entendre les chocs répétés.

Des « han ! han ! » lui répondirent.

— Ces bras cassés ont travaillé à pica-proche* exulta le commissaire. Regarde !

Bientôt un gros quartier s'écroula, puis un autre. Par l'orifice dégagé, ils aperçurent le ciel bleu au travers de taillis de ronces. Le bruit de la mer s'accentua, des piaillements de mouettes leur parvinrent.

— Nous allons élargir la brèche, Hilda.

Ses coups reprirent, réguliers. Le trou s'agrandit. Les blocs tombaient plus facilement, maintenant que l'angle d'attaque devenait favorable. Un parpaing entier s'écroula, puis un autre. Ils découvrirent face à eux de hauts arbres, des broussailles.

Anconi passa la tête par l'ouverture. Personne en vue.

— Le mur de l'Atlantique ! Tè, manque plus que Bourvil, les Chleuhs et un aviateur anglais ! Regarde !

*Littéralement "tape à côté", pour parler d'un travailleur incompétent.

Il aida Hilda à se jucher sur le tas d'éboulis. À son tour elle fouilla le périmètre. En contrebas de la construction de béton, le terrain dégringolait dans les fourrés. La chaleur extérieure contrastait avec la fraîcheur de la casemate.

— Sortons par-là, affirma le commissaire.

— Jamais je n'y parviendrai, c'est bien trop haut ! Et l'ouverture trop étroite !

— Bonne Mère, je te ferai la courte échelle. Une fois de l'autre côté nous nous accrocherons aux branches pour descendre.

Aussitôt il reprit son travail de démolition. Il dégagea deux rangées supplémentaires de parpaings, sur une largeur suffisante pour y passer le corps. Les morceaux s'amoncelaient à ses pieds. La lumière du dehors pénétrait maintenant dans leur réduit. Il grimpa sur le tas et, dos au mur, tendit ses paumes jointes.

— Poses-y le pied et accroche-toi à mes épaules. Introduis le torse, je te pousserai dehors.

— Mais je risque de me fracasser en bas !

Anconi retira son vieux cuir, et le mit à pendre à l'extérieur par la brèche.

— Tu t'y suspendras, je le retiens. Tè vé, tu t'aideras des grosses branches pour descendre.

Encore hésitante, elle se résigna lorsque son mari l'alerta :

— Si ce mafalou de Carlos revient avec sa bande, nous serons jolis.

Le plan réussit. Hilda se retrouva dehors, s'accrochant au cuir. Celui-ci résista, gagna dans l'affaire quelques éraflures supplémentaires. Elle tomba dans les taillis, agrippa ce qu'elle put de la végétation avoisinante, s'écorcha. Debout dans la verdure, elle s'étonna de son exploit.

Anconi la rejoignit très vite, roula-boula dans les ronces et réussit enfin à se stabiliser quelques mètres plus bas que son épouse. Sa chemise et son pantalon en souffrirent quelque peu.

Au-dessus d'eux, ils purent détailler le blockhaus et son ouverture meurtrière. On devinait, derrière, la toiture et les murs blancs de La Sierra de Carlos.

— Ouf ! J'ai bien cru que… Oh ! Tu es dans un état, *mijn beminde* ! Ton pauvre cuir ! Tes mains !

Elle secoua le vêtement, l'épousseta. Une boîte de cachou en tomba. Le commissaire la ramassa et s'en servit copieusement.

Les Anconi crapahutèrent tant bien que mal au bas de la falaise, empruntèrent un sentier caillouteux serpentant en bordure de plage parmi les racines tortueuses de chênes et de grands pins. Ils croisèrent une famille de promeneurs, chaussés de solides brodequins, short, tee-shirt et sac à dos.

Encore éberlués de leur évasion, ils suivirent le rivage. Bientôt de vastes étendues sableuses apparurent à leur gauche, plantées d'une végétation rase de sorte que la mer paraissait lointaine. Et toujours, en face, sur l'autre berge, ce chapelet d'entrepôts et de hangars, cernant le haut portique des chantiers navals. Leur chemin longea des baraquements anciens avant de déboucher dans une voie bitumée : « *Passage de Penfour* », indiquait un panneau.

— Je voudrais bien voir la tête de Carlos, en découvrant notre fuite.

Ils rirent tous les deux, réalisant qu'ils avaient échappé à Dieu sait quoi. Ils reconnurent l'avenue du Maréchal-Foch, la suivirent jusqu'à l'allée Stefani.

— Maintenant que nous avons démasqué Carlos, il faut l'arrêter, prêcha Hilda qui n'était nullement disposée à pardonner leur emprisonnement.

— Fatche ! Regarde !

Une estafette Renault de couleur bleue stationnait à hauteur de la propriété de Carlos Rodrigues.

— Javert ! grinça Anconi, le bougre, il va se charger de le boucler.

Hilda tempéra son commissaire de mari.

— Pourquoi le soupçonnerait-il ?

— Tu as raison, Hilda, les gendarmes ignorent notre mésaventure. Carlos jouera au fiancé éploré et surpris. Il va les entourlouper.

Les évadés n'osaient pas s'approcher de leur auto. Ils ne souhaitaient pas croiser la maréchaussée, mais désiraient vivement voir Carlos arrêté. Ils se consultèrent, dissimulés par la cabine téléphonique, surveillant à distance l'activité de cette allée qui se terminait en cul-de-sac. Devaient-ils sonner chez Rodrigues et tout déballer en présence des uniformes ? Ou au contraire, laisser l'enquête officielle patauger ? Un mouvement dans la rue décida pour eux. L'estafette bleue démarrait. Elle s'éloigna au fond de l'impasse puis revint vers eux. Anconi attrapa son épouse par le bras et l'entraîna dans un chemin sablonneux qui naissait à l'origine de l'allée Stefani. Ils s'accroupirent derrière le pilier d'un muret.

Le fourgon passa devant eux et gagna la direction du nord. Ils distinguèrent nettement Javert à côté du chauffeur ainsi que Carlos assis derrière entre deux pandores. Il avait troqué son peignoir ridicule pour un costume blanc. Ils n'eurent pas le temps de le dévisager.

— Ils l'ont embarqué, chuchota Hilda.

— Ils ne prennent pourtant pas le chemin de la gendarmerie ! Vaï ! Viens vite !

Ils coururent jusqu'à leur voiture. Le commissaire s'installa au volant, opéra un demi-tour au fond du cul-de-sac et repartit à toute allure.

— Là ! Là ! cria Hilda. Regarde !

Anconi crut que son épouse craignait une collision, il exécuta une embardée.

— Cette voiture ! Je la reconnais ! s'exclama-t-elle en se retournant. C'est celle de la nuit dernière, la grosse bagnole noire dans laquelle s'est engouffré le type aux jambes arquées.

— Tè pardi, Billy et Fredo, spécifia le commissaire. Preuve que notre ami Rodrigues fricote bien avec eux dans la came.

Abordant le carrefour de la Courance, il le contourna deux fois avant d'apercevoir au loin un éclair bleuté sous les arbres de ce qui ressemblait à un grand parc. Il accéléra pour se rapprocher.

L'estafette parcourut l'avenue de Mindin à faible vitesse, restant facilement repérable par la lumière scintillante de son toit. Elle suivit la direction de Saint-Nazaire, franchit le péage du pont sans s'arrêter et se lança dans la montée de la longue rampe.

Anconi la laissa prendre du champ et dut débourser vingt-quatre francs pour que le feu passe au vert. À son tour, il traversa le large estuaire. Ils oublièrent un instant Nina et son meurtrier, absorbés par le spectacle grandiose du fleuve miroitant, de la ville de Saint-Nazaire étalée autour de ses Chantiers, de ses grands navires endormis sous les gigantesques grues des quais.

— Toi qui connais la commune, où se rendent-ils ? s'inquiéta Hilda, alors que le gyrophare contournait la cité.

— Tè, une chose paraît certaine, ils ne vont pas saluer nos collègues de l'hôtel de police ! ironisa le commissaire qui ne digérait pas sa garde à vue de la veille.

Ils suivirent le panier à salade, quittèrent enfin la route Bleue pour emprunter la direction « *Centre hospitalier* ».

Quelques minutes plus tard, la fourgonnette

franchissait les grilles donnant accès à une chapelle trapue, boulevard du Docteur-René-Laënnec.

— La morgue ! s'exclama Anconi. Les gendarmes y ont sans doute fait transférer le corps de Nina et demandent à ce càcou de venir le reconnaître. Curieux ! L'autopsie n'aura pas lieu ici, mais à l'institut médico-légal de Nantes. Une boulette de Javert, bien comme il faut !

— Et maintenant ? On ne peut tout de même pas entrer, bonjour Carlos, bonjour major Javert !

Le commissaire stationna la R21 en face, devant le lycée des métiers Sainte-Anne.

— Attendons, j'aimerais voir sa tête en sortant, annonça-t-il en se gratifiant de deux bonbons noirs.

L'estafette était garée dans la cour, le chauffeur profitait de l'absence du chef pour griller une cigarette à l'ombre de la façade blanche de la chapelle. Sur le boulevard, plusieurs bus passèrent et marquèrent l'arrêt devant l'entrée de l'hôpital. La circulation de 18 heures s'intensifiait.

Soudain Hilda attrapa le bras de son mari, poussa un petit cri aigu.

— Là ! Qu'est-ce qu'il fabrique ici, celui-là ?

Le commissaire suivit le regard de son épouse, sans comprendre.

— Va, qu'est-ce qui te boulègue ?

— Là, le bonhomme qui sort de la cour !

— Eh bien, quoi ?

Un homme d'une quarantaine d'années, chauve,

gagnait le trottoir. Son élégant costume trois pièces paraissait incongru en pleine chaleur de juillet. Il sortit un paquet de cigarettes et en alluma une. Il montrait une nervosité évidente.

— Mais il se trouvait au bar du casino, hier soir !

— Un des convives de Carlos dont tu m'as parlé ?

— Non ! L'agent immobilier ! Richoux ! Il pleurnichait en s'enivrant avec des cocktails rouges.

— Fan de putain ! Que…

Il ne put finir sa phrase, sa femme jaillissait déjà de la voiture, traversait en hâte la chaussée au mépris de la circulation. Le commissaire la vit aborder le bonhomme qui tenta d'abord de l'ignorer. Une conversation s'engagea, « sans doute parle-t-elle de moi », car le promoteur se tournait vers la R21. Un bus s'interposa, lui dérobant la scène. Lorsqu'il quitta l'arrêt, Hilda revenait en compagnie de l'agent immobilier. Anconi sortit de la voiture.

— Je te présente monsieur Richoux, qui connaissait bien Nina. Je l'ai convaincu de venir discuter avec toi. Mon mari, le commissaire Anconi, ajouta-t-elle en le désignant.

Les deux hommes marmonnèrent une formule de politesse convenue.

— Vous êtes policier ?

— En effet. Quai des Orfèvres. Vous appartenez à la famille d'Annie Adler ?

Le promoteur écrasa sa Marlboro de la pointe de sa chaussure vernie, répondit qu'il n'était qu'un admirateur de la chanteuse.

— Je crois qu'elle avait perdu ses parents depuis longtemps, ajouta-t-il pour se donner une contenance.

— Quelle coïncidence tout de même ! Vous croisez mon épouse hier soir au casino de Saint-Brevin, et aujourd'hui vous me rencontrez ici. Tè, avouez…

Contrairement à ce qu'il prétendait, Anconi ne croyait nullement au hasard. Il essayait toujours de relier des évènements en apparence fortuits. Il cherchait le fil conducteur.

— Vous la connaissiez depuis longtemps ? demanda-t-il à brûle-pourpoint.

— Depuis qu'elle animait les galas du Sea-Club.

— Mon épouse m'a révélé que vous soupçonniez ce… Comment se nomme-t-il, ce bonhomme avec qui elle vivait ?

— Carlos Rodrigues ? Elle l'avait quitté, affirma-t-il avec une moue de dégoût.

— Vous prétendiez hier soir avoir assisté à une altercation entre les amants.

— Ils n'étaient plus amants.

Un éclair de fureur anima son regard gêné.

— Vous alliez au-delà, poursuivit Anconi, vous l'accusiez.

— J'avais un peu trop bu.

— Mon épouse m'a rapporté que vous aviez été témoin de violences, du meurtre même, ai-je cru comprendre.

— Je racontais n'importe quoi. Je vous l'ai dit, un verre de trop.

Richoux dansait maintenant d'un pied sur l'autre, pressé de se soustraire à l'emprise des questions.

— Voulez-vous que nous en discutions ? L'heure de l'apéritif approche, j'ai repéré un café à proximité, dans le boulevard. Prenons quelque chose ensemble !

Le commissaire ne remuait-il pas le couteau dans la plaie, en évoquant “l'apéritif” ? Cet homme trop bien vêtu, se dérobant à chaque interrogation, ne lui plaisait pas. Que faisait-il à la morgue ?

— Vous a-t-on chargé de l'enquête ? demanda Richoux d'un air circonspect.

— On m'a sollicité pour collaborer avec la gendarmerie, vu que la victime avait été impliquée dans une autre affaire dont je m'étais occupé à Paris.

Le promoteur se laissa conduire au “bar de l'Étang”. L'endroit était envahi de lycéens de l'établissement voisin. Leurs cartables rebondis encombraient la salle. Les plus grands jouaient au flipper, les plus jeunes au baby-foot. Les consommations, menthe à l'eau, Gini et 7UP se partageaient les tables. Dans le cendrier du baby, les cigarettes se consumaient toutes seules. Une forte odeur de tabac froid imprégnait d'ailleurs les lieux.

Ils s'installèrent à l'écart. Anconi choisit un demi, Hilda un Perrier-tranche. Richoux accepta un café à contrecœur et s'adressa à Hilda, sans la regarder.

— Hier soir, Madame, vous agissiez en service commandé ? Vous jouiez parfaitement la comédie, je vous félicite.

La femme du commissaire ne se démonta pas. « Quel contraste avec le geignard de la veille », songea-t-elle.

— Mon mari déteste les casinos. Il m'arrive de profiter de ses absences.

— Vous mentez bien mal, aujourd'hui. Qu'attendez-vous de moi ?

L'homme élégant et policé se mura. À l'arrivée des consommations, il s'offrit une nouvelle Marlboro. Ses mains tremblaient légèrement.

— Que vous nous parliez de Nina, monsieur Richoux, et de son assassin que vous prétendez connaître.

— Je vous l'ai dit, ne voyez en moi qu'un de ses admirateurs.

— Rien de plus ? attaqua Anconi.

Le promoteur joua les offusqués, mima la surprise.

Dominant un accès de fureur difficilement contenu, il affirma :

— Rien de plus, évidemment. Qu'insinuez-vous ?

— Je n'insinue rien, je cherche seulement à préciser vos relations avec Nina. Vous sortiez avec elle ?

— Bien sûr que non.

Le commissaire remarqua l'alliance.

— Êtes-vous marié, monsieur Richoux ?

— Oui, je...

— Votre épouse ne vous accompagne jamais au Sea-Club ? l'interrompit Anconi.

— Elle s'est donné la mort, Commissaire.

Il lança sa réponse comme une flèche, sans montrer le moindre chagrin à l'évocation de la défunte.

— Toutes mes condoléances. Veuillez pardonner le caractère abrupt de mes questions.

— Pour satisfaire à votre curiosité, sachez que je n'entretenais pas de relations intimes avec Nina, même si cela n'aurait pas constitué un crime.

— Bonne Mère, je vous renouvelle mes excuses. Une enquête peut parfois heurter, j'en conviens.

— Je les accepte. Progressez-vous dans vos investigations ?

— Nous nous concentrons sur ce Carlos Rodrigues, compte tenu de vos affirmations et de sa proximité avec la victime. Nous manquons de preuve. La gendarmerie vous avait sans doute convoqué à la morgue pour reconnaître le corps, afin de s'assurer de son identité ?

— Non.

— Pardonnez-moi, poursuivit le commissaire, une visite de recueillement, je comprends.

Richoux opina en écrasant sa cigarette.

— Comment saviez-vous qu'elle se trouvait là ?

Anconi ne perçut-il pas une lueur d'inquiétude dans son regard ?

— On ne m'a pas autorisé à la voir, regretta-t-il en évitant de répondre.

— Ah !

— Je vous pose la question, car, en principe, le cadavre aurait dû être conduit à l'institut médico-légal de Nantes, pour autopsie. Une erreur de procédure.

— Je l'ignorais. Mon métier me tient fort heureusement éloigné de ces tracasseries.

— Justement, puisque vous en parlez. Vous exercez la profession d'agent immobilier, je ne me trompe pas ?

— Vous semblez bien renseigné.

— Vous avez acquis récemment une villa à Saint-Brevin.

— Il faut savoir saisir les opportunités. Mais quel rapport avec votre enquête ?

— Le pavillon Les Boucauds, insista Anconi, avenue de la Duchesse-Anne ?

Richoux cessa brusquement de torturer son café avec sa petite cuillère, suspendit son geste, se redressa et fixa le commissaire.

— En effet. Mais où voulez-vous en venir, à la fin ? s'agaça-t-il.

— À ceci : comment expliquez-vous que le corps sans vie d'Annie Adler ait été découvert aux Boucauds, dans une propriété que vous aviez acquise tout récemment ?

Le promoteur sursauta, son visage exprima d'abord la stupeur, puis la colère.

— Vous divaguez ! Impossible ! Dans le journal…

— Les journalistes ne savent pas tout, monsieur Richoux. Ils n'ont d'ailleurs pas révélé l'identité du cadavre de la plage, dans leur article.

Anconi rappela soigneusement les faits, la découverte macabre par la femme de ménage dimanche dernier, sa course à la gendarmerie et la disparition de la dépouille mortelle à l'arrivée des forces publiques.

— Comment avez-vous deviné qu'il s'agissait de Nina, sur la plage de la Courance ?

— Je redoutais que cela arrive. Carlos…

Anconi adopta un ton professoral et ironique.

— Je résume : Carlos Rodrigues tue Nina et enferme le cadavre de sa victime dans le placard d'une maison qu'il ne possède pas, puis va le rechercher plus tard pour le balancer sur la plage ? Parole, cela ne tient pas debout, vous ne trouvez pas ?

— …

— Ce qui me trouble, c'est que vous veniez d'acquérir Les Boucauds !

Richoux pâlit affreusement, il se leva d'un bond,

ridicule dans son costume trois pièces au milieu de ce bar de lycéens.

— Vous m'accusez, si je comprends bien vos insinuations. Quelle farce !

— Vous n'ignorez pas que les gendarmes sont revenus ce matin aux Boucauds pour relever des indices. Je suppose qu'ils vous ont contacté avant de procéder à leurs investigations. Ces gens-là sont réglo. J'en conclus que je ne vous ai rien appris que vous ne sachiez déjà et que vous jouez seulement les étonnés. Asseyez-vous, expliquez-nous.

Richoux prétendit alors qu'il ne possédait pas encore les clefs de la villa, puisque la signature définitive devant notaire n'interviendrait que dans quelques jours. De ce fait, il n'avait pas pu s'y rendre. Il avait vu Nina à l'issue de son ultime représentation, le 20 juin et assisté à une altercation entre elle et Carlos lorsque ce dernier fit irruption au Sea-Club avant de l'entraîner dehors. Pressé de questions, il avoua avoir suivi Carlos jusque chez lui, allée Stefani pour s'assurer qu'il ne portait pas la main sur elle.

Sans ménagement, Rodrigues avait poussé la chanteuse dans sa propriété en la giflant. Sur l'insistance du commissaire, il reconnut ne pas avoir assisté au meurtre. Très déprimé, il était rentré chez lui. Jamais il n'avait revu Nina. Il se révéla incapable d'expliquer la présence du corps de la victime aux Boucauds.

Anconi, dérouté, s'interrogeait. Richoux sincère ? Amoureux transi ? Assassin ? La déposition de la femme de ménage ne précisait-elle pas que les accès de la maison n'étaient pas verrouillés à son arrivée ?

X

TROP DE SUSPECTS

Lorsqu'ils laissèrent Richoux devant sa tasse vide, bar de l'Étang, ni Anconi ni son épouse ne furent convaincus de son innocence. En regagnant leur voiture, ils constatèrent la disparition de l'estafette des gendarmes. S'ils regrettèrent de n'avoir pas pu observer son départ et surtout l'attitude de Carlos Rodrigues après sa confrontation avec le cadavre de Nina, ils avaient débusqué un nouveau suspect possible. Hilda suggéra une complicité entre ces deux personnages pourtant si différents. L'un tue, l'autre l'aide à cacher le corps.

— Fan de Boucauds ! Quel mobile partageraient-ils ? Quelque chose nous échappe, Hilda. Rentrons !

Ils regagnèrent la route Bleue, repassèrent le pont. L'estuaire miroitait, calme comme un lac. Un voilier remontait le chenal à la faveur du flot, minuscule tache blanche sur cette immensité plus propice aux gros navires. Anconi grogna en déboursant de nouveau vingt-quatre francs du péage.

— Ton cher Arnaud-Fontaine te les remboursera avec grand plaisir, *mijn beminde* ! plaisanta Hilda.

Le commissaire s'esclaffa. Il entrevit les sourcils en chapeau chinois et la mine suspicieuse de son directeur.

— J'aurais dû réclamer un certificat de passage, rien que pour voir sa bobine !

Il se transposa dans le bureau Empire, sortant les tickets agrafés avec ses notes d'hôtel. Dans la R21, il imagina son chef plissant son crâne chauve et éructant : « C'est une plaisanterie, Anconi ? »

Le service au restaurant de La Boissière battait son plein lorsqu'ils s'y installèrent. Les bruits de couvert se mêlaient aux conversations, aux rires. Hilda avait troqué pour une tenue plus convenable ses vêtements marqués par leur séjour dans le blockhaus et les péripéties de leur évasion. Le commissaire refusa de quitter son vieux cuir, l'épousseta en déclarant que ces petites éraflures ne le rendraient pas moins confortable.

— En rentrant à Paris nous t'en achèterons un neuf.

Il parut ne pas entendre. Hilda suggéra un apéritif, lui tendit la carte d'un air malicieux :

— Choisis ce qui te fait plaisir ! Ne regarde pas le prix, je te l'offre, ou plutôt le casino, avec mes gains d'hier soir !

Anconi pouffa.

— Rien ne va plus ! s'exclama-t-il en imitant le geste du croupier jetant la boule.

Et il commanda deux coupes de champagne.

Ils choisirent ensuite un plateau de fruits de mer et du vin blanc. La serveuse vint chercher discrètement le commissaire, alors qu'il terminait les huîtres.

— Allô ? Patron ? C'est Bolz !

— Bonsoir, Petit. Cela me fait plaisir de t'entendre. Lefebvre m'a dit qu'à ton retour de vacances, tu étais noir comme le pruneau.

L'inspecteur répondit d'un rire étouffé.

— Je viens de rencontrer Jean Mendel chez lui, embraya-t-il aussitôt, rue de la Colonie. Un drôle de zig. Son appartement, au dernier étage d'un immeuble couvert de lierre, est un fouillis indescriptible. Une odeur d'herbe là-dedans, je ne vous dis pas ! D'ailleurs il ne s'en cache pas, un pétard fumaillait dans le cendrier. Il n'a pas paru étonné de voir un policier débarquer chez lui. Ainsi que me l'avait conseillé Lefebvre, j'ai évoqué une disparition concernant Annie Adler et non un décès. Cela m'a permis de l'interroger sur ses relations avec elle et de préciser son emploi du temps.

Bolz marqua un arrêt, Anconi perçut le crissement d'un briquet. L'inspecteur s'aidait d'une Gauloises.

— Il affirme avoir quitté Saint-Brevin le 22 juin avec son groupe, les *Yellow Stars*…

— En compagnie de Nina ? l'interrompit aussitôt le commissaire.

— Non. Il prétend que leur contrat s'achevait à cette date.

— Il ment ! Selon le chargé de clientèle du casino, ils devaient accompagner Nina tout l'été, trois jours par semaine.

— C'est ce que je lui ai répliqué, Lefebvre m'avait soigneusement rancardé. Il s'est embrouillé, alléguant que la chanteuse avait soudainement mis fin à leur collaboration au cours de ce week-end et souhaitait retrouver ses parents en Israël. Par contre, il s'avère incapable d'en fournir le motif. Il parle d'une "fille instable".

— L'as-tu interrogé sur ses relations avec elle ?

— Bien sûr, Patron. Il ne nie pas sa liaison. Il situe le début de leur idylle en 1978, à une époque où les *Yellow Stars* se produisaient avec elle tous les soirs au Lotus.

— Pardi, au moment où Carlos emménage à Fleury-Mérogis. Dis-moi, comment se sont-ils retrouvés à Saint-Brevin, alors que tout marchait bien au Lotus ?

— Selon lui, une lubie de Nina. Un contrat en or, qu'elle certifiait, trois jours par semaine et le reste du temps la mer, la plage…

— *Sea, sex and sun*, en somme. À quelle date débute la chanson ?

Un silence étonné précéda la réponse.

— En 1983. Le 6 juin. Il s'en souvenait bien, car ils ont signé avec le casino le jour où il avait reçu *in extremis* ses billets pour le concert de David Bowie à l'hippodrome d'Auteuil deux jours plus tard.

— Tè, justement quand ce càcou de Carlos quitte la France pour regagner la Bolivie ! Ménage à trois sous le soleil de Saint-Brevin.

— Jean Mendel affirme ne pas connaître Rodrigues. Je l'ai bien entendu interrogé sur l'épisode de l'œil au beurre noir. Il a nié toute rixe, a d'abord prétendu ne pas s'en souvenir, puis m'a sorti la classique chute dans l'escalier, un soir qu'il avait trop consommé d'herbe.

— Fan d'accordéoniste ! Il nous enfume comme il faut.

— Je le pense aussi. Il s'est produit un évènement au cours du week-end du 20 au 21 juin dernier, Patron, c'est certain. Et cela a conduit au meurtre.

— Pourquoi a-t-il rompu avec Nina ?

— « Pas moi », affirme-t-il, ajoutant qu'elle a changé brusquement de comportement. « Elle a pris ses distances, fin de l'histoire ! »

— Comment a-t-il réagi lorsque tu lui as annoncé l'assassinat de Nina ?

— Ses démonstrations de chagrin ne m'ont pas convaincu. Il ne paraissait pas profondément affecté, plutôt en colère. Il a accusé immédiatement « ce salaud de Carlos », qu'il affirmait ne pas connaître quelques minutes auparavant.

— Dis-moi, Vieux, verrais-tu ce Jean Mendel dans la peau d'un meurtrier ? Son départ précipité de Saint-Brevin semble bien étrange.

— Il ment et nous embrouille, à l'évidence. Encore faudrait-il lui trouver un mobile.

— La jalousie, Petit, la jalousie ! Un truc vieux comme le monde.

Bolz ne contraria pas son patron. Il se proposait de rencontrer les deux autres musiciens des *Yellow Stars* pour vérifier les assertions de l'accordéoniste.

— Lefebvre pourrait te donner un coup de main.

— Le directeur lui pourrit la vie…

Après un nouveau crissement de briquet, l'inspecteur confia que son collègue avait été convoqué chez Arnaud-Fontaine. Ce dernier l'avait chargé d'établir sans délai un mémorandum circonstancié des investigations concernant l'affaire du “tueur de vieilles dames”, car le ministre s'impatientait du manque de résultats. « Je dois rendre des comptes, moi ! »

— Vaï ! Ne serais-tu pas en train d'essayer de me cacher qu'il a reçu une soufflante à ma place ?

— Pas d'inquiétude, Patron.

— Je suppose qu'il me réclamait pour ce travail…

Bolz le concéda, ajoutant qu'ils avaient justifié son absence par un voyage urgent chez son fils conchyliculteur à Port-des-Barques, dans les Charentes. Motif : « gros pépin de santé », précisa l'inspecteur en soulignant que la peur panique de la maladie émoussait toujours les réactions d'Arnaud-Fontaine, du fait de son hypocondrie.

— Lefebvre a cependant réussi à s'échapper dans le 18e, au prétexte de réinterroger la dernière plaignante dans l'affaire des “vieilles dames”. Il en a profité pour visiter cette madame Wilkinson qui tient une petite librairie aux Abbesses. Cette femme très fragile envisageait de se retirer à Saint-Brevin, d'où sa visite des Boucauds. Vous pouvez l'oublier, elle a préféré investir dans le Midi.

— Tu le remercieras, Petit.

— Bon ! Je vous quitte, Patron, je file rue Saint-Sulpice rencontrer le frère, Daniel Mendel, puis dans le 18ᵉ chez Moussa N'Diaye, le batteur.

— Merci vraiment, les enfants, conclut-il, de l'émotion plein la voix.

Tout en retournant à sa table, il se surprit à suivre en pensée son inspecteur, dégringolant les escaliers du “36”, gagnant le Quartier latin tout proche à grandes enjambées. Il se trouva un peu ridicule à imaginer Bolz jouant des coudes dans les couloirs de la station Saint-Michel.

— Tu as l'air tout drôle, *mijn beminde*. Mauvaises nouvelles ?

— Tè, nous voilà avec un suspect de plus. Cet accordéoniste nous cache quelque chose.

Tout en décortiquant sa demi-araignée, il rapporta la conversation de Bolz avec Jean Mendel.

— Comment aurait-il eu accès à cette fichue villa Les Boucauds ? s'insurgea Hilda. Et s'il a quitté Saint-Brevin après son forfait, comment aurait-il procédé dimanche pour subtiliser le corps et le transporter tout seul sur cette plage ?

— Une complicité ? tenta le commissaire, sans trop y croire.

Le craquement des coquilles se brisant sous le casse-noix relaya leurs interrogations. Ils ne prirent pas de dessert, décidèrent d'une brève promenade.

Bras dessus, bras dessous et silencieux, ils partirent au hasard dans la douceur de cette soirée d'été embaumée de résine de pin. On dînait dehors, dans les villas. Leurs pas les conduisirent vers la mer, comme attirés par un aimant. Ils contemplèrent longtemps la vaste plage découverte par la marée basse, en contrebas du sentier côtier. L'océan, très loin, léchait sans bruit le sable de ses courtes vaguelettes languissantes. Des oiseaux blancs, posés çà et là, se partageaient l'immense espace. Quelques vacanciers, allongés sur des nattes, profitaient encore de la tiédeur du soleil déclinant face à eux.

Le commissaire descendit sur la grève, se déchaussa, foula les innombrables et minuscules coquillages crissant sous ses pieds nus. Nina venait-elle aussi se détendre à cet endroit entre deux représentations ? En quelle compagnie ? De Carlos ? Mendel ? Richoux ? Ou bien seule afin de leur échapper, le temps d'une cigarette ? N'était-elle pas le jouet de ses admirateurs ? Au contraire, s'était-elle amusée à les mener par le bout du nez ?

L'esprit encombré de pensées contraires, il rejoignit Hilda.

— Tu sais, lui confia-t-elle, ces brise-lames sur cette longue plage me rappellent mon pays, quand nous nous rendions à Domburg.

— Lorsque cette affaire sera conclue, nous irons passer quelques jours là-bas, si tu veux.

— D'accord ! Si tu évites la prison !

Pas sûr que cette boutade en fût vraiment une.

— Dieu garde ! Rentrons, la fatigue nous empêche d'y voir clair.

Ses chaussures à bout de doigts, il offrit l'autre bras à son épouse.

Plus tard, alors qu'ils dormaient profondément, le téléphone résonna dans la quiétude de l'hôtel. Le commissaire tâtonna au hasard, bouscula le réveille-matin, le fit dégringoler. La sonnerie persistait. Tant bien que mal, il réussit enfin à décrocher.

— Oh couillon ! Qui… Allô ?

— Vraiment désolé, Patron, encore moi. Vous dormiez ?

— Qui est à l'appareil ?

— Bolz, au "36", chuchota l'inspecteur, comme s'il retenait sa voix dans un accès de timidité.

Dans ses petits souliers, il se prit à regretter son appel.

— Maï*, quelle heure est-il, nom d'un chien ?

— Euh ! Presque 23 heures. Navré, je ne pensais pas… j'ai cru bon…

Le commissaire se redressa dans le lit, chercha longuement l'interrupteur de l'applique murale, l'actionna péniblement. Hilda se cacha sous les draps en marmonnant des mots inintelligibles.

*Marque l'agacement à Marseille.

— Tè excuse, Petit, je tombe de l'âne. Du nouveau ?

— Je rentre à l'instant au Quai. Je sors de chez le batteur, N'Diaye.

— Qu'as-tu appris ?

— Figurez-vous que les Mendel, Jean et Daniel sont jumeaux ! Quand on voit l'un, on voit l'autre. À s'y tromper.

— Confirme-t-il la version de son frère ?

— Oui, pour ce qui est de la liaison de Jean avec Nina ainsi que leur date de départ de Saint-Brevin, le 22 juin. Par contre, Daniel m'a semblé bien plus affecté que Jean du décès de Nina. Lorsque je lui ai demandé s'il soupçonnait quelqu'un, il m'a affirmé n'en avoir aucune idée. Il n'a rien remarqué et, contrairement à Jean, n'accuse pas Carlos Rodrigues.

— Tu penses qu'il avait le béguin pour la chanteuse ?

— Certainement. Et cette ressemblance !

— Qu'essayes-tu de me dire, Petit ? Parle.

— Une intuition idiote. Je me suis vraiment demandé lequel entretenait une liaison avec Nina.

— Fatche !

— Tenez-vous bien, il prétend ne pas avoir remarqué l'épisode d'œil au beurre noir de son frère Jean. Plus curieux encore, Patron, selon lui le groupe *Yellow Stars* s'est séparé depuis, ce que Jean ne m'avait pas signalé.

— Au casino, la direction parle d'une mésentente entre Nina et ses musiciens, d'un départ de la chanteuse pour Israël.

— Daniel Mendel confirme ce bruit qui a couru au casino, évoque de nouveaux projets, tout en restant évasif à leur sujet. Je viens de quitter N'Diaye, le batteur de la bande. Il confirme la dissolution du groupe sans donner d'explication non plus. Il se contente d'un proverbe de son pays : « L'eau chaude ne reste pas chaude éternellement. »

— Tè, un évènement s'est produit entre le 20 et le 22 juin entre tous ces acteurs.

— Le meurtre de Nina ?

— Sans doute, Petit. L'autopsie le confirmera peut-être. Mais pourquoi ?

— En tout cas, aucun des trois *Yellow Stars* ne semble connaître la villa Les Boucauds.

— Évidemment.

— Souhaitez-vous que je les convoque officiellement tous les trois au “36” pour une confrontation ?

— Pas encore, Petit, pas encore. Je te tiens au courant.

Bolz renouvela ses excuses « pour le dérangement » et s'apprêtait à raccrocher lorsqu'il lança brusquement :

— Oh ! Attendez ! Vous êtes toujours en ligne, Patron ? Je trouve à l'instant sur le bureau des inspecteurs un petit mot de L'Araignée portant la mention « *Urgent pour Monsieur le commissaire.* » Je vous le lis ?

— Tè, je t'écoute.

— Voilà, je découvre le billet en même temps que vous : « *Claudine de Murlin-Dompierre, épouse René Richoux, décédée noyade Paris décembre 1982 / chute Seine quai Voltaire / classement sans suite, dossier transféré parquet Saint-Nazaire.* »

— Coquin de bonsoir ! Et… rien d'autre ? s'enflamma Anconi. Il rejeta les draps, s'assit à grand bruit au bord du lit.

— Si ! Il a noté son numéro personnel avec la mention « *Si Monsieur le commissaire le souhaite.* »

— Sacrée Araignée ! Mille mercis, Bolz ! Va te reposer, maintenant, va.

— Bonne nuit, Patron.

Hilda s'agita, sa chevelure ébouriffée émergea des draps.

— Que t'arrive-t-il ? Des crampes ?

— Non pas. La tête me boulègue. Figure-toi que…

Mais, rassurée, son épouse se cacha de la lumière, s'enfouissant sous la couverture et grommelant qu'il ferait mieux de dormir.

L'étau se resserrait autour de l'agent immobilier Richoux. Le cadavre dans sa maison Les Boucauds fraîchement acquise, son attirance pour Nina et maintenant les sous-entendus de l'archiviste. Il n'oubliait pas pour autant les jumeaux Mendel ni ce càcou de Carlos qui n'avait pas hésité à enfermer un commissaire dans son bunker. Si seulement la date du décès se précisait, il serait en mesure d'investiguer les emplois du temps de chacun à ce moment !

Trop tarabusté par cet amoncellement de suspects, il composa le numéro de L'Araignée.

— J'attendais votre appel, Monsieur le commissaire.

— Excuse-moi de te déranger à pareille heure, Vieux, c'est que tu m'as flanqué les trois sueurs avec ta découverte.

— Quand Lefebvre m'a rancardé sur vos hypothèses, j'ai effectué quelques recherches de routine, assura-t-il avec sa modestie coutumière. Ce Richoux correspond-il au vôtre ?

— Connais-tu sa date de naissance ?

L'Araignée relut les notes ramenées chez lui. L'individu âgé de 35 ans en 1982 correspondait.

— Je vous détaille les faits. D'après mes fiches, en raison de son métier, il séjournait à Paris à l'occasion du congrès de la Fédération nationale des agents immobiliers qui se tient chaque année dans la capitale. Il était accompagné de son épouse, issue d'une famille de propriétaires terriens du Nivernais. Selon mes sources ils y possédaient un château. Bref ! Au soir du 8 décembre 1982, aux alentours de 22 h 30, le couple « faisait quelques pas sur la promenade des bords de Seine » après avoir dîné à la brasserie voisine La Frégate. « Claudine a glissé sur les pavés gelés à hauteur du pont Royal et a chuté dans le fleuve sans que je puisse la retenir. » Elle disparut aussitôt dans l'eau noire. Aucun témoin de la scène. Richoux expliqua avoir en vain appelé à l'aide, avant de remonter, affolé, quai Voltaire et de s'engouffrer dans le restaurant le plus proche pour déclencher les secours. Le corps de Claudine Richoux fut retrouvé quelques heures plus tard par la brigade fluviale des pompiers de Paris, coincé entre deux péniches en amont du pont de l'Alma. L'autopsie conclut à une hydrocution. Il gelait à cette période, le thermomètre affichait des températures négatives. La vérification ne décela aucun traumatisme. Les prélèvements sanguins révélèrent un taux d'alcool de 0,80 g/l et des traces de phénobarbital. Le mari a été longuement interrogé sur cette marche bien inopportune compte tenu du froid et de l'horaire. Il maintint la version selon laquelle sa femme avait insisté pour effectuer cette promenade. De son côté, le serveur du restaurant Voltaire confirma l'affolement de l'homme qui criait : « Au secours ! Vite ! Mon épouse est tombée à l'eau. »

Finalement aucune charge ne fut retenue contre lui et on classa l'affaire au titre de mort accidentelle.

— Té, pourquoi le parquet de Saint-Nazaire a-t-il réclamé le dossier ?

— Je l'ignore, Mons… Patron ! Sans doute en raison de la domiciliation du couple. La demande a été enregistrée ici le 9 décembre 1985, au lendemain d'un attentat contre les Galeries Lafayette, si vous vous souvenez de ce drame.

Anconi ne possédait pas la mémoire d'éléphant de son archiviste. L'Araignée régnait jalousement sur ses dossiers comme un collectionneur. Il gardait, amoncelait la paperasse, la classant avec une méthode scrupuleuse qui lui était propre. Il vous retrouvait le moindre fait divers, filant, blouse grise battante, jusqu'à l'étagère concernée. Il ajustait alors ses lunettes cerclées, tirait le carton requis par sa lanière. Gonflant ses joues, d'un souffle il le débarrassait de sa poussière avant de vous le tendre de la façon la plus naturelle du monde, sans la moindre ostentation.

— J'avais gardé des copies des procès-verbaux, par précaution, ajouta-t-il. Si ces documents vous intéressent, où puis-je vous les faxer demain ?

Lorsqu'Anconi raccrocha, après un échange soutenu de politesses, sa perplexité l'empêcha de se recoucher immédiatement. Il s'accouda à la fenêtre. Les lampadaires de l'avenue de Mindin distribuaient une lumière indécise entre les branches des arbres du parc. Le silence ne se troublait que de quelques craquements isolés d'écailles de pommes de pin. Et toujours cette odeur de résine tiédie.

— Que manigances-tu ? Viens donc dormir ! ronchonna Hilda du fond du lit.

Il s'y résigna, finit par sombrer, abruti de fatigue. Dans un rêve il vit, derrière une vitre sans tain, une jeune femme en robe de soirée rouge sommée de désigner son assassin au cours d'une parade d'identification. Javert, en uniforme SS, claquait ses bottes rutilantes de sa cravache en faisant les cent pas avec raideur. Parmi les hommes alignés, on reconnaissait de gauche à droite Carlos Rodrigues fumant ostensiblement un gros cigare, Fredo Lacabane souriant d'un air moqueur, les frères Mendel portant leurs instruments de musique respectifs et Richoux impeccablement habillé. La scène s'interrompait systématiquement au moment où la femme ébauchait le geste de pointer du doigt celui qui l'avait tuée.

Il se réveilla à plusieurs reprises, trempé de sueur. Chaque fois qu'il se rendormait, le rêve reprenait, toujours semblable et se concluait de la même manière. Il sursauta dans son lit lorsqu'on le secoua par l'épaule.

— Arrière ! cria-t-il en se protégeant du bras. Dans son cauchemar, il voyait Javert le frapper de son stick.

Hilda tentait seulement de le réveiller.

— C'est moi, *mijn beminde*.

Le commissaire se débarrassa difficilement de ses hallucinations. Son épouse lui présentait un plateau de petit-déjeuner.

— Café-croissants au lit ce matin !

— Tè pardon, je crois que je cauchemardais.

— Tu semblais effrayé, comme si quelqu'un te battait.

Il lui relata d'abord la scène de la parade d'identification, puis les appels de Bolz suivis de celui de L'Araignée.

— Richoux, un tueur de femmes ? Et moi qui ai bu le champagne en sa compagnie, il aurait pu me...

Anconi démentit un peu mollement.

— Vaï ! Pourquoi s'en serait-il pris à toi ? Il te rencontrait pour la première fois.

Hilda vint se blottir contre lui. En silence, ils petit-déjeunèrent. Dehors, il faisait grand soleil. Par la fenêtre ouverte leur parvenaient les bruits familiers d'une matinée paisible, des rires, des portières qui claquent, des ronronnements de voitures quittant l'hôtel. Dans le couloir ils perçurent le lointain ronflement d'un aspirateur.

Le téléphone sonna sur la table de chevet.

— Allô ?

— Anconi ? Blanchard.

La voix enjouée du commissaire de Saint-Nazaire retentit dans la pièce. Anconi tendit l'écouteur à son épouse.

— Ah ? Bonjour, Vieux. As-tu du nouveau ?

— Plutôt ! Et grâce à vous... je voulais vous remercier.

En fin de nuit, ses agents s'étaient postés en Loire, au large de la cabane bleue repérée par Anconi, profitant de la hauteur d'eau favorable.

— Comme vous, mes gars ont détecté un bruit de moteur dans le noir, venant du rivage. Lorsque le son s'éloigna vers l'amont, ils se sont laissés entraîner par le courant, en s'aidant de leurs avirons. Quelques éclats de lumière intermittents les ont guidés. La filature les a conduits jusqu'à l'île Saint-Nicolas.

— L'île Saint-Nicolas ?

— Un îlot en Loire, bas sur l'eau, proche du rivage. Dans les siècles passés, on y plaçait les marins en quarantaine, un oratoire s'y élevait. Au début du XVIIIe, l'épidémie de peste conduisit au projet d'y construire un lazaret. On le bâtit finalement à Mindin et il ne reste actuellement sur l'île que quelques pierres, un mur d'enceinte rectangulaire cernant l'endroit. Un lieu inhabité, entouré d'eau et tranquille, loin des regards.

— Et ?

Anconi s'impatientait, peu réceptif à un cours d'histoire alors qu'il attendait du concret.

— J'ai mis la main sur le stock, jubilait Blanchard. Des bidons d'huile reconditionnés, remplis de cocaïne. Identiques à ceux qui s'échouaient sur nos côtes depuis un mois. Une sacrée prise ! Sûrement que la bande avait recueilli une partie de la cargaison, à moins que le navire-transporteur ait réussi à se réfugier en Loire…

— Bonne Mère, tu les as donc arrêtés, sur ton île Saint-Louis ?

— Saint-Nicolas, Patron, Saint-Nicolas, rectifia Blanchard, tout à son histoire. J'ai coincé ce grand niais de Fredo Lacabane ainsi que Billy, le teigneux aux jambes arquées.

— Tu m'avais parlé d'un certain Charlie…

— Lui court toujours, admit-il. En ce moment, on cuisine les deux marins d'eau douce. Ils finiront par s'allonger. Et vous, Patron, vous progressez ? s'enquit le taulier de Saint-Nazaire, prenant soudain conscience qu'il envahissait tout l'espace avec son trafic de drogue.

— Trop de suspects, pas l'ombre d'une preuve. Une femme qui brillait, des papillons qui lui tournaient autour.

— Ah ? Si je peux vous aider…

— Occupe-toi personnellement de Fredo, un fidèle complice de Carlos Rodrigues. Ils sont de mèche, ces deux-là. Tous les deux font partie de mes papillons. Demande-lui pourquoi il a visité la villa Les Boucauds lorsqu'elle était à vendre, veux-tu ?

— Compris.

Alors que Blanchard raccrochait, une idée germa dans la cervelle du commissaire.

XI

DES POINTS DE VUE DIFFÉRENTS

Anconi restait comme figé, le combiné en main émettant ses « bip… bip… »

— À quoi penses-tu, *mijn beminde* ?

— Tè, je distingue une bien belle figue dans l'arbre, mais elle est haute comme tout, répondit-il mystérieusement.

Hilda n'insista pas. Le commissaire chipotait son croissant, éparpillant les miettes sur les draps.

— Crois-tu que les gendarmes ont gardé Carlos ? s'enquit-elle.

— Je pensais à lui, justement. De quel élément accusateur disposent-ils ? D'abord il se targue d'avoir déclenché les recherches, ensuite Javert ignore que ce càcou nous a enfermés chez lui lorsque nous l'avons impliqué dans le meurtre de Nina. Le bougre n'a pas dû s'en vanter, par contre, il m'a probablement chargé. Souviens-toi des menaces qu'il entendait exercer à mon encontre pour retrouver sa dulcinée.

— Javert a reconnu que tu étais étranger à ce meurtre. Si nous lui parlions plutôt de Richoux, histoire de… L'occasion de prendre la température ?

Hilda gardait une dent contre cet homme trop comme il faut. Elle accumulait les charges contre lui. Se reprochait-elle d'avoir consommé avec lui sans méfiance au Sea-Club ? Il avait accusé ouvertement Carlos Rodrigues et elle avait gobé son roman. Un coupable n'essayait-il pas toujours de rejeter ses fautes en orientant les recherches vers une tierce personne ?

— Hum, commenta le commissaire en réfrénant un bâillement.

Il remplit leurs tasses de café, reprit un croissant, alluma machinalement le poste de télévision de leur chambre. Après un cortège de publicités – « Tahiti douche au monoï », « buvez, éliminez, boire Vittel et bouger », « SNCF c'est possible ! » – apparut la moustache fournie de Philippe Lefait présentant le journal de 8 heures sur Antenne 2. Le procès Barbie occupait encore l'actualité. On lisait, derrière le portrait de l'accusé, ses derniers mots adressés aux jurés : « Je n'ai pas commis la rafle d'Izieu, je n'ai jamais eu le pouvoir de décider les déportations. »

« Bonne Mère, qui lui avait parlé d'Izieu ? »

Sans transition, le présentateur s'attarda sur ce qui passionnait les téléspectateurs : le Tour de France.

Les coureurs s'éloignaient de l'Allemagne où ils

avaient débuté. Les frères Madiot, les régionaux de l'étape du jour portaient les espoirs de la France.

— Nous n'avons pas interrogé tous les autres visiteurs de la villa Les Boucauds… ce médecin, Morin, nous ne savons rien de lui. Ni Frédo, mais Blanchard s'occupe de celui-là.

Même s'il restait attaché à la recherche de la vérité, Anconi rechignait à rendre service à Javert, du moins pour le moment. Comment confondre Richoux ? Saisi d'une brutale inspiration, il demanda à l'accueil de l'hôtel de contacter pour lui l'institut médico-légal de Nantes.

Il peina à joindre le professeur Ducreux.

— Vos premières concl…

— Vous plaisantez, Commissaire ? Le corps m'a été confié hier soir !

Il le prenait de haut, pour un homme du creux.

— Une seule question, Professeur, pouvez-vous estimer la date du…

— Toujours pressés, dans la police ! Écoutez, l'absence de tache verte abdominale, la coloration épidermique noire et son décollement partiel ainsi que la mobilité des ongles permettent de situer le décès entre deux et quatre semaines. Pas moins. Je ne saurais être plus précis. Ne me demandez pas la cause de la mort, du reste il demeure fort incertain que nous puissions la déterminer. Nous procédons actuellement à une radiographie complète du squelette osseux. Ensuite…

Une nausée difficilement répressible envahit Anconi. Il soupçonna d'ailleurs le légiste de lui donner délibérément des détails fortement émétisants. Il le remercia et raccrocha.

Il maîtrisa à grand-peine ses haut-le-cœur. Hilda sourit, familière des désordres qu'entraînait chez son mari toute évocation médicale.

— Cette datation est compatible avec ce fameux week-end des 20 au 21 juin après lequel Nina n'a jamais été revue, conclut-elle pour venir à son secours.

— Fan de barbier, comment peut-on exercer un métier pareil ? Moi, cela me fait raquer la bile*.

— Si nous allions titiller de nouveau Richoux au sujet de son épouse disparue ? Souviens-toi, il nous a bernés en prétendant qu'elle s'était donné la mort. Et il aurait dû se rebeller contre l'assassin en apprenant la découverte du corps de Nina dans sa maison. S'il ne l'a pas fait, c'est qu'il savait que le cadavre s'y trouvait. Le voisin d'en face, celui qui déjeune chez ses enfants le jour du Seigneur parlait de soirées agitées. Elle se sera refusée à lui, crac ! Il la tue. Et dimanche dernier, dernier jour avant la remise des clefs, il devient urgent de dégager le corps. Manque de chance, il tombe sur la femme de ménage. Il attend qu'elle décampe. Hop ! Il charge le corps dans sa voiture… Mon scénario se tient, *mijn beminde*, non ?

*Vomir.

— N'oublies-tu pas Carlos un peu vite ?

— N'espère pas que je retournerais dans cet horrible cachot !

Indécis, ils se préparèrent, chacun peaufinant en silence son point de vue sur l'affaire. Anconi enfila son vieux cuir, ramassa une boîte jaune et noir et proposa, l'air contrit :

— Je ne sais comment progresser dans cet imbroglio. Suivons ton intuition. Passons voir ton Richoux à son agence puis rendons visite à ce Morin que nous avons négligé.

— Nous terminerons par la gendarmerie, persifla Hilda en entraînant son mari par le bras.

Les pensionnaires avaient déjà déserté les couloirs de l'hôtel, remplacés par les chariots de ménage, les piles de linge et les hululements d'aspirateur. De nombreuses portes ouvertes laissaient deviner l'intimité des occupants.

Dehors, les brumes matinales, dissipées par une légère brise de terre, faisaient espérer une température plus douce que la veille.

Ils laissèrent leur voiture boulevard de l'Océan. Un hasard si Anconi se gara à proximité de la cabine téléphonique ? Ils poursuivirent à pied, tournant le dos à la mer pour emprunter l'allée de la Plage, avant de se mêler aux estivants qui faisaient leurs emplettes dans les boutiques de la rue animée du Président-Roosevelt. Allée des Embruns, ils s'arrêtèrent devant une vitrine garnie de photographies aguichantes : maisons illuminées de soleil, balcons dominant la mer. L'enseigne « *René Richoux, toutes transactions* » assurait proposer des biens depuis plus de vingt ans.

Ils poussèrent en vain la porte de verre.

Fermée.

— Fatche !

Anconi porta ses mains en visière, appliqua le front sur la vitrine, scruta l'intérieur. Aucune lumière, personne derrière le bureau.

— Je te le disais bien, pesta Hilda, apeuré après notre rencontre d'hier, il a pris la poudre d'escampette !

— Fan de couillon ! Il nous a roustis comme des minots* !

Hilda parut soudain absorbée par un client qui, comme eux, semblait vouloir entrer.

— Vous aviez rendez-vous aussi ? demanda-t-elle ingénument.

— Non, je regarde… comme ça.

Malgré sa tenue bien différente, elle identifia le jeune homme. Il avait quitté la chemise blanche, la cravate assortie au strict costume noir pour un jean et un blouson sport.

— Oscar ?

Lui ne la pas reconnut immédiatement. Il amorça un mouvement de recul. Il fallait bien dire qu'Hilda

*Il nous a bernés comme des gosses.

ne ressemblait nullement à la femme maniérée de l'avant-veille.

— La roulette, l'autre soir, avança-t-elle.

Il fronça les sourcils, fit un pas de côté, comme on s'éloignerait d'un bonimenteur de crainte d'être harponné.

— Rappelez-vous ! Le paroli ! insista-t-elle. Ensemble, nous avions évoqué Nina, la chanteuse. Au casino !

— Ah oui ! Je me souviens, maintenant. Un joli coup, confessa-t-il, l'air gauche.

— Vous êtes au courant ? demanda-t-elle en affichant un visage rempli de désolation.

Anconi s'éloigna de son côté, agitant sa boîte de cachou vide, signalant de la main qu'il reviendrait bien vite.

— Les journaux, concéda Oscar, inclinant la tête d'un air gêné.

— Quel malheur ! Pauvre femme. J'imagine votre tristesse.

Le croupier hocha de nouveau sans mot dire. Il paraissait pressé. Il secoua la poignée de la porte, pour se donner contenance.

— Vous cherchez un pied-à-terre ? demanda-t-il.

— Non. Je venais voir le gérant, René Richoux. Vous aussi ?

— Euh, moi, j'avais rendez-vous pour visiter un appartement… mais l'agence semble fermée. Je reviendrai. À bientôt à la roulette ? prononça-t-il avec précipitation.

Hilda le regarda s'éloigner. « En voilà un trop timide pour montrer son chagrin », pensa-t-elle. Elle le revoyait l'autre soir, raide et appliqué pour lancer la boule, puis un peu plus tard, gêné et cachant bien mal son penchant pour la chanteuse.

Le commissaire, *Ouest-France* sous le bras, le croisa, se retourna sur cette silhouette pressée.

— Tu le connais ? s'étonna-t-il en rejoignant son épouse, tout en se gratifiant avec gourmandise d'un bonbon noir.

— Un croupier du casino. Mes gains au jeu lui en avaient mis plein la vue. Je crois qu'il nourrissait un sentiment secret pour Nina. Un grand timide.

— Un soupirant de l'ombre… commenta Anconi.

Il colla de nouveau longuement son visage à la porte en verre, espérant débusquer l'agent immobilier.

— Ils parlent de Nina dans ton journal ?

Le commissaire déplia le quotidien et montra la manchette du jour rapportant les paroles de René Teulade, président de la Mutualité française, s'adressant aux médecins : « *Vous pouvez soigner moins cher.** »

*Déjà des soucis d'économie de santé en 1987 ! Ironie, R. Teulade fut condamné en 2011 à 18 mois de prison avec sursis pour abus de confiance dans le cadre de l'affaire de la Mutuelle retraite de la fonction publique.

— À l'intérieur, juste un entrefilet en pages locales, un court article qui n'apprend rien que nous ne sachions déjà. Viens, nous contacterons cette agence plus tard. Allons interroger ton toubib ! grogna le policier, contrarié.

Ils regagnèrent le boulevard de l'Océan. Soudainement Anconi s'exclama :

— Fan de couillon ! J'y suis !

Il se précipita vers la cabine téléphonique, en poussa les battants, s'enferma.

Stupéfaite, Hilda le vit engager des pièces, torturer fébrilement le cadran. Il parut attendre, le combiné collé à son oreille. Après une à deux minutes, ses lèvres remuèrent de nouveau, son visage s'éclaira. La conversation fut de courte durée.

— Quelle mouche t'a piqué, *mijn beminde* ?

— Une idée, répondit-il évasivement.

Il arborait un air satisfait et cachottier qui irrita son épouse.

— On peut savoir ?

Il expliqua alors qu'aux informations du matin, Klaus Barbie se défendait à la fin de son procès d'avoir organisé la rafle des enfants d'Izieu, dans la région lyonnaise, en 1944.

— Tè vé, les parents d'Annie Adler y séjournaient à cette époque et avaient miraculeusement échappé à la déportation.

Anconi parlait maintenant avec les mains.

— Je ne te suis pas du tout…

— Attends ! La famille Adler était d'origine judaïque, raison de leur présence à Izieu, un lieu qui accueillait et cachait les enfants juifs. Barbie, chef de la Gestapo de Lyon, a ordonné et organisé la rafle.

— Mais Nina n'était pas née ! Quel rapport ?

— La Bolivie, Hilda ! La Bolivie ! Après la guerre, Barbie a trouvé refuge dans ce pays. On sait que Carlos Rodrigues lui aussi a regagné la Bolivie après sa sortie de Fleury-Mérogis et qu'il a fricoté avec les militaires de la junte au pouvoir. Qui te dit qu'il n'a pas rencontré Barbie là-bas ? Suppose que Nina, une femme juive, l'ait appris et ait menacé Carlos de le quitter, de le dénoncer…

— Oh là là ! Oh là là ! Avec des si, on mettrait Paris en bouteille.

Anconi se renfrogna.

— Je viens tout de même de téléphoner à L'Araignée pour qu'il fouine en ce sens. Il a ses entrées à la DGSE*.

Hilda riait de voir son commissaire de mari s'emballer. Elle s'amusait parfois de ses origines marseillaises, de l'exagération de ses paroles, de son emportement.

— Ne te moque pas ! martela-t-il. La Bolivie est un repaire de narcotrafiquants, reprit-il en fronçant les sourcils. Tu oublies que l'autre nuit tu as

*Direction générale de la sécurité extérieure.

toi-même débusqué Carlos près de la pêcherie servant de tanière à ces marchands de mort !

Elle dut en convenir. Cependant, elle n'entrevoyait toujours pas le lien entre l'assassinat de Nina, Carlos et le trafic bolivien de cocaïne, l'irruption de Klaus Barbie. Elle prit résolument le bras de son mari, lui offrit son plus beau sourire et l'entraîna vers leur voiture.

— Tu as raison, il faut explorer toutes les pistes, assura-t-elle pour se faire pardonner son effronterie.

Dans la R21, Hilda consulta le plan, chercha l'allée du Rocher-Vert.

— Tu conduis, *mijn beminde* ?

À en juger par le nombre d'automobiles garées le long du boulevard, la plage devait être envahie. À droite, la mer restait invisible, cachée par les dunes couvertes de pins. En de rares endroits, un chemin sablonneux s'enfonçait entre les arbres et laissait entrevoir l'océan et son liseré d'écume.

À gauche de la large chaussée, les propriétés se succédaient, lovées chacune dans une abondante verdure, où dominaient les mimosas, ce qui n'empêchait pas cependant d'en admirer les façades blanches et leurs toits à faible pente couverts de tuiles.

Bientôt l'avenue se rétrécit.

— Par là ! prévint Hilda en montrant de la main une voie qui s'éloignait de la mer.

Ils durent rouler encore longtemps dans l'allée du

Rocher-Vert, croisant d'autres rues résidentielles, calmes et arborées. Si calmes.

— Parole, ils sont tous à la plage !

— Stop ! s'exclama Hilda. C'est ici.

Une maison neuve, blanche aux volets d'un joli bleu ciel, couverte de tuiles demi-rondes rouges. Quelques petits chênes apportaient de l'ombre à la façade. Une planche à voile, posée contre le mur, renseignait sur les goûts du propriétaire. Une tenue d'homme-grenouille séchait, pendue à une grosse branche. Un vélo de gamin avait été abandonné contre un arbre.

Ils sonnèrent à la barrière.

Un chien aboya dans le voisinage.

— À cette heure, les médecins travaillent, bougonna Anconi.

Il appuya de nouveau longuement sur le bouton, par pressions successives.

Les jappements reprirent.

La porte s'ouvrit enfin. Apparut un homme jeune, vêtu d'un short et d'un tee-shirt orange fripé. Ses cheveux étaient en désordre.

— Pardonnez-moi. Docteur Morin ? demanda Anconi, gêné.

— Oui.

Il restait sur son pas, se frottait les yeux.

— Commissaire Anconi, nous souhaiterions vous poser quelques questions, avec mon adjointe.

— J'ai fait une bêtise ?

— Que nenni, pas du tout. L'agence des Oyats nous a appris que vous vous étiez récemment intéressé à une maison, la villa Les Boucauds, avenue de la Duchesse-Anne.

— Peut-être, j'en ai visité beaucoup. Pourquoi cette question ? demanda-t-il en s'approchant du portail.

Le gravier crissait sous ses pieds nus.

Anconi expliqua le contexte, le corps retrouvé aux Boucauds, etc.

— Vous dormiez ? Nous sommes désolés de vous…

— Une nuit de garde difficile, à l'hôpital. Ce n'est pas moi qui ai rectifié votre demoiselle.

— Votre visite a eu lieu le 13 juin, précisa Hilda.

— Si vous le dites.

Il lui fallut une petite description pour qu'il se mémorise.

— Vous n'y êtes pas retourné ?

— Non. Une bicoque trop petite pour ma famille.

— En résumé, vous n'aviez rien noté de particulier ?

— Non. Ce jour-là, je suis vite rentré chez moi, j'ai pris ma planche, et hop ! Direction les Rochelets. Quand le vent souffle en tempête, la houle se lève, les vagues déferlent, tout bon pour moi ! En dessous du force 8, pas d'adrénaline !

Hilda remarqua la stature râblée, les muscles saillants sous le tee-shirt. Elle montra la planche.

— Ce n'est pas dangereux ?

— Non ! Ce sont les saloperies jetées en mer qui présentent un risque. Billes de bois et compagnie. Cette fois-là, je me le rappelle maintenant, j'ai heurté un objet en métal qui flottait entre deux eaux. Crac ! Dérive brisée !

— Un jerricane ?

— J'ai senti le choc, sans voir l'OFNI. Tenez !

Il retourna sa planche, montra la dérive, cassée net. Une marque noir et rougeâtre soulignait la fracture. Anconi et Hilda se regardèrent, imaginant aussitôt qu'il s'agissait d'un bidon identique à ceux qu'ils avaient découverts dans la pêcherie.

— Heureusement, j'en possède une autre. Je me souviens, poursuivit le jeune homme intarissable sur ce terrain, ce jour-là un bateau paraissait en difficulté au large. Il se rapprochait dangereusement du rivage. Je me suis laissé flotter jusqu'à la plage, en remorquant mon engin abîmé. J'étais prêt à courir prévenir le CROSSA* lorsque l'embarcation rouge, comme un gros canot de sauvetage, s'est éloignée. J'ai pensé après qu'il s'agissait d'un exercice des sauveteurs en mer en raison de la couleur de la coque.

Anconi sursauta.

— Quelle direction a suivie ce canot ?

*Centre régional opérationnel de surveillance et de sauvetage atlantique.

— Il me semble qu'il a regagné péniblement le chenal de l'estuaire, sans doute pour se mettre à l'abri en Loire. La houle l'a rapidement dérobé à ma vue.

— Quelle longueur, ce bateau, selon vous ?

— Cinq à six mètres, pas plus…

— Dites-moi, lorsqu'il s'est approché, avez-vous pu lire quelque chose sur la coque ?

— Il roulait affreusement dans la mer. Je crois que l'inscription commençait par un “K” peint en noir, sans certitude. Vous vous intéressez donc aussi au trafic maritime, Commissaire ?

— Au trafic de cocaïne plutôt, Docteur, répliqua le policier, un index sur les lèvres.

Les yeux du médecin s'arrondirent.

— Désolé de ne pas pouvoir vous aider davantage, regretta le jeune homme en se passant la main dans les cheveux.

— Connaissiez-vous la victime, la chanteuse ?

— Je ne mets jamais les pieds au casino. Trop chic, trop snob, trop “comme il faut pas” !

— Le nom de Carlos Rodrigues vous parle-t-il ?

— Non, certifia-t-il en secouant la tête. Qui est-ce ?

— Et celui de René Richoux ?

— Richoux ?

— Il tient une agence immobilière, allée des Embruns.

— Ah oui, “Costume-trois-pièces” ! Je l’ai consulté. Son “look” ne m’a pas plu. Pas plus que ses propositions. Mais pourquoi ces questions ?

Hilda assura qu’il s’agissait d’une simple vérification, car ces hommes tournaient autour d’Annie Adler. Elle présenta ensuite des excuses pour le dérangement et poussée par la curiosité, s’enquit :

— Sans indiscrétion, quelle spécialité exercez-vous ?

— Réanimation, à l’hôpital. Si vous m’en aviez parlé plus tôt, j’aurais peut-être pu la sauver, votre demoiselle, et vous éviter tout ce tracas ! ironisa-t-il.

Anconi lui souhaita bonne chance dans ses recherches d’acquisition de maison et, pince-sans-rire à son tour, lui recommanda de veiller à ouvrir tous les placards avant de signer un compromis de vente.

— Confiez-moi votre carte, au cas où je découvrirais un autre macchabée ! répondit non sans humour le médecin.

Ils reprirent la direction de Saint-Brevin-les-Pins. Ils se convainquirent que le docteur Morin était innocent du meurtre.

— Un sportif ! commenta Hilda. Bien sympathique.

Anconi acquiesça.

— Dieu garde, ce canot rouge marqué d’un “K” m’intrigue, ajouta-t-il. Je n’ai rien dit, mais il ne pouvait pas s’agir d’une embarcation des sauveteurs en mer. Leurs navires sont toujours immatriculés « SNS », suivi d'un numéro.

— Toi, tu as une idée en tête.

— Nous allons repasser chez Richoux. Costume-trois-pièces a peut-être ouvert sa boutique.

Mais l'agence demeurait fermée. Le commissaire secoua en vain la porte.

— Je crois que tu as raison, Hilda, le bonhomme s'est évanoui dans la nature.

— Il est temps de prévenir la gendarmerie, affirma-t-elle.

— Rien ne presse, s'entêta le policier, peu enclin à collaborer avec Javert.

— S'il a déjà tué deux femmes, pourquoi pas une troisième ?

— Tè pardon, nous ne disposons pas de la plus petite preuve.

Chacun campait sur ses positions. Elle, soupçonnait René Richoux, lui, Carlos Rodrigues.

— Tu as construit un roman autour d'une famille juive, mais tu ne possèdes pas non plus la moindre garantie de ce que tu avances.

Silencieux, ils s'installèrent dans leur Renault.

Anconi démarra, mais stoppa bientôt devant la cabine téléphonique du boulevard de l'Océan. Il dut attendre, car une bande de jeunes l'occupait. Ils se bousculaient, riaient, s'arrachaient le combiné pour brailler des « sois sympa ! », des « tu devrais venir ! »

Ils durent enfin convaincre leur interlocuteur ou interlocutrice. Ils s'éloignèrent, sans même avoir remarqué cet homme portant un blouson de cuir éraflé en pleine chaleur et avalant des cachous en série.

— Allô ? Le commissariat de Saint-Nazaire ?

Cling ! Clang ! Ses pièces tombèrent dans l'appareil.

— Brigadier-chef Lambert, que puis-je pour vous ?

Anconi se présenta sèchement, se reprocha aussitôt le ton impératif qu'il employa pour réclamer Blanchard. Après quelques instants pendant lesquels il reconnut les bruits familiers d'un poste de police, la voix joviale s'imposa.

— Je suis soulagé de vous entendre, Patron. Je désespérais de vous joindre.

— Pardon, excuse, Vieux. Du neuf ?

— Pas qu'un peu !

— Tes trafiquants se sont allongés ?

— Jambes arquées a craqué le premier. Il a vendu son chef.

— Charlie ?

— Charlie, alias Carlos Rodrigues ! On l'a cueilli à domicile, dans sa villa du Pointeau. On le tient. Il clame son innocence, affirme qu'il ne trempe pas dans la cocaïne. Il prétend que vous lui avez manqué de respect en osant l'insulter chez lui. Il déblatère sur votre compte, faut voir comme ! Pour un peu, il vous accuserait de meurtre !

Blanchard se tordait de rire, Anconi l'imagina les deux boots sur le bureau, la tête renversée en arrière.

— Vous venez le cuisiner avec moi, Patron, comme au bon vieux temps ?

— Rien ne me ferait plus plaisir, Vieux. J'arrive, le temps de passer le pont. Dis-moi, tu sembles en forme, je possède un renseignement qui pourrait t'aider, mais qui nécessite vérification.

— Je suis tout ouïe…

— Tu vas te procurer la liste des navires qui se sont amarrés au port de Saint-Nazaire aux alentours du 13 juin dernier. Tu t'intéresseras à ceux dont le nom comporte un "K".

— Vous m'intriguez… On déjeune ensemble ?

XII

DE L'AUTRE CÔTÉ DE L'EAU

Hilda vit un commissaire rayonnant quitter la cabine. Il arborait un sourire canaille et, à son pas décidé, elle le sentit pressé de communiquer le contenu de son appel. Il s'engouffra dans la voiture, s'affala dans le siège, activa aussitôt le démarreur.

— Blanchard a mis la main sur Carlos Rodrigues pour trafic de coke. Il nous invite à déjeuner, puis à l'interroger.

— Il a avoué ?

— Au contraire ! Il m'accuse, ce mafalou ! Blanchard est mort de rire.

Cela semblait beaucoup amuser le commissaire, nettement moins son épouse. Il dégagea la voiture, reprit la direction de Mindin qu'il commençait à bien connaître.

Alors qu'ils dépassaient le casino, l'animateur de la radio du bord s'enflamma sur les premiers accords de *Roll Over Beethoven*, enregistré par Jerry Lee Lewis au dernier Printemps de Bourges. Anconi, décidément guilleret, tapotait allègrement le volant au rythme endiablé du piano.

Lorsqu'ils franchirent le pont sur un estuaire scintillant à peine plissé par le léger vent d'est, un énorme pétrolier passait sous le tablier, entouré d'un essaim de remorqueurs. Le paquebot en construction dominait de sa masse métallique les Chantiers de l'Atlantique.

Le commissaire gagna le centre-ville, la longue avenue de la République. Devant les jets d'eau de l'hôtel de ville, il prit à droite et stoppa à l'hôtel de police. Le grand bâtiment avait été ravalé depuis son dernier séjour. Un drapeau tricolore dominait les cinq marches du perron.

Le taulier les attendait dans le hall, discutant avec un agent en tenue. Ce dernier lui tendait une épaisse liasse d'imprimés attachés par un trombone, parcourant du doigt un paragraphe. Blanchard, en chemise à manches courtes, jean et boots de cow-boy, commentait le texte d'un air désabusé.

— Ah ! Bonjour, Patron ! Délivrez-moi de la paperasse ! supplia-t-il, les mains jointes.

— Si j'en avais le pouvoir, Vieux. Je te présente Hilda, mon épouse et, à l'occasion, ma première adjointe.

Blanchard lui tendit une poigne énergique, s'inclina légèrement.

— Enchanté. Je vous envie de travailler ensemble.

Hilda confessa que son mari ne partageait sans doute pas toujours ce point de vue.

— Allons déjeuner, nous discuterons en route, proposa prudemment le Nazairien.

Chemin faisant, il détailla les résultats de son enquête. Il n'était pas peu fier d'avoir surpris Fredo et Billy sur l'île Saint-Nicolas. Les deux trafiquants embarquaient quelques “bidons” dans leur pneumatique noir lorsqu'ils avaient été appréhendés. Leur tentative de fuite s'était soldée par un lamentable échouage sur un banc de sable.

— Une cinquantaine de lots se trouvaient entreposés dans l'île sous une bâche.

Les deux seconds couteaux avaient d'abord prétendu avoir découvert le stock par hasard. Ensuite qu'ils ignoraient le contenu des bidons, qu'ils étaient seulement chargés de les transporter dans la pêcherie.

— Dans la cabane du pêcheur ! Qu'est-ce qu'ils nous chantent là ? ricana Anconi.

— Ils se payaient notre fiole !

Finalement Billy avoua avoir reçu l'ordre de récupérer une cargaison en juin, au moment d'un coup de vent. Un porte-conteneurs, craignant de se faire contrôler à Montoir-de-Bretagne, avait convenu de larguer en mer son canot de sauvetage chargé de cocaïne. La manœuvre, exécutée malhabilement en raison de la grosse houle, provoqua la perte de nombreux bidons.

Le rafiot faillit aborder la côte, réussit finalement à embouquer le chenal de l'estuaire et se réfugier en

Loire, sur l'îlot inhabité de Saint-Nicolas où il avait rejoint Billy et Fredo.

— Un témoin avait remarqué un canot en difficulté… commença Anconi.

Blanchard, lancé dans son récit, poursuivit :

— Depuis, j'ai compris votre demande de recherche d'un navire dont le nom comportait un “K”.

— Alors ?

— Je l'ai trouvé. Il s'agit du *Kazimierz Pulaski*, un porte-conteneurs amarré au terminal de Montoir dans la nuit du 13 au 14 juin. Pavillon polonais. Il venait de Fort-de-France. Il a quitté Saint-Nazaire le 18, destination Rotterdam.

— Et le canot de sauvetage ?

— Probablement retourné à bord, en douce. Ni vu ni connu, la nuit les quais sont déserts. J'ai fait prévenir les autorités du port de Rotterdam. On nous fera croire qu'il s'était décroché tout seul… railla Blanchard.

— Et le chef de bande s'appelle Carlos Rodrigues, conclut Anconi. La Bolivie, évidemment.

Rapidement Billy avait effectivement craché le nom de son patron. Le grand Fredo, resté muet comme une carpe, s'était jeté sur son complice en tentant de l'étrangler. Il avait fallu les séparer et les boucler, loin l'un de l'autre.

— Et Carlos ?

Sans s'en rendre compte, le trio arrivait devant

“La Grillandine”, rue de la Trinité. Blanchard poussa la porte.

— Votre table habituelle, Commissaire ?

Le patron, aux petits soins, les installa loin de la cheminée, « à cause de la chaleur. »

— Vos invités aiment les grillades ?

Les Anconi commandèrent une andouillette, Blanchard la pièce de bœuf sauce morilles.

— Un verre de chinon ? Le chef va le chercher directement chez le propriétaire, un vignoble qui jouxte le Couly-Dutheil.

Il arborait une bouche gourmande.

— Alors, que raconte Carlos ? demanda Anconi, plus pressé de connaître la suite que de goûter un vin, fût-il d’exception.

— J’ai compris que dans le milieu, il se fait appeler Charlie, pour cacher ses origines sud-américaines. D’ailleurs, ce niais de Billy s’est coupé. Bref, il nie tout. Il n’a jamais fait dans la cocaïne, vit pépère à Saint-Brevin, profite du bon temps. Selon lui, il tire ses revenus d’une plantation de café en Colombie léguée par sa famille. Je n’en crois pas un mot.

— *El gringo* Jacques Vabre ! imita le policier parisien, adoptant l’accent latino.

— *Si señor*. Et moi je suis Eliott Ness ! proféra Blanchard, la tête sur le côté, regard d’acier, ébauchant un sourire blasé.

On se retourna sur eux aux tables voisines. Les

deux commissaires, heureux de se retrouver, plaisantaient bruyamment, chacun en rajoutant.

Hilda, jusque-là silencieuse et amusée, lança :

— Et s'il disait vrai ?

Les deux policiers se dévisagèrent, interdits. Leurs rires s'éteignirent.

— Pourquoi t'aurait-il appelé au secours, s'il était coupable ? insista-t-elle.

— Tu oublies que tu as surpris sa Porsche au milieu de la nuit non loin de la pêcherie, opposa le commissaire du “36”. Tu crois qu'il passait là par hasard ?

— Il faisait sombre, je ne l'ai pas formellement reconnu…

— Et tè, il nous a enfermés dans son blockhaus pour nous faire profiter de sa fraîcheur ?

Anconi dut raconter leur aventure à Blanchard. Ce dernier émit un sifflement admiratif lorsqu'il connut le dénouement.

— Hilda est persuadée que René Richoux a supprimé Nina.

— Je ne les ai pas cuisinés sur le meurtre de Nina. Je souhaitais vous en laisser le soin, cet après-midi. Qui est-ce, ce “Richou” ?

Anconi brossa un résumé tendancieux de la situation du bonhomme, omettant de préciser que le corps avait été découvert dans une villa dont il venait de se porter acquéreur.

— Un dessert ? proposa le serveur.

Même Hilda se contenta d'un café. Contrariée ?

Ils quittèrent La Grillandine, escortés par le patron jusque sur le trottoir.

Place François-Blancho, la femme du commissaire déclara qu'elle les rejoindrait plus tard, après un tour de lèche-vitrines.

— Vous ne voulez pas participer à l'interrogatoire ?

— Vous me raconterez… répondit-elle, souriante, en s'écartant.

Ils la virent tourner au coin de l'avenue de la République. Anconi, tout idiot, attendit qu'elle disparaisse.

Il la suivit des yeux. Elle traversa la chaussée et poussa les portes vitrées du cinéma “Les Korrigans”. De loin, il lut *Bagdad café* écrit sur l'affiche en grosses lettres à côté d'un de ces réservoirs haut perchés de l'Ouest américain.

Blanchard perçut le trouble de son collègue et se tut jusqu'au commissariat.

— Je suppose que vous souhaitez entendre Carlos ?

— Et comment, Vieux !

Le brigadier-chef Lambert fut chargé de conduire le client en salle d'interrogatoire, une pièce aux murs peints d'un vert défraîchi. Le mobilier, une table et trois chaises métalliques fatiguées, semblait en place depuis la reconstruction de la ville. L'odeur de tabac froid imprégnait l'endroit. Une machine à écrire, du papier et des calques complétaient le décor, sous la lumière crue de deux néons. Et bien sûr, un cendrier poussoir et un téléphone, posés à même le sol.

Le costume blanc en alpaga de Carlos Rodrigues était froissé. Chemise ouverte sur des poils noirs, nu-pieds dans ses mocassins en cuir tressé, il n'en conservait pas moins sa fine moustache insolente et des cheveux impeccablement ramenés en arrière et frisottants sur sa nuque. D'emblée il persifla.

— Tiens ! Mon ami le commissaire Anconi. Vous *mé* manquiez.

— Assieds-toi, Carlos. On m'a appris que tu faisais dans la poudre, maintenant.

— Je ne touche pas à ça. *Jé souis* dans *lé* café. Feriez mieux *dé* chercher ceux qui ont *soupprimé* ma Nina.

Toujours ces "*é*" mouillés, ces "*ou*" surjoués au lieu des "u" qui agaçaient tant le commissaire. Tous les trois s'assirent et Blanchard introduisit délicatement dans sa portative Olivetti deux fines feuilles soigneusement séparées par un calque.

Rodrigues réclama de quoi fumer, soulignant dédaigneusement que la maison ne disposait sans doute pas de Montecristo N°4.

— Comme ça, les gendarmes ne t'ont pas bouclé ?

— Et vous, à Paris, ils ne vous ont pas encore coincé, cher commissaire ? le nargua-t-il.

— C'est moi qui pose les questions, si tu veux bien. Quand as-tu vu ta Nina pour la dernière fois ?

— Vous me l'avez déjà demandé et je vous avais répondu : le 20 juin.

— Elle t'avait quitté avant.

— Faux !

— Tu sais, j'attends des renseignements, à ton sujet. En sortant de taule, tu es retourné en Bolivie, un pays où on ne récolte pas que du café.

— Je possédais là-bas une plantation…

— De café, mais oui.

— Une tradition de famille.

— Bien sûr. Mais tes petits trafics ne m'intéressent pas. Tu t'expliqueras de cela avec le commissaire Blanchard.

Brusquement Anconi changea de tactique.

— Comment as-tu appris que Nina, Annie Adler de son nom, était d'origine juive ?

Les yeux de Carlos se rétrécirent. Blanchard regarda curieusement son collègue.

— …

— Fatche ! Réponds-moi !

Carlos se reprit vite.

— Je l'ignorais. Quelle importance ?

— Je vais te l'expliquer, mon bon. En Bolivie, tu as fricoté avec les putschistes au pouvoir, des grands démocrates, à l'époque. Des gens accueillants, aussi. Des dignitaires nazis y ont été reçus avec les honneurs.

— Moi, je ne m'occupais pas de politique. Je vivais à Santa Cruz de la Sierra, loin des intrigues de La Paz…

— Oui, dans le café.

— …

— Comment expliques-tu que l'on t'a remarqué dans ton pays en tenue militaire auprès de généraux au pouvoir ?

— Vous écoutez trop les racontars.

Anconi frappa violemment la table de son poing, faisant tressauter l'Olivetti. Il se leva d'un bond, se pencha vers Carlos, menaçant.

— Tu fais le mariolle ? Tu te dis, la Bolivie, c'est loin. Quand es-tu rentré en France, après ton séjour dans le café des hauts plateaux ?

Quelques cachous nerveusement ingurgités ne calmèrent pas le commissaire.

— On court après celui qui a *toué* ma Nina ou on fait ma biographie ?

Le « toué » l'exaspéra davantage.

— Réponds !

— Je suis revenu en 1985. Mais j'ai conservé la plantation de…

— Pardi ! Faut bien vivre. Dis donc, combien de sacs as-tu vendus pour te payer ta Porsche orange ?

— Rien d'illégal à cela.

— Tu ne confondrais pas le caoua avec la coca ?

Carlos fixait le commissaire par en dessous, se demandant où il voulait en venir.

— …

— En 1985, poursuivit Anconi, la situation était devenue moins confortable pour toi en Bolivie. Un président démocrate… tu as perdu tes amis, tes protecteurs qui assassinaient les résistants… Alors tu attrapes l'avion, direction Paris. Sans abandonner tous tes contacts, *pétit* commerce continue.

Carlos se passa la main dans les cheveux, les ramenant en arrière d'un geste lascif.

— Vous avez abusé du *guaro**, Commissaire.

Étourdi par la tournure des évènements, Blanchard s'était arrêté de taper. Impassible, Anconi poursuivait, engouffrant les réglisses.

— Tu cherches Nina à Paris, reprit-il. Tu apprends qu'elle t'a oublié pour un accordéoniste et qu'elle se produit au casino de Saint-Brevin. Alors tu rappliques. Ton orgueil en accuse un sérieux coup. Je continue ?

— Vous voulez faire de moi l'assassin de Nina. Et pourquoi je l'aurais *touée* ? Chez moi, c'est plutôt le rival que l'on supprime, *cé* musicien *dé taberna*.

Menton dressé, il lissait sa fine moustache, arrogant.

À ce moment précis, quelqu'un frappa à leur salle. Discrètement, Blanchard se leva, entrebâilla la

*L'aguardiente, alcool colombien par excellence, à base de canne à sucre.

porte. Un agent lui chuchota quelques mots en montrant Anconi du doigt.

— On vous demande de Paris, Patron.

Ce dernier s'adressa à Carlos :

— Nous allons te laisser réfléchir. Donnons-lui une cigarette, cela l'aidera, ajouta-t-il.

Un policier les remplaça dans la pièce. En guise de Montecristo N°4, le Colombien se vit gratifié d'une simple Gauloises.

Dans le couloir Anconi, très fermé, suivit Blanchard.

— Ici, lui indiqua-t-on. On vous passe la communication dans un bureau, si vous préférez ?

Le commissaire déclina l'offre, s'empara du combiné.

— Allô ?

— Bolz ! Je sais que je vous dérange, Patron, mais j'ai pensé que c'était important. Ne vous trouvant pas à l'hôtel, j'ai…

La voix de l'inspecteur paraissait altérée, non pas intimidée comme d'habitude, mais plutôt tourmentée.

— Tu as bien fait, Petit, je t'écoute.

— Daniel Mendel s'est foutu en l'air.

— Quoi ? Le musicien ?

— Oui, le guitariste. Le jumeau de Jean.

— Suicide ?

— On l'ignore encore. Il vient d'être conduit d'urgence à l'hôpital Cochin.

— Mais, s'étonna le commissaire, que s'est-il passé ? Comment le sais-tu ?

Bolz confessa que l'attitude de Daniel Mendel l'avait troublé, au cours de sa visite. L'annonce du décès de Nina semblait avoir profondément affecté le musicien, comme il s'en était déjà ouvert au commissaire. Aussi avait-il pris l'initiative de surveiller l'entrée de son immeuble, dans la voiture de service.

— Une prémonition, Patron, je ne saurais l'expliquer…

— Je te comprends. Ensuite ?

Bolz raconta sa surprise quand surgit une ambulance des pompiers de Paris, rapidement rejointe par le SAMU, une demi-heure après avoir quitté l'appartement de la rue Saint-Sulpice. Il avait escorté les sapeurs dans l'escalier, puis dans le logement.

— Daniel Mendel gisait sur le tapis du salon, déplora l'inspecteur, dans les vapes, seul, le téléphone décroché par terre.

— Qui avait appelé les secours ? As-tu aperçu quelqu'un entrer dans l'immeuble ?

— Personne ! Évidemment j'ai interrogé la concierge, aucun mouvement entre ma visite et l'arrivée des pompiers.

— Il a donc prévenu quelqu'un avant de sombrer.

— Je ne vois que cela. J'ai bien entendu questionné les secouristes sur l'origine du coma. Je n'ai rien appris. J'ai demandé s'il s'agissait d'une fuite de gaz, ils m'ont rigolé au nez.

— As-tu visité l'appartement ?

— J'y suis encore. J'appelle de chez lui.

— Ah ! Des médicaments ? De l'alcool ?

— Une bouteille de whisky sur la table du salon, aux trois quarts vide, un cendrier plein. Et surtout, ce qui m'étonne, deux verres !

— Qui n'étaient pas présents lors de ton passage ?

— Ben non justement, Patron.

— Tu as fouillé la poubelle ?

— Rien. Enfin rien de suspect, ni médicament ni seringue…

— Si je t'entends bien, il s'est écoulé une demi-heure entre ta visite et l'arrivée des pompiers.

— Exact.

— Quelqu'un aurait-il réussi à se cacher dans l'appartement pendant que tu y interrogeais Mendel ?

— Un logement étriqué, mais pourquoi pas ?

— Y a-t-il une autre entrée dans l'immeuble ?

— Je l'ignore encore. Je vous ai appelé tout de suite. Je vais vérifier.

— Pour toi, le gars s'est envoyé en l'air après tes révélations sur Nina ?

— Possible. À moins qu'on l'y ait aidé…

— Bon, fouille le logement de fond en comble. Photos, correspondances et tout le toutim. Tu as eu le nez. On se rappelle. De mon côté, je contacte Cochin. Si on me cherche, je reste au commissariat de Saint-Nazaire.

— Ensuite, Patron, il faudrait que vous contactiez L'Araignée, il souhaite vous joindre.

— Entendu, Petit.

Il raccrocha, perplexe.

— Des ennuis ? s'inquiéta Blanchard, au vu du visage pâle du collègue.

— Dans cette affaire, comme aux Galeries Lafayette, à tout instant il se passe quelque chose. Tu m'autorises à téléphoner ?

Blanchard le conduisit, silencieux, jusqu'à son bureau. L'endroit respirait toujours les années soixante, petits carreaux au sol, rampes garnies de plastique noir.

Le commissaire retira son vieux cuir, remonta ses manches. Il appela Cochin, sollicita les urgences.

Il dut attendre une éternité avant que quelqu'un daigne décrocher. Une ritournelle façon Vivaldi accentuait l'impatience.

— Cochin, urgences, j'écoute.

Une voix féminine, lasse.

— Commissaire Anconi, PJ de Paris. Désolé de vous déranger, vous avez reçu un certain Daniel Mendel…

— Mandèle ? Épelez, Monsieur, s'il vous plaît.

— M… e… n… d…

— Ne quittez pas, je vérifie.

Un brouhaha de conversations lui parvint. Des cris, des ordres, des sonneries, en sourdine des sirènes lointaines.

La voix excédée se fit à nouveau entendre, après quelques minutes.

— Daniel Mendel ?

— Oui.

Un claquement sec résonna aux oreilles du commissaire. À Cochin, on venait de reposer sans ménagement le combiné sur un plan dur.

— Allô ? Allô ?

— …

Il subit encore les quatre saisons de Vivaldi. Anconi pensa qu'ils auraient dû choisir *L'Hiver* plutôt que *Le Printemps*.

Il absorba deux réglisses. Blanchard fumait, affalé sur son fauteuil fatigué.

— Allô, Monsieur ?

— Oui.

— Les médecins s'en occupent.

— C'est grave ?

— Je ne sais pas. Je suis à l'accueil.

— Puis-je parler à un docteur ?

— Ils sont tous pris, Monsieur.

— À quel moment pourrais-je obtenir des nouvelles ?

— Essayez dans deux heures, le temps que… Aaarrrh ! Nathalie, je ne peux pas, je suis au téléphone !

— Quoi ?

— Une collègue. Désolé, Monsieur, rappelez plus tard.

— C'est important, Madame. Ce monsieur Mendel est impliqué dans une affaire criminelle !

— Ah là là ! Ne quittez pas, je vais… Philippe ! Va voir au déchocage !

Clac ! Nouveau choc dans les oreilles. Nouvelle attente.

— Monsieur la police ? Je vous passe l'externe. Nicolas, téléphone ! hurla-t-elle.

« L'externe ? »

Il eut amplement le loisir de tenter de déchiffrer ce que signifiait le terme. Il imagina une structure située en dehors de l'hôpital. Il fut surpris d'entendre :

— Nicolas Olkazeski, l'externe de garde.

— Bonjour, Docteur. Commissaire Anconi. Désolé de vous déranger. Pouvez-vous me donner des nouvelles d'un patient, Daniel Mendel ?

— On s'en occupe. Il présente un coma profond. L'interne l'a intubé et placé sous respirateur. Sa tension reste basse. Rappelez ultérieurement pour…

— Pardonnez-moi, s'excusa Anconi, au bord du malaise. Connaissez-vous la cause de ce coma ?

— Le scanner cérébral est normal. Peut-être toxique.

— Toxique ?

— Médicaments, alcool ou drogue, il faut attendre les résultats d'analyse. Mon chef dit qu'avec ses pupilles en tête d'épingle, il pourrait s'agir d'une overdose. Mais le Narcan® ne l'a pas réveillé. Du coup…

— Vaï ! Pouvez-vous m'expliquer ? demanda Anconi qui ne comprenait que le mot « overdose ».

— L'antidote des morphiniques que l'on injecte dans ce type de suspicion s'est révélé sans effet.

— Des traces de piqûre ? s'obligea Anconi, en proie à un léger vertige.

— Le SAMU a eu beaucoup de mal à le perfuser, de sorte que ses bras portent de nombreuses…

— Ah ! l'interrompit un commissaire le cœur au bord des lèvres, ses jours se trouvent-ils en danger, Docteur ?

— Trop tôt pour établir un pronostic. Tout dépend de l'évolution. Il faudrait…

— …Rappeler plus tard, j'ai compris. Merci. À quel numéro…

L'externe avait déjà raccroché. Un peu étourdi, Anconi composa aussitôt les chiffres du Quai, réclama son archiviste. Blanchard le regardait d'un œil admiratif, mais inquiet et perplexe.

— L'Araignée, tu… ?

— Bien aise de vous entendre, Monsieur le commissaire, j'allais vous joindre, Bolz m'a prévenu. J'ai approfondi mes recherches sur Nina. Elle ne s'est jamais rendue en Bolivie.

— Tu en es certain ?

— Totalement. En raison de sa liaison avec Carlos au moment du fric-frac de la place Vendôme, elle faisait l'objet d'une surveillance… discrète. Elle n'a pas quitté le territoire.

— Bon. Carlos y est donc parti seul.

— Justement. Certains services conservaient aussi un œil sur lui. Il s'est envolé dès sa levée d'écrou. La suite va peut-être vous intéresser.

Malgré son admiration et son dévouement pour son patron, il ménageait ses effets.

— Dieu garde, parle !

— La DGSE m'a fourni un cliché datant de janvier 1983. On y voit Carlos Rodrigues entouré de militaires boliviens et de… devinez qui ?

— Nina ?

— Non, je vous l'assure, elle ne l'a pas rejoint en Amérique du Sud.

— Tu me fais couler de l'eau, Vieux.

— Sur la photo, on distingue nettement Klaus Barbie !

— Fatche !

— Peux-tu me l'envoyer illico par fax ? demanda-t-il d'une voix précipitée.

— Tout de suite, Monsieur le commissaire. Le temps de descendre au bureau des inspecteurs. Sur quelle ligne ?

XIII

ANCONI MARQUE UN POINT

Le commissaire fut déstabilisé. Deux évènements fracassants, coup sur coup. Le dernier, surtout : Carlos Rodrigues en compagnie de Klaus Barbie et de militaires en Bolivie !

Avant de raccrocher, il avait demandé à son archiviste de lui transmettre sur le champ à Saint-Nazaire la photographie compromettante. « Vite, Vieux ! »

Blanchard tentait de comprendre l'agitation d'Anconi.

— Mauvaise nouvelle ? craignit-il.

Anconi, sans répondre, s'enquit de l'emplacement du fax. Son collègue, interloqué, le conduisit dans un bureau vide. L'appareil crachotait une feuille, ligne à ligne dans un bruit saccadé, comme s'il lui plaisait de faire languir son destinataire.

— Regarde ! scanda Anconi lorsque la machine s'arrêta. Il tendit la page. Tu reconnais les personnages sur la photo ?

— Carlos ?

— Oui. Et les autres ?

Blanchard scruta avec attention, fronça les sourcils, hésitant.

— On dirait…

— C'est bien lui, sur un cliché pris en Bolivie : le “boucher de Lyon”, condamné à perpette ces jours derniers pour crime contre l'humanité, s'enflamma Anconi.

— Quelle coïncidence ! Carlos choisit soigneusement ses relations.

— Viens, Petit, retournons voir notre nazillon.

Carlos contemplait ses ongles, se balançant sur les pieds arrière de son siège. Il jouait l'impatient sûr de lui, affecta une indifférence méprisante lorsque les deux policiers le rejoignirent.

— Comptez-vous me garder encore longtemps ?

— Possible.

Il réclama alors son avocat.

— Si tu es innocent, pourquoi un baveux ?

— C'est mon droit !

Lorsqu'Anconi empoigna une chaise, Carlos prit peur, leva un bras pour se protéger. Le commissaire la retourna lentement et s'assit à califourchon, face à lui.

— Ne crains rien, nous ne sommes pas des brutes, nous.

— Je veux appeler…

— Rien ne presse. Bon, reprenons, parle-nous de tes relations avec Nina, Annie Adler. Pendant que tu dormais à l'ombre, t'a-t-elle rendu visite ? Ne raconte pas d'histoire, on vérifiera.

— Au début, oui.

— Pourquoi a-t-elle cessé ?

Il se lança dans une grande explication. Selon sa version, il aurait fait l'objet d'un contrat ourdi par certains codétenus. Craignant que l'on s'en prenne à elle, il lui aurait demandé de ne plus se rendre à Fleury.

— Ce contrat n'a pas abouti, puisque tu es sorti sain et sauf.

— Je gardais des appuis, répliqua-t-il avec suffisance, en passant la main dans ses cheveux gominés.

— Ce n'est pas plutôt elle qui a mis fin à votre relation pour se réfugier dans les bras de Jean, son accordéoniste ?

Il cracha par terre. Impassible, Anconi poursuivit :

— À ta sortie de taule, je suppose que tu as tenté de la retrouver ?

— Je suis tout de suite retourné au pays, la famille me réclamait pour…

— Ah oui ! Le café.

Il affirma que son oncle était mort subitement – « *d'oune infarctous* » – et qu'il fallait quelqu'un « *dé compétent* » pour reprendre la plantation.

— Et toi, bon samaritain, tu as troqué le revolver contre des sacs de jute. En plus, tu t'éloignais de ces prétendus tueurs à gages qui voulaient ta peau.

— *Jé vous joure…*

— Ne jure pas.

Anconi posa la photographie du fax sur la table et la glissa lentement vers Carlos.

Blanchard leva le nez de sa vieille machine à écrire. Un silence absolu s'établit dans la salle.

— Tu te reconnais ?

— …

— Le cliché a été pris en Bolivie, en janvier 1983. Tu y parades avec des militaires et un autre individu, peu recommandable.

— Ce n'est pas moi ! s'exclama-t-il en repoussant la feuille.

— Je souscris à tes critiques, il s'agit d'une mauvaise reproduction que je viens de recevoir par fax. L'original se révèle beaucoup plus parlant, tu verras.

— Un montage !

— Que nenni ! Ce document provient de la DGSE. On t'y reconnaît en compagnie de Klaus Barbie. Grâce à lui, tu approches les trafiquants de cocaïne.

Blanchard frappait les touches de son Olivetti avec frénésie.

— Je n'ai jamais connu Barbie.

— Tu joues sur les mots. En Bolivie, ton ami nazi se faisait appeler Klaus Altmann, un homme d'affaires allemand propre sur lui. Mais c'est bien le même sinistre individu : Klaus Barbie !

— Je veux mon avocat.

— Tu en auras grand besoin. Tu répondras de tes accointances avec ce criminel, Blanchard se fera un plaisir et un devoir de fouiller de ce côté. Moi, ce qui m'intéresse aujourd'hui, ce sont tes relations avec Annie Adler.

Carlos perdait sa belle assurance. Quelques gouttes de sueur perlèrent à son front. Sous son teint olivâtre, une blancheur de craie apparaissait progressivement.

— Tu as eu tort de me menacer, Carlos. Qu'est-ce qui t'est passé par la tête ?

— Je n'ai pas tué Nina. Je souhaitais seulement vous obliger à la retrouver.

— Comment as-tu procédé pour mettre la main dessus, à ton retour de Bolivie ? On sait qu'elle ne t'accompagnait pas en Amérique du Sud.

— Fredo m'a rancardé.

— Tè, le fidèle Lacabane ! Tu as reconstitué ta bande pour ton trafic de cocaïne. Un pied en Bolivie, pour la fabrication, un pied à Saint-Brevin, en face du grand port de Saint-Nazaire, pour la réception et la vente. Commode ! Et en plus, tu récupérais ton ex-fiancée qui se produisait au casino.

— …

— Mais elle t'a rejeté. Alors toi… Couic !

Comme mu par un ressort, il se leva.

— Faux ! Elle m'aimait.

— Elle t'avait laissé tomber pour un accordéoniste. D'ailleurs, tu n'as pas pu t'empêcher de frapper ce pauvre gars. Tu l'as tuée par jalousie, parce qu'elle se refusait à toi.

— Je ne l'ai pas tuée, cette sale juive.

Une gifle claqua sec sur la joue de Carlos. Blanchard sursauta. Carlos porta la main à son visage, médusé.

— Nous y voilà ! Petite ordure ! explosa Anconi. Je croyais que tu ignorais ses origines. Mais las ! Annie Adler a appris tes liens avec le bourreau de ses grands-parents à Izieu, quand il dirigeait la Gestapo de Lyon. Alors elle t'a quitté, elle a même menacé de te dénoncer. Et toi, tu as pris peur, tu l'as kidnappée à sa sortie du casino et tu l'as tuée, probablement samedi 20 juin, date de sa disparition, selon tes propres allégations.

Blanchard leva le nez et, pour la première fois, s'immisça dans l'interrogatoire.

— Pourquoi avoir caché le corps dans cette villa Les Boucauds ?

Carlos tenta de se redresser, réaffirma être étranger à ce crime. Anconi pointa le doigt dans sa direction, lui intimant l'ordre de s'asseoir.

— Je te dis pourquoi, Vieux. Il s'agit d'un plan de son ami Fredo Lacabane. Carlos le charge de le débarrasser du corps, son complice a l'idée de le planquer aux Boucauds, car il avait visité la baraque lorsqu'elle était à vendre. Il la savait inoccupée. Un brave type, ce Fredo, toujours prêt à rendre service, pas vrai ?

Carlos Rodrigues ne répliqua pas.

— Pourquoi ton nom figure-t-il sur ce mot trouvé dans le sac de Nina ? Elle a eu le temps de l'écrire, pour te désigner. Cela t'accuse !

Il s'enferma dans un silence dédaigneux, assura qu'il ne parlerait plus qu'en présence d'un avocat.

— Je te place maintenant en garde à vue pour deux trois motifs, trancha Blanchard. Trafic de stupéfiants, association de malfaiteurs et meurtre sur la personne d'Annie Adler. Et ce, sans compter ta collaboration en Bolivie avec un criminel nazi, dont tu devras te justifier. Je te lis tes droits.

Il ne pipa pas pendant l'énumération. Un agent le conduisit en cellule.

— Un joli voisin de chambre pour tes acolytes, Billy et Fredo.

Le Sud-Américain parti, les deux commissaires se consultèrent. Ils ne disposaient d'aucune preuve. Les gendarmes avaient-ils relevé des empreintes aux Boucauds ?

— J'informe le juge d'instruction, décida le patron de Saint-Nazaire. Il va autoriser la perquisition du domicile de Carlos Rodrigues.

— S'il refuse, je sais comment pénétrer dans son bunker ! plaisanta Anconi.

De son bureau, Blanchard peina à joindre Charles-Antoine Fouquet.

Son collègue, assis en face de lui, réfléchissait en avalant des cachous.

— Allô ? Commissaire Blanchard. Mes respects, Monsieur le juge.

Il désigna l'écouteur. Anconi s'en empara.

— Bonjour, Commissaire. Progressez-vous dans cette affaire de cocaïne ?

Une voix grave, autoritaire.

— Je pense tenir le chef de la bande. Un Bolivien, un certain Carlos Rodrigues.

— Reconnaît-il les faits ?

— Il se prétend blanc comme neige, Monsieur le juge.

— Évidemment. Des preuves ?

— Un témoin l'a remarqué rôdant à proximité du lieu de stockage de…

— Un peu mince, non ?

— Oui, en effet. Il mijote en garde à vue. Je souhaiterais une autorisation de perquisition de son domicile.

— Évidemment. Tenez-moi au…

Charles-Antoine semblait pressé de raccrocher.

— Je le soupçonne aussi de meurtre, Monsieur le juge, glissa *in extremis* Blanchard.

— De meurtre ? Un règlement de compte, sans doute ?

— Euh non. Plus grave, Monsieur le juge. Sa petite amie.

Il dut apporter quelques précisions.

Lorsqu'il prononça le nom d'Annie Adler, le magistrat gronda :

— L'affaire de la chanteuse de Saint-Brevin ? Les gendarmes sont saisis de l'enquête ! Comment cela se fait-ce ? Ils se sont déjà plaints de l'intrusion d'un policier parisien ; maintenant vous ? C'est le bouquet !

Anconi riait sous cape. Déstabiliser la hiérarchie ne lui déplaisait pas. N'avait-il pas coutume de confier à ses inspecteurs, en pareilles circonstances : « Tè, il va mouiller la chemise » ?

Blanchard joua l'innocent d'un « ah ? » parfaitement candide, prétendit ignorer tout du rôle de la gendarmerie dans les investigations. Simplement, l'arrestation de deux trafiquants et leur interrogatoire l'avaient rapidement conduit à ce Rodrigues, se justifia-t-il.

— En creusant son pedigree, je suis tombé sur son ex-fiancée et…

— Ce policier parisien n'a pas essayé de vous contacter ?

— Non. Du moins pas encore, ajouta-t-il prudemment, avec un clin d'œil à l'intention du collègue qui se bidonnait sur son siège.

— Si cela se produit, avisez-m'en *ad nutum**.

— Bien entendu, Monsieur le juge, je n'y manquerai pas.

---

*Sans délai.

— Qui plus est, je vous conseille vivement de prendre langue sans délai avec le major Javert à Saint-Brevin et d'échanger toutes vos informations – je dis bien toutes – en lien avec le meurtre de cette chanteuse. Comment s'appelait-elle, déjà ?

Anconi, hilare, lâcha l'écouteur pour se taper sur les cuisses.

— Annie Adler, Nina pour la scène, répondit Blanchard en réprimant difficilement un fou rire que les tressautements de sa voix rendaient perceptible.

— Adler, c'est cela. A-t-il avoué le crime ?

— Non. Il clame son innocence.

— Évidemment. De quelle preuve disposez-vous ?

— Aucune. C'est pourquoi une perquisition…

— Évidemment. Faites, Blanchard, faites !

Le taulier de Saint-Nazaire s'apprêtait à présenter ses respects lorsque son interlocuteur l'interrompit sèchement.

— Opérez de concert avec Javert, évitez ces embrouilles filandreuses et stériles.

Comment ne pas obtempérer ?

Il s'exécuta du bout des lèvres et salua aussitôt le juge.

— Alors, comme, ça, tu ignores qui se cache derrière ce policier parisien ? se gaussa Anconi.

Tous deux imitèrent le ton du magistrat, multipliant les effets de manche, les « évidemment » et inventant des expressions qui se voulaient latines. Blanchard proposa un café, « *ad cogitare* ».

La machine du commissariat, aidée de quelques coups de boots, daigna leur prodiguer un breuvage de piètre qualité.

— On cuisine Fredo ? Ou on perquisitionne *ad nutum* ?

Ils optèrent pour l'interrogatoire, se réservant de se rendre à Saint-Brevin après avoir prévenu la scientifique.

Il se fit amener Lacabane dans la sympathique salle aux murs verts.

Le gaillard dépassait de vingt centimètres le plus grand des agents. Le dos légèrement voûté, il ne savait où mettre ses longs bras. Lorsqu'il reconnut Anconi, ses yeux s'inquiétèrent. Lui aussi demanda à fumer, histoire de faire le bravache.

— Comme on se retrouve, Fredo. Toujours dans les mauvais coups, à ce que je vois.

Il ne répondit rien, attendit la suite. Blanchard introduisit les débats.

— Ton trafic de came n'intéresse pas le "36", assura-t-il. Je laisse donc la parole à la PJ qui souhaiterait te poser quelques questions.

Fredo s'affaissa légèrement, plissa ses yeux de taupe, se gratta le crâne, soudain méfiant.

— Pourquoi as-tu planqué le corps de Nina dans cette villa ? lança d'emblée le commissaire.

— Vous délirez ! De quoi parlez-vous ?

— Nina, Annie Adler, tu connais ?

— Ben ouais ! La bergère à Carlos, tiens.

— Tu n'ignores pas qu'elle a été salement assassinée et que son cadavre a été découvert villa Les Boucauds ?

— J'lis le canard, comme tout le monde.

— Bien sûr. Justement tu as visité cette maison le 15 juin. Tu cherchais à blanchir ton fric ?

— …

— Pourquoi ne l'as-tu pas achetée ?

— Pas de garage pour ma caisse. La bagnole, c'est sacré.

— Le 20 juin, Nina a disparu. Vraisemblablement le jour du crime. Où te trouvais-tu ?

Il haussa ses épaules, soutint qu'il ne s'en souvenait pas.

— À l'agence, tu as donné comme profession "agent de sécurité". Qui t'emploie ?

— Ça dépend. Boîtes de nuit, casino, des fois la Beaujoire…

— Le 20 juin, tu bossais ?

Fredo réaffirma qu'il n'écrivait pas ses mémoires. À quoi ça servirait ?

— Réfléchis, Fredo. Tu ne possèdes aucun alibi pour cette journée.

— Vous racontez des salades. Je n'ai rien à voir avec cette gonzesse.

Anconi changea d'angle.

— Ta bagnole, où la ranges-tu ?

— La Land Rover, chez moi. Pour le boulot, un modèle idéal, il impressionne. Un gars en Land, personne se coltine avec lui !

Le commissaire comprit qu'il en possédait une autre.

— Tu sembles apprécier les belles carrosseries, je me trompe ? Le dimanche, tu parades avec quoi ?

Fredo se laissa entraîner sur le terrain de sa passion. Il reconnut détenir une Ford Gran Torino.

— Six cylindres en ligne, plus de 300 CV sous le capot, 7 536 cm^3, un couple d'enfer…

— …et un grand coffre, avec ça ! coupa Anconi.

Lacabane perdit d'un coup son enthousiasme, mais un peu tard. Il s'immobilisa, bouche grande ouverte, plissa les paupières, témoin chez lui d'une réflexion intense.

— Tè, tu la tiens bien au chaud chez toi, cette merveille ? le relança Anconi.

— Avec la Land, mon garage est trop petit, rectifia-t-il. Carlos me tient la Ford au chaud. En plus ses arpètes la bichonnent à leurs heures perdues.

« Sans doute le jeune homme musclé qui astiquait la Porsche avec une peau de chamois lors de leur visite mouvementée », pensa le commissaire. Avait-il aussi nettoyé à fond le coffre de la Gran Torino après le transport du corps de Nina ?

— En échange de quoi tu lui rends de menus services ?

Il se tourna vers Blanchard avant de poursuivre :

— Un cadavre de femme y loge à l'aise, dans la malle de la Torino, pas vrai ?

Puis vers Fredo :

— Normal que tu lui donnes un coup de main, de vieux amis comme vous.

— Je n'ai rien à voir avec ce meurtre ! Carlos non plus. Il était toqué d'elle, jamais il ne lui aurait fait de mal. La came, d'accord, mais pour le reste, zieutez ailleurs !

— Moi, je crois que ton pote Carlos a tué la petite parce qu'elle s'était acoquinée avec un autre. Des témoins l'ont remarqué la brutaliser et la pousser de force chez lui, au Pointeau, le jour de sa disparition. Et toi, pauvre pomme, tu l'as aidé à planquer le corps.

— Vous me la jouez à l'envers. Z'avez aucune preuve !

— Fan de couillon, des preuves, on en trouvera très bientôt !

Anconi se leva, furieux, sortit de la salle. Blanchard le rejoignit dans le couloir. Ils convinrent de perquisitionner chez Carlos Rodrigues puis chez son complice.

— Préviens la scientifique, passons la baraque et la Ford Torino au peigne fin !

— Javert ? demanda prudemment le Nazairien.

— Qu'il coure après Jean Valjean, celui-là ! bougonna le Parisien.

Blanchard partit donner ses ordres, passer quelques

coups de téléphone. Resté seul, Anconi s'assit à l'accueil, son vieux cuir sur les genoux, observa le rituel du commissariat. Il dut constater que l'ambiance de ces endroits s'avérait identique, où que l'on soit. De pauvres hères, des ivrognes, des agressifs et des abattus y côtoyaient des costumes-cravates, comme dans une pièce de théâtre ouverte à tous. Des gens normaux, aussi, semblaient curieusement perdus parmi cette clientèle disparate.

Hilda, entrant dans le poste de police, trouva son mari posé sur sa chaise, le regard dans le vague, l'air absent. Elle lui toucha l'épaule de la main. Il sursauta. On aurait pu penser qu'il se sentait pris en faute.

— Fatigué, *mijn beminde* ?

— Oh ! Hilda ? Non… Euh… quelle heure est-il ? demanda-t-il du ton égaré de celui qui revient d'un mauvais rêve.

— 16 heures. Il est passé aux aveux ?

Il secoua la tête.

— Et toi ? Tu ne t'es pas ennuyée ? J'ai pensé…

— Je me suis promenée. Tiens ! Je t'ai acheté des réglisses, je trouve que tu en consommes beaucoup, en ce moment, observa-t-elle en lui tendant deux boîtes rondes Lajaunie.

— Merci, Hilda. Ce séjour ne te pèse pas trop ?

— Au contraire ! assura-t-elle.

Elle n'en dit pas davantage, Blanchard revenait, sa veste de jean sur le dos.

— Je prends une voiture de service. On se suit ?

Hilda se mit au volant.

— Où se rend-on ?

— Chez Carlos. Perquisition.

Ils empruntèrent l'avenue de la République, à peu près déserte en cette après-midi chaude de juillet. Les habitants avaient fui vers les plages pour se rafraîchir. D'autres travaillaient derrière un ventilateur.

Elle se gara sur le côté au niveau du croisement de l'avenue Albert-de-Mun. Surpris, Anconi l'interpella :

— Pourquoi t'arrêtes-tu ?

— Vois-tu cette agence immobilière, sur l'autre trottoir, entre le magasin de vêtements et la boutique de pièces détachées ?

— Celle avec une enseigne rouge ?

— Oui. Eh bien, elle est tenue par Oscar !

— Et alors ? Tu le connais ?

Tout en redémarrant, elle expliqua qu'elle l'avait croisé ce matin faisant le pied de grue devant l'agence de Richoux à Saint-Brevin.

— Et alors ? répéta-t-il.

— Figure-toi que le premier soir, au casino, il travaillait comme croupier à la roulette ! Tu ne trouves pas cela étonnant ?

— Tu dois te tromper.

Elle assura que non, elle rappela qu'elle avait échangé quelques mots avec lui, allée des Embruns.

Il cherchait un bien. Elle avait formellement reconnu la photographie du directeur de l'agence, affichée sur la porte avec ses coordonnées en cas d'absence. Elle ajouta qu'un agent immobilier qui frappe à la porte d'un autre agent immobilier pour dénicher un appartement, et qui le soir fait des extra au casino avait de quoi surprendre.

— Qu'en déduis-tu ? Il a le droit de consulter un confrère.

— Et de déblatérer des « rien ne va plus » la nuit ?

— Es-tu entrée dans l'agence ?

— C'était fermé.

Le commissaire conclut par « les gens sont bizarres, de nos jours » avant de s'attribuer un cachou. La voiture franchit le pont enjambant les voies de chemin de fer, près de la gare. Au-dessus des rails, l'air vibrait. Au loin se profilaient les formes du monde portuaire, enveloppées dans une brume de chaleur. De l'autre côté, le regard se perdait dans les vastes étendues vertes du marais briéron.

— Je croyais que tu te rendrais au cinéma, observa Anconi.

— C'était mon intention. L'affiche de *Bagdad café* m'a attirée, mais il s'agissait d'une annonce, le film n'est pas encore disponible en salle. Alors j'ai flâné, comme une touriste, j'ai découvert la ville.

— Et l'agence d'Oscar ! plaisanta-t-il.

— Tu te moques de moi !

— Mais non ! affirma-t-il pour se racheter. Fatche ! Quelle chaleur !

Il abaissa la vitre, posa son coude à la portière. Un air chaud envahit l'habitacle. Au sommet du pont, une légère brise vint les rafraîchir. L'estuaire miroitant appelait à la baignade. Ils traversèrent Saint-Brevin-les-Pins et ses odeurs de pinède. Ils retrouvèrent la voiture blanc et noir garée allée Stefani. Une camionnette, anonyme celle-là, stationnait devant le portail de La Sierra de Carlos.

Des silhouettes vêtues de camisoles immaculées se hâtaient dans un ballet studieux et presque chirurgical, petits sacs en plastique et mains gantées. Le garage ouvert laissait voir la Porsche qu'ils connaissaient et la calandre agressive d'une Gran Torino rouge. Deux hommes s'affairaient autour, portes largement écartées.

— Examinez particulièrement le coffre, leur recommandait Blanchard.

Aucune trace du jeune musclé à la peau de chamois. Anconi s'approcha de la puissante Ford.

— Qui t'a accueilli, Vieux ?

— Un type en veste de daim, pas commode.

Hilda manifesta un geste de dégoût. Ils montèrent les marches conduisant à la bâtisse, entre les plantes grasses et les essences tropicales. Dans un fauteuil de jardin, au bord de la piscine, “veste de daim” sirotait un cocktail, affichant une attitude dégagée. Pourtant on le sentait tendu intérieurement. Il affecta de ne pas reconnaître les Anconi. Ils pénétrèrent précautionneusement dans la maison, s'efforçant de ne toucher à rien, permettant aux scientifiques de réaliser leurs prélèvements. Le mobilier, neuf et clinquant, alliait laideur et coût élevé. Un salon aux formes modernes en bois de *roble* rappelait les origines boliviennes du propriétaire.

Hilda voulut revoir le blockhaus d'où ils s'étaient échappés. Tous les trois y descendirent. L'ouverture qu'ils avaient pratiquée était fraîchement colmatée. Un agent surgit soudain, une lampe torche en main.

— Il existe un tunnel qui s'enfonce sous la dune ! prévint-il, l'endroit doit communiquer avec d'autres bunkers.

— Fan de Carlos ! Un digne élève de Barbie et consorts !

Ils allaient pénétrer dans l'étroit passage bétonné et suintant pour l'explorer lorsqu'un homme en blanc vint informer Blanchard.

— Je crois que j'ai trouvé quelque chose qui devrait vous intéresser, Commissaire.

Il tenait entre deux doigts un petit sachet transparent.

— Ah ? Qu'est-ce qu'il y a dans cette pochette ?

— Je parierai pour des cheveux courts, Patron, très courts. Dans le coffre de la voiture américaine.

XIV

À UN CHEVEU DE LA VÉRITÉ

Le commissaire exulta. Un cheveu dans le coffre de Fredo Lacabane ! On le comparerait avec ceux de Nina et l'affaire serait entendue. Tellement assuré de détenir sa preuve, il en oublia d'en demander la teinte. Du reste il ignorait la couleur actuelle de la coiffure de Nina.

La scientifique avait cherché en vain des empreintes dans la Ford. La peau de chamois avait tout gommé. Dans la maison de Carlos, les hommes en blanc en découvrirent de nombreuses, ils multiplièrent les relevés. Les flashes crépitèrent un long moment. Les petits sacs transparents se garnirent, poussières, échantillons de terre, débris divers. Les armoires révélèrent la présence de nombreux vêtements féminins qui furent délicatement emballés et emportés. Cette trouvaille renforça les convictions du commissaire.

Hilda ne commenta pas “la trouvaille” avec l'entrain qu'aurait souhaité son mari. Elle insista pour explorer le tunnel.

Blanchard les accompagna. La fraîcheur humide,

après la chaleur du dehors, s'avéra d'abord la bienvenue. Mais à mesure qu'ils avançaient entre les murs suintants, l'ambiance devint oppressante. La lampe électrique de Blanchard ne distribuait qu'un mince pinceau de pauvre lumière. Le boyau étroit obligeait à une progression en file indienne. Par endroits, des marches reflétaient les accidents du terrain, au-dessus d'eux.

Ils parvinrent à une pièce carrée, faiblement éclairée par un profond puits donnant vers l'extérieur et fermée d'une grille deux mètres plus haut. Ses murs étaient secs, un système de ventilation ronronnait furtivement. Blanchard balaya l'endroit de sa lampe. Des étagères en bois occupaient un pan entier. La découverte d'un interrupteur leur livra un immédiat éclairage cru.

— Tiens donc !

Sur une table en acier, une balance de précision Mettler H80 dans son enceinte de verre, de minuscules sachets, tout le matériel pour conditionner de la poudre blanche. Des bidons métalliques cubiques où était noté « *Carbonell* », comme sur ceux de la pêcherie, reposaient en rang d'oignons sur les rayonnages. Des cartons entassés laissaient entrevoir des peluches du petit singe Kiki.

Blanchard émit un sifflement entre ses dents.

— Joli petit laboratoire.

— Et une belle prise ! ajouta Anconi. Une médaille pour toi, de la part de ta hiérarchie.

Hilda, pragmatique, fit remarquer que la gendarmerie n'avait pas poussé bien loin ses investigations lorsqu'ils étaient venus chercher Carlos pour reconnaître le corps à la morgue.

— Comment va-t-on procéder avec le juge ? s'inquiéta le patron de Saint-Nazaire. Il faudra forcément lui dire…

— Pauvre ! Charles-Antoine va nous gronder, railla Anconi avant de se reprendre. Si nous faisions part de nos découvertes à Javert ?

Hilda proposa d'explorer d'abord la suite du tunnel. Les deux commissaires approuvèrent, pas si pressés de rendre des comptes.

Ils poursuivirent leur reconnaissance, Blanchard en tête de cortège muni de sa minuscule lampe dont la puissance s'amenuisait. Le boyau s'incurva à plusieurs reprises, dans un sens puis l'autre. Ils débouchèrent sur une volée de marches montantes. Une porte en acier leur barra la route en haut de l'escalier.

— Coincés ! déplora le chef de cordée.

— Non ! Regarde, Vieux !

Une grosse clef pendait à un crochet fiché dans le mur.

La serrure cliqueta, son bruit résonna dans la galerie. Ils poussèrent le lourd battant. Le décor changea brusquement. Ils se retrouvèrent dans une sorte de sas dont on remarquait immédiatement la construction récente.

Un néon s'alluma automatiquement. L'endroit, totalement vide et dénudé, donnait simplement accès à un ascenseur. Blanchard appuya résolument sur le bouton, les portes s'écartèrent sur une cabine.

— Ce n'est pas très prudent, prévint Hilda.

Blanchard sortit son arme de service.

— Allons ! commanda-t-il.

Il pressa le « *1* ». Le monte-charge s'éleva en silence, s'ouvrit sans bruit dès qu'il interrompit son ascension. Un lourd rideau masquait le palier, il l'écarta.

Ils débouchèrent dans un salon moderne. Personne. Aucun bruit.

— Où est-on ?

Anconi fit rapidement le tour de la pièce.

— Dieu garde, ne serions-nous pas chez Fredo Lacabane, les amis ?

Il montrait des photographies de voitures américaines, disposées comme des portraits de famille sur une longue enfilade en placage brillant. L'endroit empestait le tabac froid et le mauvais goût.

Ils explorèrent le rez-de-chaussée. Du toc, encore du toc, toujours du toc. Des meubles aux formes modernes discordantes envahissaient l'espace et se voulaient élégants, mais ne réussissaient qu'à faire détourner le regard ; du tape-à-l'œil, des couleurs trop vives et mal assorties, aux murs des posters d'adolescent provocateur. Un bar étincelant occupait un coin du salon, surchargé de bouteilles de whisky bon marché et de verres trop ciselés. L'ensemble traduisait le souhait d'en imposer au visiteur.

Ils s'abstinrent de toucher, seul Blanchard avait enfilé des gants de chirurgien pour explorer délicatement les placards.

— Mince ! Venez voir ! s'exclama Hilda.

Entrée dans une chambre dont la porte était restée entrebâillée, elle avait découvert des tapisseries criardes et, sur une épaisse moquette rose, un lit immense garni de fausses fourrures. Partout dans la pièce, des peluches Kiki avaient envahi l'espace comme de petits soldats en uniforme marron ! On aurait dit une invasion.

Les deux commissaires accoururent.

Tous les Kiki s'avéraient identiques. Un clone de visages de singes figés, l'œil rond étonné, bouches ouvertes sous un pelage bouclé aussi dru qu'envahissant.

— Fan de singe ! Complètement fada, ce Fredo.

Blanchard s'empara d'un exemplaire, le tourna entre ses doigts, circonspect, comme il aurait procédé avec une grenade déjà dégoupillée.

— Pas si fou que cela !

Dans le dos du Kiki, une ouverture se dissimulait sous le poil. Des sachets de poudre blanche s'échappèrent alors qu'il manipulait le corps de la peluche. Il en déchira un, porta un doigt à sa bouche.

— Cocaïne, annonça-t-il froidement. Nom d'un chien ! Il y en a pour une fortune !

— Fatche !

Anconi en saisit un autre, puis un autre. Tous les Kikis s'avéraient bourrés de drogue.

Blanchard, fébrile, avisa un téléphone du plus bel orange, décrocha pour demander du renfort.

Son interlocuteur dut lui réclamer l'adresse.

— Euh ! Quartier du Pointeau… Un instant…

Avant de répondre, il sortit de la maison, cachée derrière de luxuriants bambous.

— Chemin de la Marine, une des dernières habitations. Vite !

La propriété de Fredo Lacabane ne possédait pas le faste de celle de Carlos. Beaucoup moins grande, dépourvue de piscine, flanquée d'un garage. Anconi en poussa la porte coulissante.

Une Land Rover verte rutilante s'y trouvait entreposée. Un modèle plutôt ancien, jugea-t-il en remarquant la roue de secours fixée sur le capot du moteur. Il s'abstint d'y toucher. Blanchard le rejoignit. Il expliqua que le quartier du Pointeau était truffé de bunkers datant de l'occupation allemande.

— Un système de défense très élaboré, pendant la guerre ! Maintenant c'est un parc boisé. Nos deux trafiquants utilisent un ancien couloir de communication. Particulièrement pratique ! Une, issue allée Stefani, une autre, chemin de la Marine. Quel binz ! Facile pour échapper à la police !

— Et Fredo conditionnait la came dans des Kikis. Classique ! compléta Anconi.

Hilda les retrouva dans le jardin.

— J'ai compté trente peluches. Toutes semblent “garnies”.

Tout à leurs découvertes, ils ne virent pas arriver lentement une estafette Renault bleue bien caractéristique. Celle-ci poursuivit doucement sa route sans les remarquer, exécuta un lent demi-tour au rond-point situé à l'extrémité du chemin sans issue et stoppa, moteur en marche.

— Fatche ! Comment ils ont su ?

— M… ! souffla Blanchard, blanc comme un linge, je parie que le juge les a rancardés !

Tous les trois, accroupis dans les bambous, ressemblaient à des gamins de l'école buissonnière, tentant d'échapper à une escouade de parents en colère.

— Chut ! murmura Hilda. Chut !

On n'entendit plus que le léger bruissement des feuilles et le ronronnement du panier à salade. Deux tourterelles installées sur un poteau téléphonique se mirent à roucouler. Le jappement d'un chien les fit s'envoler.

Les minutes parurent interminables.

Personne ne sortait du véhicule de gendarmerie.

— Ils jouent à la belote les pandores ou quoi ?

— Nous sommes propres, les soldats, grogna Anconi, laissant échapper sa boîte de cachous qui roula entre les cannes.

— Chut ! répéta la femme du commissaire, le doigt sur les lèvres.

Une silhouette bleue quitta soudain le panier à salade. Ils reconnurent le major Javert. Il se dirigea à pas lents vers la mer, disparut dans le sentier côtier qu'avaient emprunté les Anconi lors de leur évasion du bunker de Carlos Rodrigues. Il semblait chercher quelque chose. Deux autres uniformes sortirent de l'estafette sans s'en éloigner. Ils paraissaient s'ennuyer.

— Que fait-on ? s'inquiéta Blanchard.

La réapparition du major empêcha toute réponse. Tous les trois se tassèrent davantage. Anconi réalisa le ridicule de la situation, frémit à l'idée d'être découvert par Javert dans une position bien inconfortable pour un commissaire du “36”. De plus, il commençait à ressentir des crampes dans les jambes et n'osait pas se déplacer pour récupérer sa boîte jaune et noir, hors de portée de main.

Le chef de brigade s'avançait maintenant, indécis, dans leur direction. Son regard remarquait-il quelque chose ? Il se trouvait à quelques mètres de la propriété. Le commissaire courba la tête, comme si cette position réussirait à le dissimuler.

Les tourterelles revinrent s'installer sur leur poteau, l'une contre l'autre et reprirent leur roucoulade froufroutante. Une voix retentit, qui les chassa derechef.

— Mon major ? criait-on.

Un gendarme tendait par la vitre ouverte un radiotéléphone au bout de son fil.

Javert tourna les talons, réintégra l'estafette en courant. Attendait-il un appel ? Le prévenait-on de la présence de voitures de police devant chez Carlos ? Savait-il que Fredo Lacabane vivait là, entouré de ses Kikis remplis de drogue ? Connaissait-il seulement le trafiquant ?

Toutes ces questions hantaient le commissaire. Le temps se révéla interminable dans ces circonstances. « Le doute s'installe. On en devient ridicule. »

Le moteur du Renault bleu s'arrêta brusquement, ce qui accentua encore son malaise.

Il s'obligea à récapituler les suspects du meurtre de Nina. Pour lui, Carlos venait en tête : un passé criminel déjà condamné, une implication dans un trafic de drogue et des fréquentations nauséabondes en Bolivie, un mobile, car éconduit par la victime son ex-fiancée, et un Fredo complice. René Richoux, le favori d'Hilda n'était pas exempt de soupçon : la disparition violente de sa première femme, son attirance pour Annie Adler, surtout cette villa Les Boucauds récemment acquise dans laquelle le corps avait été retrouvé, enfin son absence de l'agence immobilière. Avait-il été lui aussi repoussé par la chanteuse, ce qu'il n'avait pas supporté ? Il n'oubliait pas non plus les frères Mendel. L'un, Jean l'accordéoniste, avait vécu avec Nina, au moins pendant l'incarcération de Carlos et s'était trouvé confronté à l'ancien amant à Saint-Brevin. L'autre, Daniel le guitariste, semblait aussi attaché à Nina que son jumeau. Et voilà que, juste après la visite de Bolz, il sombrait dans un coma inexpliqué, peut-être lié à une overdose. Qui avait appelé les secours ? Tout indiquait qu'il n'était pas seul chez lui. Une rivalité entre les frères au sujet de Nina aurait-elle pu conduire au meurtre ?

Quel drame s'était joué lors de ce week-end du 20 juin, celui de la disparition de Nina ? Les *Yellow Stars* avaient regagné Paris et s'étaient séparés. Pourquoi Carlos avait-il attendu quinze jours avant de signaler l'absence de la chanteuse ?

Dix minutes s'écoulèrent. Il se trouvait trop loin pour entendre les conversations. Il distinguait vaguement seulement des mouvements de bras à l'intérieur de l'habitacle. Il se dit qu'ils crevaient de chaleur, dans leur cocotte-minute, et il réussit à en sourire.

Enfin le véhicule démarra. Il fila à vive allure, sirène tonitruante et gyrophare agressif. Il disparut à l'extrémité du chemin de la Marine. Anconi se précipita hors de la forêt de bambous. Il aperçut l'estafette s'effacer à gauche vers l'avenue Maréchal-Foch.

— Ils se rendent chez Carlos, certain ! Quelqu'un les a prévenus de notre présence ! tonna le commissaire.

Il entrevoyait déjà la rencontre des gendarmes avec la voiture de police garée devant la propriété de Rodrigues et la confrontation houleuse avec la scientifique.

— Décampons en vitesse ! proposa Blanchard, en passant par le tunnel, nous avons le temps de…

Le trio regagna la villa, s'engouffra dans le boyau, le parcourut en courant. Anconi et Blanchard remontèrent les marches et débouchèrent à la piscine au moment où Javert y parvenait, entouré de deux gendarmes en bras de chemise.

Hilda, restée en arrière, referma par précaution l'accès au bunker et conserva la clef. Pendant ce temps, son mari prenait les devants et, tout sourire, tendait la main au chef de brigade.

— Nous vous attendions, Major.

— Mais qu'est-ce que vous foutez là ? éructa ce dernier.

Blanchard s'interposa :

— Bonjour, Javert. Je constate que le juge Fouquet vous a informé.

Javert, malgré la chaleur, affichait une pâleur cadavérique. Il ne dissimulait pas sa colère. Ses deux agents restaient prudemment en retrait, prévoyant l'explosion de leur patron. L'un d'eux s'éventait avec un porte-documents.

— Je devais m'y attendre. Vous allez me payer cela, Blanchard !

— Un malheureux malentendu…

— Rien ne vous autorise ! C'est mon enquête, mon secteur, vous êtes chez moi ! Na !

Il y avait du Louis de Funès dans cet emportement.

— Laissez-moi vous expliquer, reprit le taulier de Saint-Nazaire. C'est avec l'approbation de Monsieur le juge que nous nous sommes déplacés pour perquisitionner le domicile du citoyen Rodrigues. Celui-ci est empêtré dans une affaire de cocaïne.

— Quelle…

Blanchard décrivit calmement le trafic de stupéfiants, insista sur l'implication du port de Montoir comme siège du commerce illicite, citant à dessin le nom du porte-conteneurs pour démontrer que l'affaire se situait sur son territoire. Il se garda de signaler que l'arrestation de Billy et Fredo était intervenue sur la commune de Corsept. L'interrogatoire des deux trafiquants avait conduit tout naturellement à l'interpellation de leur chef, Carlos.

— Vous prétendez donc que votre déplacement ici n'est pas lié au meurtre d'Annie Adler ?

Le doute s'immisçait dans la cervelle du major.

— Absolument.

— En ce cas, qu'est-ce qui justifie la présence d'un divisionnaire de la PJ à vos côtés ? Vous mentez bien mal.

— Nous nous connaissons lui et moi, depuis longtemps. Il m'a rendu une visite de courtoisie au commissariat. Comme il avait pincé Rodrigues quelques années auparavant, j'ai sollicité son aide. Voyez, Major, nous ne travaillons pas sur la même enquête. Mes gars cherchent à son domicile des preuves de son trafic, rien de plus.

Javert se dégonfla comme un soufflé au fromage à peine sorti du four. Anconi, silencieux, admirait les carabistouilles de son collègue. Il prenait soin de se tenir coi.

— À mon tour de m'interroger, contre-attaqua Blanchard en profitant du désarroi du gendarme, que me vaut le plaisir de vous rencontrer chez Carlos Rodrigues ?

— Nous étions en patrouille, la présence d'un véhicule de police nous a intrigués.

« Curieux comme un pet, le pandore », songea Anconi, retrouvant ses expressions marseillaises.

— Qu'espériez-vous trouver ? poursuivit sèchement Javert pour couvrir ses propres mensonges.

— Des preuves, des empreintes, de la coke. La routine.

À ce moment les agents de la scientifique sortirent avec leurs mallettes, saluèrent de la main les gendarmes et disparurent dans leur fourgon blanc.

— Bien entendu, nous vous communiquerons nos résultats, assura Blanchart. Vous n'êtes pas opposé à ce que nous posions des scellés ? À moins que vous ne souhaitiez vous-même procéder à d'autres investigations, proposa-t-il avec une innocence feinte.

— Si vous n'y voyez pas d'objection, j'en référerai d'abord à Monsieur le juge d'instruction.

— Si vous le pensez nécessaire, convint Blanchard à contrecœur.

— À propos, intervint Anconi, progressez-vous dans votre enquête sur le meurtre de Nina ?

— Le secret de la procédure m'interdit, hélas ! de vous répondre, même à un policier tel que vous.

— Pardi. L'autopsie vous a-t-elle au moins révélé la date du décès ?

— Aucun résultat pour l'instant.

Anconi brûlait de demander au major la teinte et la longueur des cheveux de Nina. Comment comparer la pièce à conviction découverte dans le coffre de la Ford Gran Torino de Fredo, maintenant que le corps gisait sur une table d'autopsie au CHU de Nantes ? Il se souvenait vaguement d'une brune bouclée, coiffée court lorsqu'il l'avait interrogée lors de l'instruction du procès de Rodrigues en 1978. Rien n'indiquait qu'elle avait conservé une teinte et une coupe identiques, presque dix ans plus tard. Il n'osa pas poser la question, incapable de trouver une justification plausible sans éveiller des soupçons chez Javert.

— Même pas une piste ? ironisa-t-il. À part la mienne, bien entendu.

— Gardez vos sarcasmes, Commissaire, n'oubliez pas que c'est à la fin de la foire que l'on compte les bouses.

Sur ces paroles, il claqua les talons, mit la main au képi et s'en retourna avec ses deux gendarmes.

Blanchard s'essuya le front du revers de la main, heureux de s'en tirer à si bon compte.

— Ouf ! soupira-t-il.

Son collègue avala trois cachous pour dissiper ses aigreurs.

Hilda ne s'était pas montrée pendant la confrontation. Elle ne manqua pourtant pas une miette du dialogue à fleurets mouchetés, cachée derrière les doubles-rideaux de la porte-fenêtre. Elle attendit la disparition du ronronnement de l'estafette pour apparaître sur la terrasse.

— Qui les avait prévenus, à votre avis ? s'enquit-elle, feignant d'ignorer la contrariété de son mari.

Elle ne reçut pas de réponse des deux hommes, l'un trop heureux d'avoir échappé à un scandale, l'autre trop exaspéré par la dernière réplique de son ami le major.

— J'en possède assez pour les inculper de trafic et recel de cocaïne, se réjouit Blanchard. J'envoie deux agents pour surveiller les baraques et leur souterrain. J'espère pour vous que le cheveu trouvé dans la bagnole de Fredo parlera. Souhaitez-vous que je contacte l'institut médico-légal, Patron ?

— Si tu veux. Tiens-moi au courant, Vieux.

Ils se séparèrent aussitôt, le Nazairien pressé de retrouver ses gardés à vue pour les inculper.

Spontanément Anconi laissa son épouse conduire.

— Tè, arrête-moi à la cabine du bout de l'allée, va !

Hilda obtempéra. « Il devrait être content, il tient sa preuve. » Pourquoi arborait-il une mine si sombre ?

Il abandonna son vieux cuir dans la R21, écarta les battants de la cabine. Elle le vit composer son numéro puis patienter, sans parler.

Sur l'avenue Maréchal-Foch, la circulation s'était intensifiée : voitures tractant des caravanes à la recherche du camping, familles à vélo rentrant de la mer, piétons cramoisis par le soleil. Un couple âgé dépassa le carrefour entouré de ses petits-enfants portant parasol et jouets de plage. Des odeurs de crème solaire flottaient dans l'air.

Le commissaire s'épongeait le front.

— Allô ? Passez-moi votre externe, celui qui a un nom polonais.

Aux urgences de l'hôpital Cochin, l'ambiance restait la même, bien différente de celle de la station balnéaire. Faisait-il aussi chaud à Paris ?

— Nicolas a terminé son service, Monsieur.

— Ah ! Qui s'occupe de Daniel Mendel ?

— Vous êtes de la famille ?

Il se présenta en gardant difficilement son calme.

— Oh ! En ce cas, je vois avec l'interne. Ne quittez pas.

Il entendit un message de haut-parleur : « Le docteur Kacem est attendu à l'accueil ! », puis le grand « clac ! » du combiné reposé sans précaution.

Vivaldi s'imposa de nouveau à ses oreilles. Hilda le vit entrouvrir un battant et le maintenir à l'aide de son pied pour gagner un peu d'air dans le réduit.

— Allô ? Allô ?

Il répétait l'interjection, comme pour accélérer le processus, pour décoincer la machine hospitalière.

Soudain une voix étrangère s'imposa.

— Docteur Kacem.

Le commissaire se présenta encore une fois puis s'inquiéta de l'état de santé de Daniel Mendel.

Il perçut un temps d'arrêt.

— Ce jeune homme est, hélas ! décédé, Monsieur, malgré tous nos efforts.

Un ton poli, très affable. Un léger accent oriental.

— Aïe ! Pauvre ! Il était plongé dans le coma, ai-je appris. En avez-vous déterminé la cause ?

— Les premiers résultats sanguins sont en faveur d'une overdose de morphiniques. Je ne dispose pas encore de la nature du produit. Une forte quantité, probablement, car l'administration d'antidote n'a provoqué aucun effet.

— Pensez-vous, Docteur, que Daniel Mendel était un opiomane ?

— Vraisemblablement pas. Je n'ai pas relevé d'anciennes traces d'injection sur le corps, comme cela se constate dans ces cas-là.

— Une dernière question. D'autres personnes ont-elles demandé des nouvelles depuis son admission ?

— Pas à ma connaissance. Si vous voulez patienter un instant, je me renseigne, car quelqu'un aurait pu…

Une courte pause, aucun choc du combiné. Un

brouhaha de paroles assourdies, sans doute le médecin appliquait-il la main sur l'appareil.

— Allô ? Commissaire ? Pardonnez-moi pour l'attente.

— Je vous en prie. Je suis navré de vous faire perdre votre temps.

— C'est bien normal. On me confirme qu'en dehors de vous, personne ne s'est manifesté.

— Probablement se trouvait-il seul dans son appartement lorsqu'il a prévenu les secours.

La voix du médecin devint soudain plus pointue.

— Impossible pour lui de téléphoner ni même de crier à l'aide ! Avec cette dose, il a sombré dans le coma immédiatement après l'injection.

— Fatche ! Vous êtes formel, Docteur ?

— Il existe peu de certitudes en médecine, mais dans le cas présent je puis vous affirmer que ce n'est pas lui qui a composé le “18”.

— Mais alors…

— C'est qu'il n'était pas seul, Monsieur le commissaire.

XV

ANCONI A MAUVAISE CONSCIENCE

Le commissaire affichait une pâleur crayeuse lorsqu'il s'affala dans le fauteuil passager de la Renault 21. Hilda crut à un malaise, s'alarma.

— Que t'arrive-t-il, *mijn beminde* ? Tu ne te sens pas bien ? La chaleur ?

— Un des musiciens de Nina vient d'être refroidi.

— Jean Mendel, l'accordéoniste avec qui elle vivait ?

— Dieu garde ! Non, justement ! L'autre ! Daniel, le guitariste ! Overdose.

Anconi parlait d'une voix syncopée. Hilda n'osait pas le questionner.

— J'ai envoyé Bolz chez Jean Mendel, et Lefebvre à Cochin, souffla-t-il enfin. La scientifique est en route pour scruter l'immeuble et l'appartement.

Hilda tenta de le calmer, lui rappela que dans ce milieu l'usage des stupéfiants se révélait fréquent. Le commissaire éructa que celui ou celle qui avait prévenu les secours ne se trouvait plus dans le logement à l'arrivée des pompiers.

— D'après le toubib, s'emporta-t-il, dans son état, il n'a pas pu téléphoner lui-même. Donc quelqu'un d'autre s'en est chargé, d'autant qu'il y avait deux verres sur la table à l'arrivée des secours. Or, Bolz l'avait rencontré une demi-heure plus tôt et il semblait seul chez lui. Par ailleurs, il souligne que personne n'a pénétré dans l'immeuble avant l'arrivée des secours.

— Double issue ? suggéra Hilda.

— On vérifie. Ou alors planqué dans une pièce. Pourtant Daniel ne nourrissait aucune inquiétude lorsque l'inspecteur l'a rencontré.

— Bolz avait-il fait part à Jean de son intention de rendre visite à son jumeau et au batteur du groupe ?

— Tè, bonne question, Hilda. Je ne lui ai pas demandé.

Anconi se reprochait de n'avoir pas accepté la proposition de confrontation des trois *Yellow Stars* formulée par son inspecteur après que celui-ci eut quitté Daniel, le guitariste. Cette décision aurait-elle modifié le cours des choses ? Bolz le pressentait-il en suggérant de mettre en présence au Quai les trois musiciens du groupe ? N'était-il pas resté planqué devant le domicile, comme s'il s'attendait à un évènement fâcheux ?

— Cette affaire me boulègue comme pas possible.

Anconi montrait une mine défaite. Pointait chez

lui le sentiment de s'être obnubilé sur Carlos Rodrigues en occultant les autres personnages du drame.

— Tu ne pouvais pas prévoir, le consola Hilda, devinant les reproches dont s'affligeait son mari.

Il était 20 heures. La circulation déclinait avenue Maréchal-Foch. La plupart des touristes avaient quitté le sable pour le camping, le barbecue ou le restaurant. La lumière paraissait déjà moins ardente, l'ombre des arbres s'allongeait. Plus tard, les noctambules remplaceraient les plagistes. On souperait avant de rejoindre le casino. Oscar avait-il quitté son agence immobilière de Saint-Nazaire pour revêtir son costume noir de croupier ?

— Si nous allions dîner ? proposa Hilda, essayant de détourner les sombres pensées qu'elle devinait animer son commissaire de mari. Nous disposons d'un peu de temps avant que tes inspecteurs ne fassent leur rapport.

— Bonne Mère, tu as raison.

Hilda démarra doucement. Elle hésita un instant sur le côté de l'avenue à emprunter, tentée de passer devant le casino. Pour épier Oscar ? Elle prit la direction opposée, un peu par défi.

— Je devrais t'écouter plus attentivement, soupira le commissaire en s'octroyant un nouveau cachou.

— Et plus souvent, badina-t-elle, histoire de ramener un brin de bonne humeur.

Passé le rond-point de la Courance, elle roula au hasard vers leur hôtel. L'enseigne du restaurant

“Le Kayac” se présenta opportunément. Une solide bâtisse au toit à quatre pans qui rappelait davantage l’Alsace que la Côte de Jade. Hilda se gara.

— L’endroit te convient ?

Le commissaire approuva de la tête. Derrière la lourde construction, on pouvait dîner dehors côté jardin, au calme, sous des parasols de couleur.

À peine installés, Anconi se leva pour téléphoner. Elle se doutait qu’il essayait de joindre ses inspecteurs, rectifier son oubli. Quelques minutes plus tard, il revint, arborant un discret sourire.

— On a réussi à contacter Bolz, grâce à sa radio du bord. Il roulait déjà vers la rue de la Colonie. Il avait effectivement signifié ce matin à Jean l’accordéoniste qu’il interrogerait les autres membres des *Yellow Stars*.

— De sorte qu’il avait eu la possibilité de filer aussitôt chez son jumeau et de le supprimer, conjectura Hilda.

— Mais pourquoi lui ?

— Admettons les jumeaux amoureux de la même femme. Jean l’accordéoniste tue Nina, par jalousie. Tu m’as bien dit que Bolz avait eu l’impression que l’autre, Daniel le guitariste, paraissait plus attaché. Ce dernier le soupçonne du crime. Jean posséderait alors une solide raison de craindre une dénonciation de la part de son jumeau ? Et donc de le faire taire.

— Bonne Mère, tu le vois arriver ? « Bonjour, allonge-toi que je t’injecte une dose mortelle de poudre ! » Cela ne colle pas ! Daniel ne s'attendait pas à un drame, Bolz m'avait affirmé que le guitariste paraissait totalement serein au moment de sa visite.

— Ton inspecteur a cependant planqué devant l'immeuble…

La patronne du restaurant interrompit leur conversation.

— Ces messieurs dames ont choisi ?

Ils s'excusèrent de n'avoir pas encore consulté la carte.

— Un apéritif, pour commencer ?

Le commissaire commanda un Picon.

— Avec ou sans bière, Monsieur ?

Il préférait sans, comme le dégustaient ses ancêtres, à Marseille.

— Pour moi, ce sera un bloody mary, s'il vous plaît.

Anconi sursauta, n'osa rien exprimer devant la patronne. Jamais Hilda ne choisissait de breuvage si alcoolisé.

— J'ignorais que tu connaissais ce cocktail, commenta-t-il prudemment. Tu sais que c'est très…

Un éclat de rire l'empêcha de terminer sa phrase.

— Je me mets dans la peau de René Richoux, s'esclaffa-t-elle. Sa boisson préférée !

Le commissaire se dérida. Ne faisait-il pas bon dîner dans les pins, enveloppés de la tiédeur qui s'installait sur Saint-Brevin ? Presque une soirée de vacances, loin de l'agitation parisienne, entourés d'autres estivants détendus.

— Et Carlos, *qué dégouste*-t-il au bord *dé* sa piscine ? plaisanta-t-il en empruntant l'accent du Bolivien.

Tous deux attirèrent les regards par leurs fous rires irrépressibles, entrecoupés d'imitations des acteurs de l'enquête. Anconi prit plaisir à parodier le major Javert, adoptant sa raideur, lissant une moustache virtuelle, Hilda feignit l'ivresse mélancolique de son suspect préféré, affalé au bar du casino. L'arrivée du plateau de crustacés commandé ramena progressivement le calme à leur table.

Ils ne parlèrent plus de l'affaire, dégustèrent leurs fruits de mer. Ils découvrirent les tellines, un coquillage inconnu chez l'écailler Jarrasse, au coin de l'avenue de Madrid à Neuilly, où ils aimaient se rendre, à pied, les soirs d'été.

Il était presque 22 heures lorsqu'ils quittèrent la table. Anconi prit le volant, car Hilda restait sous l'influence guillerette de son bloody mary et de son verre de grolleau.

À La Boissière, un billet les attendait, glissé contre leurs clefs, dans leur casier : « *Rappelez Lefebvre svp, merci.* »

Même dans un message court où pointait pourtant l'urgence, l'inspecteur gardait une délicatesse polie.

Hilda ouvrit la fenêtre sur le parc. Anconi s'installa sur le lit, composa le numéro du Quai.

— Hopla ! Monsieur le commissaire !

— Bonsoir, Schultz. Pas trop chaud à Paris ?

— Moins que chez moi, à Ribeauvillé ! Mais on prévoit un orage en soirée, pour rafraîchir… L'inspecteur Lefebvre m'a prévenu. Je vous le passe. Bonne nuit, Commissaire.

Quelques déclics, un court ronflement sur la ligne, puis la voix essoufflée de Lefebvre.

— Bonsoir, Patron, j'espère qu'on vous a laissé souper tranquille.

Pas certain que de son côté il ait eu le loisir de se restaurer. Au mieux un sandwich vite avalé dans une brasserie de la place Dauphine, toute proche du “36” ?

— Ne t'inquiète pas pour cela, Petit.

— Je vous parle d'abord de Cochin ou bien des pompiers ?

— Tè, à toi de choisir.

— Je rentre à l'instant de l'hôpital après une visite à la caserne de pompiers Port-Royal. Ce sont eux qui sont intervenus chez Daniel Mendel. J'ai obtenu la bande d'appels et je l'ai enregistrée en douce sur un dictaphone. Les voix sont assourdies. J'approche l'appareil du combiné. Écoutez !

« — Allô ? Venez vite ! Un homme se trouve mal.

— À quelle adresse, Monsieur.

— 37, rue Saint-Sulpice !

— Que se passe-t-il ?

— Je ne sais pas. Il ne bouge plus. Il ne répond plus.

— Vous êtes de sa famille ?

— Son frère. »

À ce moment, un « clic ! » interrompit le dialogue. La voix de l'inspecteur remplaça celles de l'enregistrement.

— Ce serait donc Jean Mendel qui parle, l'accordéoniste ! affirma-t-il. Il aurait appelé les secours !

— Fatche ! Ou quelqu'un qui se fait passer pour lui ! Comment expliques-tu son absence à l'arrivée des pompiers ? Pourquoi n'a-t-il pris aucune nouvelle, plus tard, à Cochin ? Cela ne colle pas.

— Mystère, Patron. La suite n'apporte rien que des détails médicaux. Il ne respirait sans doute déjà plus lors de l'appel.

Encore une délicatesse de Lefebvre, qui n'ignorait pas l'aversion de son commissaire pour les termes séméiologiques et sa sensibilité maladive pour tout ce qui concernait le médical.

— J'ai pu interroger l'équipe d'intervention. Ils m'ont confirmé qu'il n'y avait personne d'autre dans l'appartement. Par contre, ils ont été frappés par un relent d'éther dans la pièce.

— De l'éther ? Bolz avait-il remarqué cette odeur lors de son passage ?

— Je lui ai posé la question. Non, formellement.

— Fatche ! Quel pastis !

— La scientifique travaille sur place. Peut-être en apprendra-t-on davantage…

Anconi en doutait un peu. Il ne contraria pas son inspecteur.

— Et Cochin ? s'enquit-il.

— Ils confirment l'overdose, la rapportent à la cocaïne, expliquant de ce fait l'absence de résultat des antidotes habituels sur ce type de stupéfiant. Un taux considérable dans le sang, selon eux. Pas d'alcool associé ni d'autre substance. Pour le médecin qui s'en est occupé, il se trouvait déjà en arrêt respiratoire lors de l'appel initial.

Anconi sentit la nausée poindre. Il s'obligea, pour demander :

— Tu lui as parlé de l'éther ?

— Oui. Il ne connaissait pas les circonstances précises. Compte tenu de ce que je lui ai rapporté, il suppose que la victime a été endormie avec de l'éther avant qu'une tierce personne réalise le shoot. Selon lui, la drogue n'a pas été inhalée, mais injectée, et en raison de la dose et de son effet immédiat, on aurait dû retrouver seringue et aiguille près de lui. En conclusion, quelqu'un l'a endormi pour lui administrer une quantité létale et a embarqué le matériel.

— Un meurtre, en somme.

— Cela y ressemble, Patron. Mais pourquoi prévenir les secours avant de disparaître ? Cochin m'a confirmé que Jean Mendel ne s'était pas manifesté aux urgences de l'hôpital.

— Fais écouter la bande à Bolz ! Dès que possible ! Lui sera en mesure de reconnaître la voix, ou non !

Le dialogue tournait en rond. Que s'était-il passé rue Saint-Sulpice ?

— Souhaitez-vous que je vous rappelle après mon contact avec Bolz ?

Encore une prévenance de Lefebvre, soucieux de protéger le sommeil de son commissaire.

— Bien sûr, Petit.

Il raccrocha. Hilda était toujours accoudée à la fenêtre, le regard vague plongé dans les petits frémissements du parc désert. Dans le ciel clair, entre les branches de mimosa, elle aperçut une étoile filante et fit précipitamment un vœu. Derrière, dans l'obscurité de la chambre, elle ne perçut de la communication téléphonique de son mari que quelques expressions étouffées.

Un juron la tira de sa léthargie.

— Quel pataquès !

Elle fit volte-face. Anconi alluma la lampe de chevet. Il montrait un visage perplexe.

— Mauvaises nouvelles, *mijn beminde* ?

— Tu avais raison sur un point…

Il résuma ses incertitudes : Daniel Mendel avait été sciemment drogué à mort, un homme avait appelé les secours, prétendant être son frère.

— Tu vois. Ces deux-là se sont brouillés à cause de cette Nina.

— Tè pardon, quelqu'un a très bien pu se faire passer pour lui, afin de détourner les soupçons. Lefebvre va demander à Bolz d'écouter l'enregistrement. Alors on saura peut-être.

Hilda se tut. Elle parut réfléchir, se retourna vers la pinède qui lui renvoyait au visage la chaleur de la journée et ses odeurs. Sans bouger, elle suggéra d'une voix à peine audible :

— Tu prétends souvent que, au cours d'une enquête, les évènements qui surviennent sont liés les uns aux autres. Comme un coup de pied dans une fourmilière déclenche une panique, un sauve-qui-peut…

— Pardon, excuse, dis-moi ce que…

Il avala un cachou, attendit la réponse qu'Hilda hésitait à formuler.

— Je réfléchis. Suppose que ce ne soit pas l'accordéoniste qui ait tué son jumeau guitariste, de qui peut-il s'agir ? Ni de Carlos Rodrigues ni de ses acolytes puisqu'ils sont retenus chez Blanchard. De sorte que nous serions confrontés à deux affaires différentes. À moins que…

Elle atermoyait, le dos tourné, comme si elle n'osait pas regarder son mari en face.

— Hilda, quelle figue caches-tu dans ton panier ?

— Eh bien, si les deux meurtres sont liés…

— Mais, Bonne Mère, ils le sont !

— Ne te fâche pas !

— Allons, parle !

— L'agence de René Richoux était fermée aujourd'hui...

Anconi bondit.

— Encore celui-là !

— Laisse-moi terminer. Suppose que Daniel Mendel possédait une preuve de la culpabilité de l'agent immobilier. N'oublie pas qu'ils semblaient l'un et l'autre épris de la chanteuse et qu'ils fréquentaient tous deux le casino. Donc ils se connaissaient. René Richoux prend peur et passe à l'acte. Il n'ouvre pas son office aujourd'hui alors qu'un rendez-vous l'y attendait, improvise un aller-retour à Paris, supprime le guitariste. Pour brouiller les pistes, il appelle les secours, prétend être Jean au téléphone... et revient tranquillement à Saint-Brevin.

— Quelle imagination ! Le bloody mary te réussit...

— Il n'empêche, Monsieur le commissaire, que ton Carlos Rodrigues est étranger à ce second crime.

— Un complice... tenta Anconi, sans grande conviction. Ou bien deux histoires différentes, en effet.

Il ne vit pas le sourire de satisfaction qui éclaira le visage de son épouse toujours tournée vers le parc. Il vint s'accouder près d'elle, entoura ses épaules de son bras et murmura :

— Réservons-lui la surprise d'une petite visite demain matin...

Pour toute réponse, elle lui déposa un baiser sonore sur la joue.

Une heure plus tard, ils dormaient quand le téléphone résonna dans la chambre.

— Allô ? prononça péniblement Anconi.

— Bolz à l'appareil, Patron…

L'inspecteur parlait bas, comme s'il n'osait pas le réveiller. Le commissaire se redressa, alluma le chevet, sortit ses jambes du lit.

— Bolz ? Ah oui… Où te trouves-tu ?

— Dans une brasserie de la place de la Bastille. Je quitte à l'instant Jean Mendel. Absent de chez lui, j'ai sonné à l'appartement voisin. Une adorable vieille dame m'a gentiment reçu et appris qu'il jouait tous les soirs dans un cabaret de Belleville, “L'éléphant bleu”. J'en sors. Il a été très surpris de me revoir. Il ignorait tout de ce qui était advenu à son frère. La nouvelle l'a effondré. Le gérant de la boîte confirme son apparition à 21 heures.

— Où a-t-il passé la journée ?

— Chez cette vieille dame, justement, avec d'autres personnes du même âge. Elle lui avait demandé de jouer pour elle des airs d'antan, à l'occasion de son 81e anniversaire. Il y est arrivé à 10 h 30, très peu de temps après mon passage chez lui. Elle l'a retenu à déjeuner autour d'une blanquette de veau qu'elle avait préparée elle-même pour ses invités. À 16 heures, il les a quittés, a acheté des provisions dans son quartier avant de…

— Lefebvre t'a-t-il fait écouter la bande d'appel des secours ?

— Oui. Pas facile, mais je suis à peu près certain qu'il ne s'agissait pas de la voix de Jean.

Bolz avait bien travaillé. Anconi réalisa le circuit qu'avait dû se coltiner l'inspecteur, certes dans un Paris déserté par ses habitants. Grâce à lui, Jean Mendel se trouvait totalement blanchi du meurtre de son frère.

— Merci beaucoup, bon boulot, Petit. Une dernière chose : a-t-il une idée de qui aurait pu… ?

— J'ai compris que les deux jumeaux ne se fréquentaient plus guère depuis la dissolution des *Yellow Stars*. Il a évoqué Carlos Rodrigues, mais dans la mesure où il est en garde à vue chez vous…

— Tu penses qu'ils étaient brouillés ?

— Vu les circonstances, je n'ai pas insisté sur ce point. Totalement dévasté, il a filé aussitôt à l'hôpital Cochin.

— Rentre vite chez toi, Petit. Bonne nuit.

Anconi raccrocha. « Enfin une certitude, se dit-il, Jean n'a pas assassiné son jumeau. » « Et si Hilda avait raison ? » Il se servit un cachou avant de se recoucher et d'éteindre la lumière.

Il tournicota un long moment dans le lit, tenté de réveiller sa femme qui n'avait pas bougé pendant la communication.

Il se leva, le plus silencieusement possible, mais pas suffisamment. À des grommellements indistincts succédèrent bientôt des grognements réprobateurs lorsqu'il ouvrit la fenêtre.

— Que fiches-tu, à la fin ?

Elle sortit une tête ébouriffée, se pencha vers le réveil.

— As-tu vu l'heure ? maugréa-t-elle.

Elle se retourna d'un bloc, se cacha sous les draps en soupirant.

Le commissaire demeura longtemps les coudes sur le rebord de la fenêtre. La lune, presque pleine, distribuait sa clarté fantomatique parmi les arbres du parc. Au loin, un bruit de vélomoteur troubla le silence, enfla avant de s'éteindre progressivement vers la ville.

Il tentait de faire le point, les personnages du drame défilaient devant lui. Il essayait de situer chacun d'eux, pesant les éléments à charge et à décharge. Si la culpabilité de ce càcou de Carlos s'imposait toujours à lui, son innocence dans le meurtre de Daniel Mendel se révélait indéniable. Il entrevoyait difficilement lui-même un complice dépêché à Paris pour trucider le guitariste, même si l'arme du crime, la cocaïne, le ramenait inlassablement aux trafiquants du Pointeau. Carlos disposait-il encore de contacts parisiens ? Le chauffeur de la bande, Fangio, qui avait échappé à la police lors du fric-frac de 1978 ?

Le cas René Richoux s'imposa ensuite à ses yeux. Incontestablement, ses réponses lors de leur entrevue au bar de l'Étang ne lui avaient pas paru très sincères. Il déclarait avoir assisté au crime, puis se dédiait. Ses propos sur l'acquisition de sa villa étaient apparus bien flous, voire contradictoires et il avait menti sur les clefs, prétendant ne pas y avoir mis les pieds pour cause de signature différée. Difficile à croire, pour une transaction intervenant entre deux agences immobilières et des travaux en cours. S'il pouvait seulement se procurer les résultats des analyses des gendarmes aux Boucauds ! Javert le soupçonnait-il, comme Hilda, ou était-il lui aussi obnubilé par Carlos ?

Brusquement une idée s'imposa : et si Daniel avait supprimé Nina, provoquant la vengeance du Bolivien ? Mais quelle place attribuer alors à la villa de l'avenue de la Duchesse-Anne ?

Il s'embrouillait : « Fatche ! », marmonna-t-il avant de se recoucher, profondément troublé. Un sommeil agité le terrassa enfin, après une interminable période d'insomnie improductive. La lumière du jour le sortit de ses cauchemars. Hilda, vêtue d'une robe légère et bien coiffée, avait tiré les rideaux, le soleil inondait la pièce. Tout embrouillé, un instant perdu, il se crut sur leur péniche *Zeeland*, un dimanche matin, lorsqu'il arrivait que son épouse le laisse dormir tard.

— Quel ramdam cette nuit, *mijn beminde*. Je craignais que tu ne sois malade.

— Quelle heure est-il, Hilda ? demanda-t-il, soudain paniqué.

— Bientôt 9 heures…

— Fan de couillon ! Personne n'a téléphoné ?

Elle attendit qu'il émerge. Il reprit progressivement ses esprits, se remémora l'appel de Bolz, en fit part à son épouse. Elle le regardait en souriant, comme on couve un enfant relevant de maladie.

— Bon, dit-elle. Prépare-toi maintenant, souviens-toi que tu m'as promis une visite chez Richoux.

Pendant qu'il se rasait, on leur apporta le plateau du petit-déjeuner qu'Hilda avait eu la prévenance de commander, anticipant un réveil difficile chez son mari.

— Merci, Hilda. Je ne suis pas certain de le mériter, j'ai troublé ta nuit…

Deux tasses de café le retapèrent. Il hésita à appeler Blanchard, impatient de recevoir les résultats des prélèvements effectués chez Carlos et Fredo. Il différa la démarche, soucieux de se racheter auprès d'Hilda.

Elle prit le volant, rejoignit une fois de plus la longue avenue de Mindin. Sur les trottoirs, de nombreux passants traînaient de petits chariots à deux roues ou portaient des paniers d'où émergeaient des fanes de légumes. C'était jour de marché place Henri-Baslé. Ils gagnèrent l'avenue Maréchal-Foch. Comme ils dépassaient le Pointeau, Hilda eut cette réflexion :

— Il serait intéressant de savoir de quoi est morte Nina. Overdose, elle aussi ?

— Ducreux m'enverra au diable si je le sollicite.

— Ne connais-tu pas un médecin à l'hôpital de Saint-Nazaire ? Ce type bizarre qui n'a pas sa langue dans sa poche… Chambard ? Il pourrait user de ses accointances pour…

— Flembard ! Bonne idée. Je l'appelle tout à l'heure. Rencontrons d'abord ton coupable.

Ils rirent tous les deux, alors que la radio du bord annonçait qu'Édouard Balladur promettait une réduction d'impôts « d'au moins six milliards » pour l'année suivante.

Ils passèrent devant le casino désert. Le long de la mer, on courait en tenue de sport, un bandeau dans les cheveux. Les plagistes installaient leurs parasols pour une nouvelle journée de châteaux de sable, de baignade et de bronzage. Ils laissèrent la voiture boulevard de l'Océan, en vue de la cabine téléphonique. Avenue des Embruns, il faisait déjà chaud, les terrasses restaient vides, on balayait le trottoir, on disposait les tables en prévision du déjeuner.

Ils s'arrêtèrent devant la vitrine de l'agence. Ils feignirent de s'intéresser aux propositions de locations saisonnières exposées, tout en fouillant des yeux l'intérieur de l'office Ils se touchèrent du coude en apercevant Richoux. Celui-ci n'était pas seul, il discutait avec un homme qui leur tournait le dos.

— Il faudrait mieux attendre la sortie du visiteur, suggéra Anconi. Qu'allons-nous lui demander, au juste ?

Mais Hilda poussa résolument la porte et entra,

le commissaire eut l'impression de l'avoir contrariée. Le client se retourna. Elle reconnut Oscar, discutant avec le gérant. Leur conversation cessa aussitôt. Anconi nota que les deux hommes se tutoyaient. Pourtant la différence d'âge n'aurait-elle pas commandé le vouvoiement ? « Une habitude, entre gens de même profession », se dit-il, se rappelant que, croupier le soir, le jeune homme tenait lui aussi une agence immobilière à Saint-Nazaire.

Hilda, très détendue, salua Oscar :

— Avez-vous découvert le logement de vos rêves chez votre confrère ?

Le jeune croupier rougit légèrement.

— Euh ! Faut voir, bafouilla-t-il, noyé dans un ricanement gêné.

— Alors, comme convenu, cette après-midi à 17 heures ? spécifia René Richoux en le raccompagnant précipitamment.

La femme du commissaire se mit en travers de la sortie et s'adressa à lui en souriant :

— Bonjour, monsieur Richoux. Nous sommes passés hier, mais vous étiez fermé.

— Ah ! En effet, je travaille seul et les visites se sont enchaînées toute la journée.

— Il devait faire chaud, à Paris.

— ?

XVI

À QUI PROFITE LE HASARD ?

Richoux hoqueta. Son crâne lisse se plissa, ses yeux s'arrondirent. Dans son costume trois pièces et son regard fixe et étonné, Anconi reconnut tout à coup au bonhomme un air de Bernard Blier jouant un personnage aussi falot que roublard. Dans quel film donnait-il la réplique à une Annie Girardot insolente et incisive ? Durant un éclair de seconde, des images s'imposèrent puis disparurent lorsque l'agent immobilier rétorqua enfin :

— Chaud à Paris ? Sans aucun doute. Je vois que vous appréciez notre climat maritime.

Oscar s'était éclipsé. Hilda s'entêta :

— Ce train *Jules Verne* s'avère tellement commode. Un aller-retour à Paris dans la journée vous autorise suffisamment d'heures pour gérer vos petites affaires.

— Pour un peu, le trajet de Saint-Brevin à Nantes prendrait plus de temps que celui de Nantes à Paris, enchérit-il. Mais vous n'êtes pas venus me voir pour discuter chemin de fer ?

Anconi n'intervenait pas, l'air absent et détendu, son cuir sur l'épaule.

— Vous vous souvenez sans doute des *Yellow Stars*, qui accompagnaient notre pauvre Nina ? reprit Hilda.

— Bien sûr, affirma-t-il, vous n'essayez pas de me dire qu'ils sont impliqués dans son…

— Quelqu'un a cru bon d'empoisonner l'un d'eux.

— L'accordéoniste ? Cela ne me surprend guère, railla-t-il, retrouvant tout son aplomb.

— Et pourquoi ?

— Carlos et lui étaient rivaux. Après avoir supprimé Nina, il a poursuivi sa vengeance…

Anconi, estimant le piège suffisamment tendu, prit le relais de sa femme.

— Impossible, monsieur Richoux, intervint-il. Carlos Rodrigues se trouvait déjà en garde à vue à Saint-Nazaire lorsque le musicien a été rectifié.

Il avait employé volontairement un terme vulgaire et provocant.

— Les gendarmes l'ont donc enfin arrêté ?

— Oui. Mais pas pour homicide, pour trafic de stupéfiants.

— Mais alors, qui s'en est pris à l'accordéoniste ?

— L'accordéoniste demeure bien vivant.

— Quoi ? Je n'y comprends rien, vous prétendiez qu'il avait été empoisonné.

— Tè pardon, c'est vous, monsieur Richoux qui le supposiez ! Moi, je parlais du guitariste. Mais vous le saviez, n'est-ce pas ?

— Vous m'embrouillez.

— Vous ne me demandez même pas quand a eu lieu le meurtre de Daniel Mendel ?

Hilda souriait d'un air triomphant.

— Je l'ignore, se défendit-il. En quoi cela me concerne-t-il ?

— Puis-je solliciter votre emploi du temps d'hier, monsieur Richoux ?

— Vous ne m'écoutez pas. Je vous le répète, des visites de biens en extérieur, à Saint-Brevin, et même jusqu'à Tharon.

— Je me vois obligé de requérir votre carnet de rendez-vous, prononça le commissaire. Une simple vérification, bien entendu.

— Mais j'en ai besoin ! Ma parole, vous me soupçonnez. Je conteste…

— Qu'avez-vous à craindre ? Je vous le restitue très vite. Si vous préférez, je passe un coup de fil au commissariat de Saint-Nazaire ?

Le gérant ressemblait de plus en plus à Bernard Blier. Visage rond et figé, regard fixe, il considérait Anconi de ses yeux étonnés. Il consulta la page du jour avant de refermer son registre et de le tendre au policier.

Hilda s'en empara, à la manière d'une secrétaire dévouée. Elle le feuilleta négligemment.

— Rien n'est inscrit avant le 22 juin, remarqua-t-elle. Disposez-vous d'un autre agenda ?

— Non, rit-il. Le mois dernier, je l'ai laissé tomber dans un caniveau, en sortant de ma voiture. Un temps de chien ce jour-là, du vent, des averses. Obligé de le remplacer.

— Pas de chance. Justement le week-end au cours duquel Nina a disparu.

— Ah ! En effet. Une journée de tempête.

René Richoux ne manifestait aucun signe de réelle inquiétude apparente, au grand dam d'Hilda. Il répondait de façon presque naturelle, sans vraiment s'offusquer de l'attitude inquisitrice de ses visiteurs. Pourtant, son absence de la veille, ce changement d'agenda le rendaient franchement suspect.

— Les travaux sont-ils terminés dans votre villa Les Boucauds ? demanda-t-elle.

— Les gendarmes ont posé des scellés. Tout est bloqué, maintenant.

— Pardonnez mon indiscrétion, monsieur Richoux, vous comptiez vous y installer ?

— Décidément cette maison vous obsède. Elle appartenait à un de mes amis, je l'ai acquise avec l'intention de la louer pour la saison. Son état nécessitait un rafraîchissement, j'ai donc commandé quelques travaux. Voilà tout. Quelqu'un a profité de sa vacuité pour y cacher le corps de la malheureuse, après son forfait. Avez-vous interrogé les artisans qui y sont intervenus ?

« Il se défend bien, le bougre », réalisa-t-elle, incapable d'argumenter. Il était vrai que la piste des entrepreneurs chargés de la rénovation n'avait pas été explorée par eux. « Javert s'y était-il employé ? »

Ils prirent congé, profitant de l'entrée d'un couple entre deux âges. La grosse dame tenait en laisse un chien minuscule qui tirait sur sa chaîne et reniflait le coin des armoires de rangement. Le mari, tout aussi corpulent, un quotidien sous le bras, restait en arrière, plus timide que sa forte moitié.

— Nous vous laissons travailler, monsieur Richoux. Nous vous le ramènerons dans l'heure, indiqua le commissaire en montrant le livre de rendez-vous que tenait sa femme. L'agent immobilier répondit d'un hochement de tête, arborant déjà un sourire commercial à ses clients potentiels.

Sur le trottoir, Anconi entraîna son épouse vers l'avenue du Président-Roosevelt, toute proche et animée. Hilda crut que son mari souhaitait s'installer à une terrasse. Il franchit les trois marches du tabac-presse.

— Une boîte de cachous ? proposa aimablement l'homme qui se tenait derrière la caisse.

— Deux, s'il vous plaît, rectifia-t-il, content d'être reconnu. Réalisez-vous des photocopies ?

— Oui. Anne ! s'exclama-t-il en se tournant vers le fond du magasin.

La tête d'une femme apparut entre des rayons bien garnis de livres et de revues.

— Accepteriez-vous de reproduire ce carnet, Madame ?

Souriante, elle assura que oui, bien sûr.

— Toutes les pages ?

— Si c'est possible, à partir du 22 juin et jusqu'à la fin du mois de juillet.

— Sans problème, Monsieur. Donnez-moi un petit quart d'heure. Si vous devez effectuer quelques courses…

— Merci beaucoup.

Elle s'échappa vivement vers le fond du magasin. Les Anconi sortirent.

— Toujours convaincue de sa culpabilité ? demanda le commissaire.

— Plus que jamais ! Il ne cesse de mentir. Ne trouves-tu pas curieux ce changement de registre ? répliqua-t-elle. Au lendemain de la disparition d'Annie Adler, comme par hasard. Pour moi, il a détruit l'autre carnet, trop compromettant.

— Peut-être. Nous allons vérifier les rendez-vous d'hier. Tu as remarqué, un numéro de téléphone est apposé en face de chacun d'eux. S'ils ont été honorés, cela l'innocentera au moins du meurtre du guitariste. Dans le cas contraire…

Sans se consulter, ils s'assirent en face, sous l'auvent du “bistrot de l'Océan”. Hilda commanda un Perrier-tranche, son mari, un demi. La chaleur montait. L'absence de vent laissait présager une journée torride. La queue se formait déjà chez le marchand de glaces, à l'angle de la rue. Ils prolongèrent leur halte, chacun dans leurs hypothèses, indifférents à l'agitation de l'avenue. Hilda n'osait pas crier victoire, Anconi ne voulait pas montrer que le spectre de Carlos Rodrigues s'éloignait. Bien que pas totalement persuadé de l'innocence de ce càcou de trafiquant, il admettait que les charges s'étaient déplacées vers l'agent immobilier.

— Bonne Mère, je n'imagine pas ce Costume-trois-pièces, avec sa physionomie démodée, trucider une chanteuse de cabaret et la planquer dans son placard.

— Souviens-toi de cet éminent chirurgien esthétique américain, bien propre sur lui, soupçonné d'avoir étranglé sa femme et de l'avoir jetée du haut de son avion. Lui aussi paraissait au-dessus de tout soupçon, avec son complet bleu et sa cravate rouge.

— Rien n'a été prouvé dans cette histoire... insinua Anconi qui se rappelait que ce médecin comme il faut avait, le jour de la disparition de son épouse, survolé l'Atlantique pendant deux heures dans son Cessna au large du New Jersey*.

— La noyade prétendument accidentelle de feu madame Richoux reste étrange... même s'il n'a pas été inquiété.

— Tè pardon, manque le mobile !

*Allusion à Robert Bierenbaum. Hilda ne peut le savoir, il reconnaîtra son meurtre et le scénario suspecté par les enquêteurs trente ans après les faits !

Hilda n'insista pas davantage. Ils retournèrent en silence au tabac-presse. La gérante se pressa vers eux avec une liasse de feuilles dans une main, le carnet dans l'autre.

— Voilà, dit-elle, tout sourire. Je vous prie de m'excuser, sans le vouloir, mes yeux sont tombés sur le texte. Ce registre n'appartient-il pas à l'agence immobilière voisine ?

Le commissaire le lui confirma. Devant l'étonnement de la libraire, il expliqua qu'en tant que policier il cherchait, parmi la clientèle du cabinet, un suspect possible dans une affaire de meurtre.

— Oh ! Le "crime de la plage" ?

— Vous avez deviné… Combien vous doit-on ? demanda le commissaire, pressé de conclure.

— Cela ne me regarde pas, mais… quelle coïncidence ! Il a acheté cet agenda chez nous en juin. Vendre un tel article s'avère plutôt rare à cette époque de l'année, c'est pourquoi je m'en souviens. Il s'agissait du dernier exemplaire restant en magasin, ajouta-t-elle en riant. On lui avait volé le sien dans sa voiture, vous vous en rendez compte ?

— Volé ?

— Oui, pendant une visite en compagnie de clients. Chaparder un livre de rendez-vous, quel intérêt ? Vous pensez que ce voyou est aussi l'assassin de la chanteuse ?

— Nous explorons toutes les pistes, assura prudemment Anconi.

— Nous connaissions bien Nina, vous savez. Enfin… elle s'approvisionnait en cigarettes, ici. Une marque spéciale, des Player's. Nous les commandions exprès pour elle. Tu te souviens, Luc ? dit-elle, émue, en s'adressant au buraliste.

Hilda, vivement intéressée, relaya son mari :

— Annie Adler se présentait toujours seule dans votre magasin ?

— Oui, le plus souvent. Une fois, un jeune homme l'accompagnait. Elle paraissait heureuse, pétillante, pleine de vie. Quel malheur !

— Vous pourriez nous décrire ce garçon ?

— Ils ne sont restés que quelques minutes… Il n'a pas parlé… Taille moyenne…

Anconi avala un cachou. « Les témoignages s'avèrent toujours flous », regrettait-il.

— Comment était-il habillé ?

— Oh ! Cela me revient, le temps s'était mis à la pluie ce matin-là, il portait un ciré jaune, comme celui des pêcheurs, voyez ?

— La date vous revient-elle aussi ?

— Attendez… Juin s'est révélé très chaud et très sec. Il n'a quasiment pas plu du mois, sauf ce jour-là où des cordes sont tombées, poussées par un vent du diable qui distribuait du sable sur le boulevard de mer. Luc ! C'était quand, déjà ?

— Un samedi. L'une de nos clientes avait gagné une belle somme au tirage du Loto…

Le prénommé Luc se pencha sur un calendrier et,

tout en rendant la monnaie à un habitué, annonça qu'il s'agissait du 20 juin.

— Nina et lui se comportaient-ils comme des amis, ou comme des…

— Des amoureux ? – elle eut un rire de gorge – Non, je ne dirais pas cela. Ils paraissaient bien se connaître, mais rien de déplacé.

Anconi reprit l'initiative.

— Vous est-il arrivé d'assister au tour de chant de Nina ?

— Oui, une fois, répondirent-ils ensemble. Quelle belle voix ! ajouta la buraliste avec tristesse.

— Des musiciens l'accompagnaient, poursuivit le commissaire. Le jeune homme dont vous parlez faisait-il partie de son orchestre ?

— Difficile à dire. Nous étions mal placés et ils se ressemblaient dans leurs chemises jaunes, sauf le noir, évidemment. Mais je ne le pense pas. Qu'en dis-tu, Luc ?

— Je pense comme toi, Anne. Même sans son costume de scène, nous l'aurions remis.

— Sur une photo, vous le reconnaîtriez ? risqua Hilda.

— Oh ! Je ne crois pas. Ce serait lui qui… ?

Le commissaire se contenta de répondre que la date du 20 juin correspondait seulement à celle supposée du crime. Les deux gérants se regardèrent, effrayés *a posteriori*.

— Merci pour tout.

Les Anconi payèrent les photocopies et saluèrent les buralistes. Anne les reconduisit jusque sur le trottoir.

— J'espère que vous allez le retrouver, ce monstre ! augura-t-elle en essuyant furtivement une petite larme.

Ils regagnèrent leur voiture.

— Tè, vé, il nous a encore menti, le ravi de la crèche ! En fait, Richoux aurait pu détruire tout simplement son fichu agenda ! Un rendez-vous inavouable ?

— Je te le disais bien, *mijn beminde*... Et cet homme qui accompagnait Nina ?

— Il y a trop de figues dans notre panier, Hilda ! Allons à l'hôtel et passons ce carnet au peigne fin.

Ils déposèrent l'original dans la boîte aux lettres de Richoux, car l'agent immobilier avait à nouveau déserté son office Une visite avec le couple au petit chien ?

Anconi poussa les battants de la cabine téléphonique du boulevard de mer. Hilda gagna l'auto et se plongea dans les photocopies, y rechercha un nom connu.

— Allô ? Le centre hospitalier ?

Une fois n'est pas coutume, il obtint presque instantanément son correspondant.

— Docteur Flembard ?

— Oh ! Mon commissaire de Paris ! Quelle bonne surprise !

Il vociférait en même temps sur une autre ligne. Des ordres brefs.

— Désolé de vous déranger, Docteur…

— Allons ! Que puis-je pour vous, cette fois ?

Les deux hommes se connaissaient de longue date. Ce médecin atypique, affecté aux urgences, toujours pressé et expéditif dans ses répliques, lui avait rendu service lors d'une autre enquête. Anconi expliqua en quelques mots l'objet de son appel.

— Ah ! L'affaire de la chanteuse, j'aurais dû me douter. Ducreux fait de la rétention ?

Un juron interrompit son discours. Il reprit aussitôt.

— Je suppose que c'est urgent, j'ai l'habitude. Je joins le professeur Ducreux, et je vous téléphone. Donnez-moi votre numéro. Je creuse, Commissaire, je creuse !

Il se fendait la poire, content de son jeu de mots. Juste avant que la communication ne s'interrompe, un éclat de voix étouffait son rire.

Anconi regagna leur voiture. Vitres abaissées, Hilda, installée sur la banquette arrière parcourait les feuillets. Quelques-uns s'éparpillaient sur le plancher.

— Flembard s'occupe de Ducreux. Pff ! Quelle chaleur ! déplora-t-il en s'affalant côté conducteur. Il jeta son vieux cuir sur le siège passager, se retourna.

— Alors ? As-tu trouvé un nom connu ?

— Pas encore. L'un d'eux revient plusieurs fois, rien de surprenant pour une agence ; par contre, une note apparaît régulièrement, dans les espaces laissés libres. Un zéro barré, « Ø », écrit en marge d'un créneau horaire. Regarde !

Elle montrait l'inscription du doigt. Elle se reproduisait tous les deux ou trois jours et ne correspondait manifestement pas à un rendez-vous de client : pas de téléphone, pas d'adresse, juste le chiffre.

— Un symbole mnémotechnique ? proposa le commissaire.

— Plus souvent l'après-midi, parfois le soir tard. Un nombre magique en numérologie ?

— Un code ? Ou simplement l'absence de rendez-vous dans le créneau horaire ?

— Tu as raison, je me fais des idées… En tout cas, plusieurs rendez-vous hier ! Reste à vérifier s'il les a honorés. Rentrons.

Dans leur chambre d'hôtel, Hilda s'empara du combiné téléphonique, s'assit sur le lit, les photocopies sur les genoux, un stylo à portée de main. Elle composa le premier numéro.

Le commissaire s'échappa sans bruit, descendit à l'accueil, demanda s'il pouvait passer un appel. On le conduisit dans le hall, désert à cette heure.

— Allô, le Quai ?

Schultz n'était pas de service. Un nouveau, lui sembla-t-il, car il prit d'infinies précautions avant de joindre le correspondant demandé. L'été, des stagiaires venaient renforcer les effectifs, remplacer les agents partis en vacances.

— Vous êtes bien le commissaire Anconi ?

— Qui croyez-vous que je sois ? Votre ministre, Charles Pasqua ?

Le standardiste dut avoir un doute, en raison de l'accent.

— Pardonnez…

On bafouillait, à l'autre extrémité du fil. Des déclics se succédèrent, des bourdonnements, des grincements, des tonalités d'occupation.

— Allô ! Fatche, qu'est-ce qu'il manigance, ce bras cassé ? Il m'en pousse un bout* ! Allô !

— Bras cassé ? Où vous croyez-vous, Anconi ?

« Fan de put… Arnaud-Fontaine ! »

— Mes respects, Monsieur le directeur.

— Épargnez-moi vos hypocrisies. Toujours dans les Charentes ?

Un tour ironique, des reproches au bord des lèvres.

— Je suis parti précipitamment, mon fils…

— La rougeole ? La scarlatine ? Il a vomi son biberon ?

Que savait-il exactement ? Se doutait-il ?

— Nous avons eu peur, Monsieur le directeur, c'est pourquoi…

— Bien sûr. Ne me prenez pas pour le dernier perdreau de l'année. J'ai été informé que vous

*Il me pousse à bout.

séjourniez à Saint-Brevin. Je lis les journaux, Anconi, même pendant mes congés. Dans quel guêpier vous êtes-vous encore fourré ? C'est vous le policier qui êtes la risée de la gendarmerie locale ?

« Javert ! Il est tout en dessous*, ce fada ! Que le diable le patafiole ! » pensa Anconi.

— Un malfrat connu de nos services…

— Bien sûr ! Vous avez retrouvé un membre de la bande à Bonnot à la maison de retraite de Saint-Brevin !

Le directeur partit d'un rire sarcastique. Anconi l'imagina, debout derrière son bureau Empire, bavant de colère, les sourcils fixés en chapeau chinois sous un front plissé comme un tapis fatigué.

— J'exige votre retour à Paris, vous m'entendez ? Immédiatement, Anconi, immédiatement ! Le "tueur de vieilles dames" court toujours, vous laissez vos inspecteurs patauger ! Et moi le ministre menace, chaque jour, de m'étriper comme un poulet !

« Un poulet ! » Le commissaire riait sous cape, éloignant le combiné qui vibrait dans ses oreilles, craignant presque que les postillons directoriaux ne l'atteignent en plein visage.

— Je reste en relation constante avec mes inspecteurs…

— Oui, je suis au courant. Ils circulent dans tout Paris pour glaner des infos sur votre Carlos !

*Sournois.

« Un vilain rapporteur au “36” ? » À l’évidence, quelqu’un lui savonnait la planche au quai des Orfèvres.

— Je lis aussi les quotidiens parisiens, Monsieur le directeur. À ma connaissance le tueur n’a pas frappé depuis un an.

— Et vous imaginez sans doute que sa prochaine victime vit à Saint-Brevin ? éructa Arnaud-Fontaine.

— Tè pardi, votre mouchard ne vous a sans doute pas encore rancardé sur ce crime dans le 6e arrondissement ?

— Quoi ? Que… ?

La panique s’empara du directeur. Il ne supportait pas qu’une affaire lui soit dissimulée, plus par crainte d’un blâme de sa hiérarchie que par souci d’efficacité policière. Bolz et Lefebvre, se sachant soutenus par Anconi, prenaient plaisir à cet exercice.

— Interrogez votre sycophante, Monsieur le directeur. Pour moi je vais devoir vous quitter, c’est l’heure de ma baignade matinale. Mes respects, Mon…

— Je vous casserai, Anconi, je vous…

Le commissaire raccrocha avant le rituel : « Pas de vague, Anconi, pas de vague ! », un sourire ironique aux lèvres. Il recomposa aussitôt le numéro du Quai. Le “nouveau” s’étonna d’entendre la même voix.

— Vous avez été coupé ?

— Non. Vous ne m'avez pas branché sur le correspondant souhaité, mon bon. Passez-moi L'Araignée, voulez-vous ?

— L'A-rai… gnée ?

— Les archives ! Ne vous trompez pas cette fois. Les archives !

L'agent le fit attendre. Ronflement continu sur la ligne. Probablement se renseignait-il auprès d'un supérieur sur la conduite à tenir. Enfin, il obtint son correspondant.

— L'Araignée ? Anconi.

— Bonjour, Monsieur le commissaire.

— Sans doute es-tu au courant de ce meurtre par overdose, dans le sixième.

— Oui, l'inspecteur Bolz m'a…

— Une idée. Rappelle-toi, Vieux, du casse de Carlos en 78. Le chauffeur de la bande, surnommé Fangio, n'a jamais été inquiété. Qu'est-il devenu ?

— Il se prétend rangé des voitures, répondit l'archiviste avec un petit rire, mais il est soupçonné de participer à des *go fast*, comme ouvreur. La brigade des stups l'a à l'œil…

— Oh coquin ! Il travaillerait dans la came ? Avec qui ?

— Mystère, Monsieur le commissaire. Il s'arrange toujours pour filer entre les doigts. Prudent comme un Sioux, jamais il n'occupe le rôle de porteur. Vous souhaitez que je me renseigne ?

— Oui. Tâche de découvrir s'il fréquente encore Carlos Rodrigues. Celui-là vient d'être pincé par Blanchard à Saint-Nazaire. Il se trouve à la tête d'un trafic de cocaïne et je le soupçonne toujours d'avoir trempé dans le meurtre de son ancienne fiancée, Nina. Peut-être a-t-il commandité aussi l'exécution à Paris d'un des musiciens de Nina, Daniel Mendel. Overdose criminelle, justement !

Anconi imaginait L'Araignée détachant le crayon qu'il conservait derrière l'oreille et prenant des notes sur une minuscule feuille de papier.

— Comptez sur moi, Mons…

— Patron, Vieux ! Patron, cela suffira.

— Je ne pourrai jamais… Avez-vous abandonné la piste de ce René Richoux ? demanda-t-il.

Le commissaire crut que L'Araignée, par timidité, changeait de sujet pour éviter cet éternel besoin de lui donner du “Monsieur le commissaire”.

— Je nage, Vieux. Pour moi, Carlos remplit les critères du coupable idéal du meurtre de Nina. Mais tout le monde ne partage pas mon opinion… et je suis obligé de reconnaître qu'il est innocent pour le crime du guitariste, puisqu'il se trouvait déjà en garde à vue.

Un bref silence s'installa entre les deux hommes. L'archiviste toussota avant de reprendre.

— J'ai questionné les RG sur vos suspects, sait-on jamais. René Richoux est *clean*, selon eux, ce qui n'est pas le cas de son neveu.

— Quel neveu ?

— Un type qui trempe dans les jeux. Les Suisses l'ont expulsé, alors qu'il travaillait au casino de Montreux. Ils le soupçonnaient de “se servir”, comme on dit, et de dealer. Ils l'ont signalé aux renseignements français.

— Comment s'appelle-t-il, ce neveu ?

— Oscar Pouloute.

— Comment dis-tu ?

— Oscar Pouloute. Vous le connaissez, Monsieur le commissaire ?

XVII

LA POUDRE VA-T-ELLE PARLER ?

Anconi resta sans voix. Oscar Pouloute, Oscar… le croupier qui tenait une agence immobilière à Saint-Nazaire ? Il réalisa que jusqu'à présent il avait écouté Hilda d'une oreille distraite. Tout à ses propres cogitations, cette double casquette professionnelle ne l'avait pas interloqué.

— Fan de chichourle ! Je l'ai croisé à Saint-Brevin, avoua-t-il à L'Araignée. Un type anodin. On lui donnerait le Bon Dieu sans confession. Peux-tu m'envoyer tout ce que tu possèdes sur lui ?

— Tout de suite, Mon… Patron !

— Une adresse, dans ton dossier ?

— Je cherche et je vous rappelle.

— Je déjeune à l'hôtel. Si je bouge, je te préviens. Mets Bolz ou Lefebvre au courant. À tout à l'heure, Vieux.

Il se précipita dans les escaliers de La Boissière, croisa un couple qui revenait de la plage, manqua de les bousculer. Il transpirait abondamment lorsqu'il entra en trombe dans la chambre. Hilda téléphonait.

— Merci encore, Madame, excusez-nous. Nous fixerons un nouveau rendez-vous, dès que monsieur Richoux sera rétabli.

Elle reposa le combiné, l'air victorieux. Son visage se figea lorsqu'elle découvrit la mine de son mari.

— Que t'arrive-t-il, *mijn beminde* ? Aurais-tu croisé le diable ?

— Presque ! Je vais te dire, mais auparavant, Richoux a-t-il menti ?

— C'est le troisième appel que je passe. Aucune des visites d'hier n'a été honorée ! Ce qui signifie que la présence de l'agent immobilier à Saint-Brevin la veille peut maintenant être mise en doute. Il n'a pas prévenu les clients, ce qui laisse penser à une urgence. Nous le tenons !

— Ne t'emballe pas, Hilda. Il nous faut d'abord prouver ce déplacement à Paris. Écoute bien, tu ne devineras jamais ce que L'Araignée vient de m'apprendre.

Il rapporta sa conversation avec l'archiviste. Son épouse pâlissait à mesure.

— Oscar ! Encore la cocaïne ?

Elle repensa à sa soirée dans la salle du casino et à sa première rencontre avec Oscar. Le jeune homme semblait timide et apeuré. Hésitait-il alors à lui proposer quelques doses ? Espérait-il une nouvelle “cliente” en cette femme excentrique qui venait de jouer un paroli à la roulette ?

— Et Carlos fournit tout ce beau monde, conclut Anconi. Il tire les ficelles, fait le ménage… le nettoyage comme on appelle cela dans le milieu.

Une fois de plus leurs théories s'affrontaient. La sonnerie du téléphone les interrompit. Hilda décrocha promptement.

— Allô ?

— …

— Oh ! Bonjour, Docteur. Il est près de moi…

« Flembard », chuchota-t-elle en lui tendant le combiné.

Anconi s'en empara, confia l'écouteur à son épouse.

— Mon commissaire ? Ducreux s'est allongé : votre môme a subi un violent coup du lapin ! Fracture de la colonne cervicale et gros dégâts bulbaires. La mort a été immédiate.

Hilda poussa un cri, Anconi sentit venir le *bòmi**.

— Fatche ! Quelle horreur ! Je suppose le décès trop ancien pour déceler une substance étrangère ?

— Tout juste. Un hématome occipital, la tête a dû heurter un plan dur. Pas de trace de piqûre, pas de grossesse en cours. Couic ! Ça vous va ?

— Merci, Docteur.

— Sans trahir le secret de l'enquête, une idée sur le salopard qui a fait ça ?

— Des pistes seulement. Aucune certitude encore.

*La nausée.

— Faudra lui arracher les couilles, mon Commissaire, quand vous l'aurez cravaté !

Anconi fut dispensé de répondre, la tonalité résonnait en continu, signe que Flembard attaquait déjà un autre chantier.

— Interrogeons de nouveau Richoux ! exulta Hilda, l'enthousiasme à son comble. Il nous a roulés dans la farine avec son emploi du temps mensonger !

Difficile pour le commissaire de ne pas accepter. Comment procéder ? Face à lui et Hilda, l'agent immobilier se déroberait, comme il l'avait déjà fait au bar de l'Étang. De plus, tout avocat alléguerait le vice de procédure. Devaient-ils le faire convoquer par le major Javert plutôt que par Blanchard ? Anconi y répugnait pourtant.

Le téléphone sonna de nouveau. L'Araignée transmettait la dernière adresse connue d'Oscar Pouloute : boulevard de Ménilmontant, au 55, face au cimetière du Père-Lachaise. Il proposa d'y envoyer un inspecteur, histoire d'interroger les voisins et les commerçants du quartier. Rien encore sur Fangio.

Comment intégrer dans cette histoire les révélations concernant le neveu ? Un petit junkie sans envergure qui vole pour sa dose et tourne autour de la chanteuse ?

Un point tarabustait le commissaire : Annie Adler se droguait-elle aussi ? Quel rôle avait-elle joué pour finir dans un placard ?

— Allons déjeuner ! trancha-t-il, égaré.

Ils s'installèrent sur la terrasse ensoleillée, protégés sous un parasol rouge. En dehors d'un vieux monsieur habillé comme pour un mariage qui parlait tout seul, les autres pensionnaires avaient déserté l'hôtel pour un pique-nique sur le sable.

— Comment comptes-tu procéder avec Richoux, *mijn beminde* ?

Une serveuse se présenta. Hilda commanda une salade terre-mer, le commissaire un crabe mayonnaise et une fillette de muscadet.

Cette interruption lui offrit un délai de réponse. Il devinait chez son épouse l'impatience d'une nouvelle confrontation avec l'agent immobilier, maintenant qu'elle tenait un bon argument d'accusation.

— Je me vois dans l'obligation d'en référer à Javert… malgré mon désir de tourner la tête sens devant derrière à ce major. Quand je pense qu'il m'a bouclé toute une nuit et que c'est moi qui lui apporte le suspect numéro un ! Fatche de c… !

— Une belle revanche pour toi… le ridiculiser.

Anconi haussa les épaules et attaqua son crabe. Il choqua le verre de son épouse, façon d'admettre qu'elle avait vu juste.

— À mon adjointe ! clama-t-il.

Le vieil homme de la table voisine leva le sien vers eux, en signe de connivence.

Ils déjeunèrent dans un silence seulement troublé par des craquements de carapace de crabe et la chute d'une pomme de pin dans la cour.

Pendant que son mari tournait inlassablement sa petite cuillère dans son café, Hilda monta chercher les photocopies du carnet de rendez-vous de Richoux. Lorsqu'elle redescendit, il effectuait toujours le même geste. Le vieil homme s'éloignait à pas lents sous les arbres du parc, coiffé d'un élégant panama.

— Tu sais, je pense ton sucre bien fondu, maintenant…

— Tè, je suis juste bon à peindre des cages pour les oiseaux*.

Hilda prit le volant. La sieste avait vidé les rues derrière les persiennes abaissées. Seuls quelques gamins crapahutaient dans un jardin, en attendant les sempiternelles "deux heures de digestion" autorisant la baignade.

Elle tint à suivre la mer, puis à passer devant l'agence de Richoux. Elle se trompa en empruntant l'avenue de la Hautière sur une trop longue distance. Totalement perdue dans ces rues qui, pour elle, se ressemblaient toutes, elle s'arrêta face à un garage Ford. Un homme en bleu de travail, cigarette maïs collée aux lèvres lui conseilla de faire demi-tour ou de prendre la première à droite pour emprunter l'allée des Acacias qui la conduirait directement vers la gendarmerie.

Elle loupa les Acacias, tourna, vira et se retrouva place de la Neuvillette. Le commissaire, qui s'avérait

*Bon à rien, vieille expression marseillaise.

incapable de la guider, repéra une cabine téléphonique et lui demanda de l'y arrêter.

Il appela Saint-Nazaire. Blanchard n'était pas présent. Il le devina parti déjeuner – à La Grillandine ? – et laissa un message à son intention : « Me joindre à la gendarmerie de Saint-Brevin ! »

Hilda, le plan de la ville déplié sur les genoux, trouva enfin la grande bâtisse recherchée. Elle gara leur voiture dans la cour.

Le commissaire restait étrangement silencieux, avalait les cachous à la chaîne. Contrarié de devoir revenir là où il avait été enfermé comme un vulgaire délinquant ?

Ils gravirent le perron. Le brigadier Duvilly les reconnut à l'accueil, porta la main au képi.

— Nous apportons des informations importantes au major Javert, indiqua Hilda, car son mari gardait un visage fermé et se taisait.

On les fit attendre dans l'horrible pièce qui sentait le renfermé et le tabac froid. Anconi ressentit la désagréable impression de retrouver la case "prison", comme dans une partie de Monopoly. « Simple visite, cette fois, mon bon ! » rumina-t-il. Il tenta d'étouffer son agressivité.

Javert mima la surprise, non dépourvue d'ironie.

— Le commissaire Anconi, accompagné de sa chère épouse ! Venez jusqu'à mon bureau. Que me vaut l'honneur ? Quitteriez-vous notre charmante station ?

Le major occultait la vraie raison de leur visite, car nul doute que les réels motifs lui avaient été transmis par son garde-chiourme.

— Bien que nous ne doutions pas de vos avancées dans l'enquête, introduisit le commissaire, certains renseignements vous manquent peut-être encore, ainsi qu'à mon directeur, de ce fait. Suspectez-vous quelqu'un ?

— Nous y travaillons, se contenta de répondre le chef de brigade, sans relever l'allusion à Arnaud-Fontaine. Sans votre intervention inopportune, nous aurions interpellé nous-même Carlos Rodrigues pour le confier au juge d'instruction. Au lieu de cela votre ingérence a entravé le cours de notre enquête. La police manque parfois… de rigueur.

— Tout n'est pas perdu. Jouons cartes sur table, Major ! Si nous échangions nos conclusions ? Commençons par l'analyse de ce message qui m'a valu une nuit confortable dans vos locaux ? Qu'a-t-elle révélé ?

— Admettez, Commissaire, qu'à première vue, le texte vous impliquait…

— Reconnaître son erreur mérite le pardon.

Le commissaire prenait sur lui, au-delà de tout. Javert se murait dans son uniforme.

— Les graphologues, livra-t-il à regret, pensent que le nom de “Carlos” a été inscrit secondairement. La première partie est bien de la main d'Annie Adler, nous l'avons comparée avec celle de ses contrats signés avec le casino. Quant à l'autre, nous ne savons pas.

— Carlos ?

— Justement non.

— Avez-vous retrouvé des empreintes, villa Les Boucauds ? tenta Anconi.

— Mieux ! Des preuves formelles !

— Formidable !

Javert se laissa prendre.

— Carlos a eu l'imprudence de jeter dans le jardin un de ses horribles cigares dont il vous souffle la fumée dans la figure avec insolence.

— Belle découverte. Qu'en pense Blanchard ?

— Il l'ignore encore. Le mégot est actuellement entre les mains de notre section scientifique. De son côté, Saint-Nazaire enquête simplement sur un trafic de drogue, ajouta-t-il avec une attitude de supériorité dédaigneuse.

— Vous concluez donc que Carlos Rodrigues a supprimé Nina avant de transporter son corps dans cette villa ?

— Pas vous, Commissaire ?

— Qui aurait inscrit « *Carlos* » sur le message, puisque ce n'est pas elle ni lui ? Et pourquoi aurait-il choisi cette propriété, qui ne lui appartenait pas, plutôt qu'une autre ?

— Un complice, une villa inoccupée…

Il se lissait la moustache, fier de ses déductions.

— Une villa acquise en juin par un certain René Richoux, agent immobilier à Saint-Brevin, glissa Anconi.

— Vous semblez oublier que d'importants travaux de rénovation interdisaient toute habitation, un lieu idéal pour se débarrasser d'un colis encombrant.

— Vaï ! Puis-je vous apprendre un détail intéressant ?

— Je vous écoute.

— René Richoux admirait Annie Adler, il l'a confessé à mon épouse, ici présente. Il assistait assidûment à ses prestations, au Sea-Club du casino. Or, la chanteuse vivait avec un de ses musiciens, après avoir quitté les bras de Carlos Rodrigues. De son côté Richoux se trouvait veuf et possédait la villa Les Boucauds. Cela constitue quelques éléments troublants, non ?

— Des coïncidences.

— Ou un crime passionnel… lâcha Anconi laconiquement.

— D'après mes investigations, elle comptait beaucoup d'admirateurs…

— Mireille Mathieu aussi et pourtant Johnny Stark ne l'a pas assassinée.

Il regretta sa réplique. Et l'auteur également !

— Laissez-moi vous raconter un autre épisode de l'histoire.

Javert se raidit instinctivement.

— Hier, poursuivit méthodiquement le commissaire du “36” avec une lenteur calculée, le guitariste de Nina, un certain Daniel Mendel a été assassiné, à son domicile parisien. Vous l’ignoriez ?

— Que… ?

— Permettez, Major. On sait être patient, dans la gendarmerie, non ? Au cours de cette même journée d’hier, le carnet de rendez-vous de René Richoux prévoyait de nombreuses visites de biens. Or, celles-ci n’ont pas eu lieu, nous l’avons vérifié. Hilda, veux-tu bien montrer à monsieur Javert les extraits du registre ?

Hilda, impassible, savourait les instants. Elle tendit les feuillets au chef de brigade.

— Je ne vois pas… commença ce dernier. Cette agence jouit d’une excellente réputation.

— Réfléchissez, Major. Ou plutôt… réfléchissons ensemble ?

Le major parcourait les photocopies, trop troublé pour les lire attentivement.

Il essayait de suivre le cheminement de la pensée du commissaire.

— Interrogeons René Richoux de concert, proposa Anconi. Éclaircissons son cas, offrit-il. De toute manière, Carlos vous a échappé, puisqu’il se trouve entre les mains de la police de Saint-Nazaire, poursuivi pour trafic de drogue. Vous et moi voulons éclaircir une affaire de meurtre… chacun la sienne, en quelque sorte ?

Le chef de brigade torturait sa moustache, indécis.

— Quel mobile aurait animé cet homme, selon vous ?

— Seul dans sa vie, il s'éprend de Nina, lui fait des avances, elle le repousse, il ne le supporte pas… un drame passionnel. Imaginez la scène, il la conduit – de gré ou de force – dans sa villa Les Boucauds, la supprime dans un accès de folie. Un voisin de l'avenue Duchesse-Anne vous confirmera avoir été témoin d'ébats bruyants et nocturnes dans cette maison. Pris de panique après son geste, il cache le corps dans un placard.

— Et pourquoi aurait-il changé le cadavre de place quinze jours plus tard ?

— La survenue de la femme de ménage, Major.

Impassible, ce dernier décrocha son téléphone, composa un numéro.

— L'agence des Oyats ? Major Javert, gendarmerie de Saint-Brevin. Excusez le dérangement.

— …

— Vous avez procédé à la vente de la villa Les Boucauds en juin de cette année.

On imagina l'assentiment de la gérante, le chef de brigade poursuivit :

— Lorsque madame Plantin a effectué du ménage dans la maison, dimanche 5 juillet, aviez-vous prévenu monsieur Richoux, le nouveau propriétaire, de cette intervention ?

— …

La réponse de madame Campillon dura plusieurs minutes. Javert ne montrait aucune émotion, mais prenait des notes.

— Êtes-vous certaine de la date ?

— …

— Je vous remercie, Madame. Non, rien de grave, ne vous alarmez pas, on ne vous reproche rien. Passez à la gendarmerie en fin d'après-midi, nous recueillerons votre déposition, pour conformité. Bonne journée.

Il raccrocha, garda la main sur le combiné. Blême, il résuma ce qu'il venait d'apprendre.

— L'intervention de madame Plantin relevait uniquement de l'initiative de madame Campillon, rapporta-t-il, avant la remise officielle des clefs lundi 6 juillet. Elle n'en avait pas informé le futur propriétaire, souhaitant lui faire une agréable surprise. En raison d'un retard dans les travaux, le nettoyage n'a pu être effectué que le dimanche 5 juillet. Monsieur Richoux disposait cependant d'un trousseau, depuis la signature du compromis de vente, afin de surveiller l'avancement des travaux. Une faveur entre directeurs d'agence, reconnaît-elle.

— De sorte que le meurtrier pensait disposer du dimanche pour "vider le placard". Souvenez-vous, Major, madame Plantin s'était étonnée de découvrir la propriété non verrouillée. Quelqu'un se trouvait donc dans la villa, à son insu. Lorsque la malheureuse femme de ménage s'est enfuie, laissant la place vide, ce quelqu'un a subtilisé le corps d'Annie Adler en catastrophe. Richoux, le futur acquéreur !

— Une maison inhabitée… n'importe qui aurait pu… Pourquoi avoir attendu si longtemps avant de déplacer le cadavre ?

— Demandons-lui ! Vos investigations aux Boucauds ont-elles retrouvé des empreintes significatives ?

— Nous avons évidemment analysé de multiples échantillons, que croyez-vous ? Celles des ouvriers ont pris beaucoup de temps. Bien entendu nous avons détecté celles du nouveau propriétaire, ce qui semble bien naturel. Celles de la victime aussi, mais cela ne prouve rien.

— En existait-il appartenant à Carlos Rodrigues ? s'obligea de demander Anconi.

Le commissaire espérait-il encore contredire la thèse d'Hilda ? Lui-même y adhérait progressivement, un peu à contrecœur.

Le plaisir de contrer Javert le poussait malgré lui dans cette direction.

— Pas pour l'instant, admit le gendarme, ajoutant, pour justifier l'absence de résultat, que le travail se poursuivait.

Hilda se taisait, soulagée par la retenue de son mari, heureuse surtout du chemin qu'empruntait l'enquête.

Javert ne s'avouait pas vaincu. Martyrisant sa moustache, il contre-attaqua :

— Que faites-vous, Commissaire, de ce bout de cigare retrouvé dans la propriété ? Monsieur Richoux fume-t-il ?

— Demandons-le-lui. Bonne Mère !

— Et comment intégrez-vous dans votre feuilleton ce meurtre par overdose du guitariste ?

— Interrogeons-le sur son emploi du temps d'hier, insista le commissaire. Où se trouvait-il pour poser un lapin à tous ses rendez-vous ?

L'agacement du chef de brigade monta d'un cran. Celui d'Anconi aussi, comme en attestait sa frénésie de cachous. Hilda chercha une conciliation :

— Ne pourriez-vous pas l'entendre comme témoin, Major ? proposa-t-elle en montrant les copies de l'agenda.

Javert fixa cette femme qui avait l'outrecuidance de transgresser son autorité. Une veine gonfla sur son front entre les deux yeux. Il se figea, les mains posées à plat sur le bureau, plus raide qu'un manche à balai.

— Vous allez m'apprendre mon travail, petite Madame ? Je vous écoute depuis un moment me débiter des calembredaines, cela suffit.

Hilda se leva, attrapa prestement les copies du registre et lança :

— Partons, *mijn beminde* ! Le commissaire Blanchard saura nous entendre, lui ! Continuez à tourner en rond avec votre panier à salade à la recherche d'autres mégots de cigare !

Stupéfait, le commissaire vit le major rougir violemment, se lever, se rasseoir. D'une voix froide, le gendarme rappela que l'enquête lui revenait de droit, que l'intervention de Blanchard ne relevait pas de sa circonscription, que le juge serait immédiatement informé, que…

Anconi, debout à son tour dominant le major de sa taille interrompit le torrent :

— Qu'un chef de brigade fasse obstacle au déroulement d'une enquête, tè pardon, cela plaira certainement en haut lieu, martela-t-il calmement.

Le commissaire et son épouse quittèrent dignement le bureau, gagnèrent vivement le hall d'accueil. Le brigadier Duvilly ne sut quelle attitude adopter et sa main monta trop tard au képi.

Sur le perron, ils se virent rattrapés par Javert.

— Soit ! dit-il, subitement conciliant, nous sommes tous les deux au service de la vérité et de la justice. Attendez-moi ici. Je reviens.

Il brailla des ordres, convoqua deux pandores, dégringola le perron et s'engouffra dans l'estafette Renault. Il prit lui-même le volant du véhicule, partit en soulevant la poussière de la cour. La sirène deux tons fit se retourner les passants de l'avenue de la Forêt.

— Tè la seule chose qui déstabilise un chef de brigade, c'est l'allusion d'un recours à sa hiérarchie…

Ils regardaient le panier à salade s'éloigner en rugissant, le sourire aux lèvres.

— Contente ? demanda Anconi.

Elle lui serra le bras sans répondre.

Le commissaire sollicita l'autorisation de téléphoner.

— Allô ? Lefebvre ? A-t-on découvert des indices au domicile de Daniel Mendel ?

— Comme vous le suspectiez, l'immeuble comporte bien une seconde issue, rue des Cannettes. Le meurtrier est passé par là, puisque Bolz n'a observé aucun mouvement rue Saint-Sulpice.

— A-t-il laissé des empreintes ?

— Il les a probablement essuyées, car on ne retrouve rien dans la pièce, pas davantage sur la porte ou la sonnette de l'appartement. Juste une, sur un des deux verres de la table basse, en partie effacée malheureusement. Les gars de l'Identité tentent de l'exploiter.

— Demande-leur de la comparer à celle de René Richoux dont ils ont certainement conservé un exemplaire prélevé au moment du décès accidentel de son épouse, en 1982.

Le brigadier Duvilly, qui avait procédé à l'incarcération d'Anconi trois jours plus tôt, leur proposa aimablement un café. Manifestement gêné par la situation, il ne savait comment exprimer ses regrets. L'emportement soudain de son chef cadrait mal avec le quant-à-soi rigide habituel du gendarme et on sentait bien qu'il cherchait à gommer cette image négative.

Il les servit dans une pièce bien plus accueillante que celle qu'ils avaient connue jusque-là. Il se crut obligé de parler du climat chaud de ce mois de juillet, du nombre important de touristes dans la station. Il s'inquiéta même des conditions de leur séjour.

Un quart d'heure s'écoula en banalités de circonstances. Le ronron de l'estafette dans la cour mit fin au supplice du brigadier.

Javert s'encadra dans le hall, accompagné d'un Richoux dont le visage ressemblait à celui d'un Bernard Blier contrarié, inquiet et transpirant dans son costume.

— Duvilly, nous nous installerons dans notre salle de cérémonie, nous y serons plus au frais. Apportez-moi ma machine à écrire.

— À vos ordres, Major.

— Que font-ils ici ? demanda l'agent immobilier en découvrant Anconi et Hilda.

Le chef de brigade invita tout le monde à s'asseoir autour d'une table ovale en bois clair. De lourds rideaux encadraient les deux fenêtres donnant sur les arbres de l'allée de la Plage. Une pièce calme, presque trop luxueuse pour une gendarmerie.

— J'ai demandé au commissaire Anconi et à son adjointe d'assister à cette conversation. Nous enquêtons sur le meurtre d'Annie Adler, une personne que vous connaissiez, que vous admiriez, même. Son corps a été retrouvé dans votre villa Les Boucauds. Par ailleurs, un des musiciens de la chanteuse a été trouvé, hier, mort à son domicile parisien. Un assassinat, selon toute vraisemblance.

— Je n'ai rien à voir avec tout cela. Ces messieurs dames, répliqua-t-il en désignant les Anconi, s'acharnent sur moi, je le sens bien.

— Hier, poursuivit Javert, vous aviez des rendez-vous notés sur votre agenda. Aucun d'eux n'a été honoré, nous l'avons vérifié. Pourtant vous avez affirmé le contraire à mes collègues, pour expliquer votre absence de votre agence.

La major tapotait les feuillets photocopiés.

— Je n'ai rien à cacher, jura Richoux en fixant Hilda de ses yeux ronds.

— Il semble que si. Pourriez-vous nous indiquer où vous avez passé votre journée de mercredi ? reprit le gendarme, raide comme jamais.

— Si vous m'y obligez…

— Cela vaudrait mieux.

— Je me suis rendu à Paris.

Hilda cacha sa joie, Anconi son désarroi, Javert son sentiment d'échec.

XVIII

DU RIFIFI À SAINT-BREVIN

Un silence de mort s'abattit sur la pièce. Javert introduisit un calque usagé entre deux feuilles blanches et les glissa dans la machine. Zip !

— Rue Saint-Sulpice, nous nous en doutions, susurra-t-il, prenant à son compte les déductions des "collègues".

— J'ignore totalement où se situe cette rue, assura René Richoux.

Le major s'enferra.

— Inutile de nier. Pourquoi avez-vous triché sur votre emploi du temps d'hier ?

— Cela me regarde.

Le gendarme martyrisait sa machine, dont le chariot se coinçait.

— Je crains que cela nous concerne aussi. Vous vous êtes rendu rue Saint-Sulpice, chez Daniel Mendel.

— Je ne connais pas ce monsieur.

— Le guitariste de Nina. Pourquoi mentir au sujet de ce voyage ?

— Un motif personnel.

— Compte tenu des circonstances, je vous adjure instamment de nous éclairer.

— Soit. J'ai été convoqué en urgence à l'hôpital de la Pitié-Salpêtrière pour une consultation. Je souffre d'une maladie très rare, le syndrome de Clarkson. Je suis soigné dans cet hôpital par un éminent spécialiste de ce trouble. Mes résultats biologiques récents ont motivé ce déplacement. Vérifiez, je vous prie, ensuite laissez-moi tranquille.

La réponse de Richoux glaça l'ambiance. Il tendit au chef de brigade un bristol à l'enseigne de la Pitié-Salpêtrière qu'il tira de son portefeuille. Le major jeta un œil belliqueux vers les Anconi, décrocha le téléphone et demanda cet hôpital. Quelques minutes passèrent. Une secrétaire confirma la réalité de ce rendez-vous.

— Acceptez toutes nos excuses, monsieur Richoux, s'inclina Javert, livide, en lançant un regard assassin au commissaire du "36". Vous paraissez clairement totalement étranger à ce meurtre. Je suis confus, nous allons vous reconduire chez vous, bien entendu.

Hilda se leva. Chacun crut qu'elle s'apprêtait à quitter la pièce. Anconi goba deux cachous, comme s'il avalait son chapeau.

— Pardonnez-moi, Major, intervint la femme du commissaire. Un instant, s'il vous plaît.

Tous se figèrent.

Richoux fronça les sourcils, ses yeux fixèrent Hilda, un sourire de mépris apparut sur son visage.

— Pourquoi, poursuivit-elle en se tournant vers l'agent immobilier, pourquoi prétendez-vous ne pas posséder les clefs des Boucauds, alors que vous les détenez ? Votre consœur des Oyats pourra en témoigner.

— Un détail insignifiant, clama un Javert condescendant, sans aucun lien avec l'affaire qui nous occupe. Quelle honte ! Arrêtez, Madame, de vous mêler…

— Pourquoi, poursuivit-elle sans ciller, pourquoi mentez-vous au sujet de votre registre, soi-disant tombé dans un caniveau alors que vous avez affirmé au buraliste qu'il vous avait été volé dans votre voiture ?

Javert, la moustache ironique, se tourna vers Richoux.

— Veuillez nous pardonner. Cessons cette mascarade. Je vous ramè…

Anconi relaya son épouse.

— Ce détail, comme dit le major, efface votre activité antérieure au 22 juin. Qu'avez-vous à cacher ?

— Mais rien, qu'imaginez-vous encore… ?

Costume-trois-pièces s'agitait.

— Que signifie ce symbole "Ø" qui revient régulièrement dans votre registre ?

— Aucun rendez-vous, tout simplement.

Le chef de brigade feuilletait négligemment les

photocopies, l'air absent. Il ne comprenait pas l'intervention d'Anconi, mais sentit Richoux se raidir.

— Curieux, insista le commissaire. Pourquoi ne pas laisser le créneau horaire vide, tout bonnement ?

— Une habitude.

— Et ce symbole à 23 heures ? Surprenant, pour une visite immobilière.

Hilda se rassit. Elle saisit brusquement la signification de la remarque de son mari.

— Je… je…

Le téléphone sonna dans la salle, maintenant en suspens une atmosphère devenue pesante. Javert décrocha :

— Allô ? J'ai exigé que l'on ne me dérange pas !

— …

— Ah ? Blanchard ? Pas vraiment le moment, mon vieux ! s'étrangla Javert.

— …

— Anconi ? Oui, en face de moi. Soit ! Je vous le passe. Soyez bref.

Le commissaire s'empara du combiné.

— Bonjour, Vieux.

— Désolé de vous interrompre, Patron. Pas l'air content, notre ami.

— Il s'en faut tout !* Du neuf avec Carlos ?

*« Tant s'en faut », expression marseillaise.

— Des résultats, plutôt décevants. Les cheveux trouvés dans la Ford Gran Torino de Fredo correspondent à des poils de peluche, strictement semblables à ceux de Kiki ! Par ailleurs, pas la moindre empreinte concordant avec celles d'Annie Adler dans sa villa, pas plus que chez Fredo Lacabane. Je suis désolé de ne pas vous apporter le moindre élément permettant de l'incriminer. De plus, il prétend ne plus fréquenter la môme à l'époque des faits. Enfin, il affirme avoir séjourné à Algésiras, en Espagne « pour affaires » fin juin. On vérifie tout ça.

— Merci, Vieux. Pas très crédible. Ne t'inquiète pas, j'ai peut-être une autre idée. Je te rappelle.

La dernière réplique du commissaire jeta un froid.

— Voilà Rodrigues innocenté du meurtre de Nina, lança-t-il impassible, en direction de Javert. Contrairement à ce que voulait nous laisser croire monsieur Richoux.

— Finissons-en, trancha le major. Libérons Monsieur, qui a mieux à faire que de subir vos insinuations.

— Permettez… une ultime question. Vous avez un neveu, n'est-ce pas ?

— En effet.

— Il se prénomme Oscar ?

— Je ne vois pas en quoi…

— Quand l'avez-vous rencontré pour la dernière fois ?

— Ce matin, à l'agence. D'ailleurs vous l'avez croisé et votre femme semblait bien le connaître.

— Regardez, Major, le symbole "Ø" figure en marge sur le registre à la date d'aujourd'hui et l'horaire correspond. "Ø" comme Oscar et non comme "zéro rendez-vous" !

Javert notifia d'une voix acide qu'il n'était pas étonnant que l'oncle reçoive son neveu à un moment où il se trouvait libre de toute obligation.

— Beaucoup de "Ø" figurent dans cet agenda... Oscar, maintenant agent immobilier, comme tonton, habite la région. Cependant, il exerce également le soir comme croupier au casino de Saint-Brevin. Une profession qu'il a pratiquée auparavant à Montreux, en Suisse, jusqu'à ce qu'il soit renvoyé pour indélicatesse et revente de drogue au sein de l'établissement. Un endroit propice pour un dealer, avec ce festival qui y réunit la fine fleur des groupes de rock à la mode.

— Je ne vous autorise pas... commença Richoux. Son front perlait d'une goutte de sueur.

Hilda exultait. Le chef de brigade perdait patience.

— Bigre ! Où voulez-vous en venir, à la fin ? s'insurgea-t-il.

— À ceci, Major : si René Richoux n'a pas supprimé Nina, Oscar s'en est chargé. Il a ensuite appelé son oncle au secours et le tonton, bonne poire, l'a aidé à planquer le corps de la malheureuse dans sa villa Les Boucauds.

— Vous êtes fou ! clama l'accusé. Pourquoi aurait-il… ?

— Tout simplement parce que le petit Oscar avait repris ses malversations. Nina, qui chantait le soir *La Vie en rose*, l'a surpris, soit à piquer dans la caisse, soit à refiler de la came aux clients. Un poison qui, probablement, lui était fourni par la bande à Carlos. Comment cela s'est-il passé après, entre Oscar et Nina ? Vous l'a-t-il confié, monsieur Richoux ?

Trois paires d'yeux convergeaient vers ce dernier, dont le visage se chiffonna, un Bernard Blier le regard en dessous.

— Pourquoi vous acharnez-vous sur moi ? balbutia-t-il. Vous échafaudez des théories sans aucune preuve. Oscar est un gentil garçon.

Anconi ricana, répéta « gentil ? » sur un ton interrogateur.

— Qui a transporté le corps, dimanche dernier ? Lui ou vous ? Tous les deux ? Qui a suggéré de le déposer sur la plage de la Courance, pour orienter les soupçons vers Carlos qui habite au Pointeau, tout près de là ?

— Bien entendu, Oscar a également supprimé ce guitariste, selon vous ? se défendit-il. Il n'a pas quitté son agence !

Hilda intervint :

— Si fait ! objecta-t-elle. Nous l'avons croisé allée des Embruns ce matin, mais également hier matin. Il venait, selon lui, visiter un appartement dans votre agence et parut surpris de ne pas vous y trouver. Vous n'aviez pas pris le temps de lui apprendre votre déplacement à la Pitié ? Il paraissait d'ailleurs un peu perdu.

Le commissaire enchérit :

— Pardon, excusez, un agent immobilier qui envisage de visiter un appartement auprès d'un autre agent immobilier, en l'occurrence son oncle. Tss ! Tss !

— Oscar est un garçon fragile, confia Richoux avec un regard de chien cocker, ses parents vivent en Nouvelle-Calédonie, je le parraine, je l'aide de mon mieux. Nous nous rencontrons fréquemment.

— Vous n'auriez pas dû “l'aider”, cette fois. Avez-vous songé un instant à cette pauvre fille ?

— Vous spéculez. Vous ne disposez d'aucune preuve de ce que vous avancez… vous lui mettrez également le meurtre de ce musicien sur le dos, alors qu'il n'a pas quitté Saint-Nazaire ?

— Que nenni ! Chacun son lot. Chaque chose en son temps.

Le major Javert observait les protagonistes, interloqué par l'évolution des évènements. Il avait abandonné son Olympia depuis que le commissaire avait introduit le personnage d'Oscar. Son képi se tournait tantôt vers Anconi, tantôt vers l'agent immobilier, au rythme du dialogue, comme le spectateur d'un match de tennis.

— Qu'avez-vous à dire, monsieur Richoux ? demanda-t-il enfin.

— Billevesées !

— Vous niez ?

— Tout cela relève de l'absurde. Oscar n'a pas toujours été exemplaire, son passé ne parle pas en sa faveur, de là à…

— Je vous mets en garde. Complicité d'assassinat, imaginez les conséquences !

— Je réclame un avocat. Je ne répondrai plus à aucune question.

— C'est votre droit. Nous convoquons immédiatement votre neveu. Oscar comment ?

Javert sursauta lorsqu'Hilda prit la parole.

— Oscar Pouloute. Vous trouverez son agence avenue de la République, à Saint-Nazaire. Pardonnez-moi, Major, j'ai oublié le numéro, les femmes disposent d'une si minuscule cervelle !

Javert ne releva pas. Il aboya des ordres. Richoux fut conduit dans la pièce lugubre qu'Anconi avait fréquentée le premier jour. Il transpirait abondamment et roulait des yeux éberlués.

L'estafette souleva à nouveau la poussière de la cour. Décidément, le quartier résonnait de ce petit deux-tons fluets.

Resté seul, Anconi téléphona longuement à Blanchard. Entre autres choses, il lui réclama les horaires de chemin de fer Saint-Nazaire-Paris. Il insista pour qu'il signifie à Carlos Rodrigues que la charge du meurtre de Nina lui était retirée, afin d'encourager ses confidences sur ce fameux week-end au casino.

Puis il mit en alerte ses deux inspecteurs :

— Vous allez recevoir une photo, les enfants. Montrez-la aux agents de la gare Montparnasse et dans les boutiques. Puis des empreintes pour comparaison à celle relevée sur le verre, dans l'appartement de Daniel Mendel. Vous pouvez me joindre à la gendarmerie de Saint-Brevin.

Hilda suivait des yeux son commissaire de mari. Elle se réjouissait de le sentir préparer dans les moindres détails son interrogatoire. Aucune déception ne se lisait sur son visage, malgré l'abandon obligé de son coupable favori.

Le brigadier Duvilly apporta du café et un paquet de galettes Saint-Michel. Il proposa même du thé à Hilda.

Une heure s'écoula avant le retour du panier à salade. Oscar, entre deux gendarmes, portait son costume noir de croupier et la cravate assortie. Sa pâleur n'en paraissait que plus saisissante.

Anconi insista auprès du major pour réaliser en premier lieu empreintes et clichés anthropométriques. Il adressa les éléments au “Quai”. Là-bas, Bolz et Lefebvre se mettaient en chasse.

Oscar ne résista pas, ne broncha pas. Il s'assit sur le bout des fesses, face à l'Olympia de Javert. Il semblait étranger à la scène.

Le rituel débuta lentement, identité, âge, adresse, profession. Anconi laissa au major le privilège d'initier l'interrogatoire, après l'avoir informé de ce que L'Araignée avait glané à son sujet.

— Depuis quand exercez-vous dans les salles de jeu ?

— Trois ans, à Saint-Brevin.

— Pas simple de dénicher une embauche, après vos ennuis à Montreux. Vous ne vous trouviez pas interdit de salles de jeux ?

— C'était en Suisse et mon oncle s'est porté garant.

— Bien sûr. Racontez-nous cette soirée du samedi 20 juin dernier.

— Je ne m'en souviens pas tellement.

— Un petit effort. Il s'agit du jour où Annie Adler, nom de scène Nina, a disparu. Après *La Vie en rose*, que s'est-il passé ? Vous étiez présent ?

— Oui. Elle s'est querellée avec ce Carlos.

— À quel sujet ?

— Elle lui reprochait ses relations avec Klaus Barbie. Elle le traitait de nazi. Le procès occupait les médias, à ce moment. Vérifiez auprès de mon oncle, il se trouvait aussi au Sea-Club.

— Elle vivait toujours avec lui ?

— Non. Nina fréquentait un de ses musiciens.

— Hum. Ensuite ?

— Nina criait qu'elle désirait partir pour Israël, fuir Carlos. Celui-ci est devenu brutal. Mon oncle s'est interposé et m'a proposé d'emmener Nina ailleurs. Il m'a confié ses clefs.

— Où se trouvait l'orchestre ?

— Ils démontaient la sono…

— Où l'avez-vous conduite ?

— Je ne savais pas que faire. J'avais sniffé un peu de cocaïne, après mon service.

— De sorte que vous vous preniez pour James Bond… Où l'avez-vous emmenée ?

— À la villa Les Boucauds… je ne savais que faire… Nina parlait de s'envoler pour Tel-Aviv. Elle pleurait sans cesse. Elle prétendait connaître un commissaire à Paris qui l'épaulerait pour se débarrasser de Carlos, il l'avait déjà tirée d'affaire. Je possédais des économies, je lui ai proposé de l'aider, je suis retourné les chercher à mon vestiaire, au casino.

— Quelle heure était-il ?

— Une heure, environ, je n'ai pas prêté attention.

— Quelqu'un vous a remarqué ?

— Ses musiciens, qui remballaient leur matériel. Je leur ai appris, pour Israël, ils m'ont ri au nez, ces idiots.

— Carlos Rodrigues et votre oncle occupaient encore le bar du Sea-Club ?

— Je ne suis pas allé voir. Les vestiaires ne…

— Bon. Vous êtes revenu aux Boucauds. Combien aviez-vous d'argent sur vous ?

— Dix mille francs, à peu près…

— Cela représente beaucoup dans le casier d'un croupier honnête. Nous en reparlerons. Ensuite ?

— Quand je suis retourné à la villa, Nina... Nina était morte. J'ai paniqué. On m'avait vu partir avec elle...

Le cliquetis de la machine à écrire cessa brusquement.

Anconi explosa.

— Parole ! Tu te fiches de nous ! Tu veux nous faire gober que la faucheuse est passée en ton absence ! Comme ça ! Par hasard !

— Je vous jure... elle était allongée par terre, la tête bizarrement inclinée sur le côté. Il n'y avait personne d'autre dans la maison.

Oscar tremblait de tous ses membres, paraissait réellement revivre la scène. Anconi le menaçait du doigt, incrédule.

Le major prit le relais :

— Qu'avez-vous décidé, alors ?

— J'ai tenté de joindre mon oncle, je me sentais perdu. Cela ne répondait pas chez lui. J'ai essayé au casino, mais il ne s'y trouvait plus.

— Pourquoi ne pas avoir prévenu la gendarmerie ?

— Je craignais d'être accusé...

— De sorte que vous avez caché le corps dans le placard.

Son « oui » ne fut qu'un murmure. Javert tapait à nouveau sur les touches de son Olympia. Anconi martyrisait sa boîte de cachous. Hilda profita de leur silence :

— Oscar, qui savait que vous vous rendiez aux Boucauds avec Nina ?

Il hésita.

— Mon oncle… et Carlos Rodrigues, s'empressa-t-il d'ajouter.

— Les frères Mendel également ?

— Non… pas eux, ils rangeaient leur matériel.

Hilda emprunta sa voix la plus douce, Javert se tut.

— Vous avez fini par retrouver votre oncle chez lui ?

— Oui.

— Comment a-t-il réagi lorsque vous lui avez raconté ce qui s'était produit ?

— Il m'a assuré qu'il me soutiendrait. Le lendemain, il est venu vérifier… pour le placard.

— Vous l'accompagniez ?

— Oh ! Non. Cela me répugnait tellement. J'ai refusé de m'y rendre…

Anconi se calmait à mesure que son épouse parlait.

— Pourtant, dimanche dernier, vous l'avez aidé à…

Oscar s'effondra. Des sanglots le secouaient. Il ne nia pas.

Tout se déroula alors très vite. Javert, sur un signe, se fit ramener René Richoux dans la salle. Celui-ci découvrit un Oscar anéanti.

— Pourquoi ? questionna seulement le gendarme.

— C'était un accident.

Le major dégagea les feuillets de l'Olympia, en prépara d'autres en les alignant soigneusement, les glissa sur le rouleau. Alors, il leva le menton, ajusta son képi et ordonna :

— Racontez-nous.

Richoux décrivit à son tour l'altercation entre Carlos et Nina, ce soir du samedi 20 juin. Celle-ci avait reconnu à la télévision son ex-fiancé en compagnie de Klaus Barbie en Bolivie et elle s'en prenait violemment à lui. Elle l'avait giflé. Carlos avait tenté de la sortir sans ménagement du Sea-Club.

— Qui a assisté à la dispute, en dehors de vous ? interrogea Anconi.

— Quelques clients et… Oscar.

Il avait alors demandé à son neveu d'éloigner la chanteuse, pour la protéger. Lui-même essayait de maîtriser un Rodrigues vociférant et fou de rage. Le Bolivien se calma lorsque deux videurs l'encadrèrent et le dérobèrent aux regards.

Dès lors, Richoux rejoignit Les Boucauds. Nina, demeurée seule, affirma vouloir quitter tous ces machos et retrouver ses parents en Terre promise. Oscar lui apporterait incessamment l'argent nécessaire.

L'agent immobilier se révéla-t-il trop entreprenant ? À l'évidence, il refusait de voir la chanteuse disparaître loin de ses yeux. Comment s'occuperait-il le soir, abandonné au bar du Sea-Club ? Toujours est-il qu'elle tomba à la renverse, sa nuque heurta l'arête de la cheminée et…

— C'était un accident… répéta-t-il.

Paniqué, il s'était échappé avant le retour d'Oscar.

— Pourquoi ne pas avoir prévenu les secours ?

— Elle est morte sur le coup.

— La gendarmerie ?

— Vous m'auriez cru ?

— Et ce mot, trouvé dans son sac près d'elle ? s'enquit le commissaire.

— Le lendemain…

Il revint dimanche aux Boucauds. Il découvrit le billet, y ajouta le nom de Carlos pour incriminer ce dernier et signa “Nina”.

— Après tout, sans ce sale nazi, rien ne serait arrivé, non ? s'insurgea Richoux.

— Pour Daniel Mendel, c'est vous ou votre neveu ?

Le major Javert, le képi de travers, frappait sa machine, autorisant implicitement Anconi à poser les questions.

Oscar pleurnichait toujours sur son costume noir.

— Lorsque Daniel Mendel a appris par les journaux qu'Annie Adler avait été retrouvée assassinée dans ma villa de Saint-Brevin, il m'a téléphoné. Il la pensait loin en Israël. J'ai pris peur.

— Mais, Bonne Mère, comment avez-vous procédé ? Ce rendez-vous avec ce professeur de la Pitié-Salpêtrière ?

— Ma sœur tient son secrétariat…

— La dose de cocaïne ?

— La Bolivie…

Après tous les mensonges accumulés ces dernières semaines, il déballait tout, le Richoux. Un Bernard Blier, joues tombantes et regard de chien battu, costume trois pièces froissé.

— Pourquoi avoir détruit votre agenda ?

— Le nom de Nina y apparaissait trop souvent… larmoya-t-il.

— Comme le vôtre apparaissait sans cesse dans la bouche de mon épouse… ajouta Anconi, un clin d'œil malicieux à son encontre.

Hilda souriait.

— Oscar, vous connaissiez la vérité depuis le début, murmura-t-elle.

FIN

Pornichet, le…

*

...C'est fini ? s'interroge le lecteur. Pas tout à fait.

Carlos Rodrigues fut innocenté du crime des Boucauds lorsque Richoux avoua. Blanchard l'inculpa pour trafic de drogue et association de malfaiteurs, ainsi que ses acolytes Fredo Lacabane et Billy.

Le commissaire, incomplètement satisfait, gardait le goût saumâtre des menaces adressées à son encontre par ce mafalou. Surtout, il ne les comprenait pas.

Ils rejoignirent Blanchard dès le lendemain, pour le saluer avant de quitter Saint-Brevin, mais aussi pour narguer le Bolivien qui avait osé les enfermer à La Sierra.

Carlos Rodrigues, asticoté par Anconi, crut minimiser son business en faisant plonger Oscar. Selon lui, le croupier organisait la revente de la cocaïne et pour nourrir ce marché lucratif il avait sollicité Carlos pour l'approvisionner.

— Tu espères que ta peine sera réduite en jouant les balances ?

— Je n'ai *toué* personne, moi.

— Que veux-tu dire ?

— Que vous, vous vous êtes trompé une fois de plus, Commissaire. Et je ne vais pas en rester là. Votre directeur sera heureux de l'apprendre...

— Fan de couillon, tu me menaces encore ?

— Je n'ai *toué* personne, moi.

Anconi avait quitté la pièce, furieux, débitant des flots d'injures marseillaises.

Blanchard, informé des sous-entendus de Carlos

se vit obligé de convoquer le croupier. De la confrontation jaillit une autre vérité. Oscar, acculé par son fournisseur de cocaïne, avoua finalement le meurtre de Nina. Celle-ci avait été témoin de ses petits trafics. Elle avait tenté de contacter le commissaire Anconi, puis d'échanger son silence auprès du croupier contre sa liberté en gagnant Israël. Désespérément.

Oscar profita de la querelle de la soirée du samedi 20 juin pour éliminer ce témoin gênant en l'emmenant dans la villa Les Boucauds. Il reprit à son compte la thèse du "malheureux accident".

— Pourquoi avoir attendu si longtemps pour retirer le cadavre du placard ?

— Je ne pouvais pas, tout seul. Finalement, j'ai sollicité Carlos. En contrepartie de pourcentages plus favorables à son "commerce", il a accepté d'organiser le transfert du corps de Nina avec Fredo Lacabane. Quand nous avons vu le VéloSoleX, nous avons patienté jusqu'au moment où la personne a quitté précipitamment les lieux…

Ainsi s'expliquait la découverte par Javert d'un mégot de Montecristo N°4 dans le jardin des Boucauds. Une complicité d'assassinat fut ajoutée aux charges pesant sur Carlos Rodrigues.

René Richoux avait vainement tenté de sauver son neveu toxicomane en s'accusant des meurtres qu'il n'avait pas commis. N'espérait-il pas que le manque de preuves lui éviterait une condamnation trop lourde ? Seule Hilda pensa que l'homme aux bloody mary ne se consolait pas de la disparition de sa chanteuse. Son cœur ne battait-il pas pour elle lorsqu'il lui offrait le champagne au Sea-Club, passé le dernier couplet de *La Vie en rose* ?

Lefebvre piétina longuement gare Montparnasse, en montrant la photographie d'Oscar Poutoune avant de découvrir, par hasard, un habitué de la ligne qui avait voyagé au wagon-bar en compagnie du croupier ce jour-là. L'empreinte d'Oscar fut comparée avec celle retrouvée sur le verre à whisky chez Daniel Mendel. Bien qu'incomplète, elle correspondait.

Conformément au souhait de ses parents, le corps d'Annie Adler fut transporté en Israël, et inhumé au cimetière de Kinneret, au bord du lac de Tibériade.

Là-haut, aux sommiers du “36”, L'Araignée changea la lanière noire du dossier Carlos Rodrigues pour une rouge, en raison de sa complicité de meurtre.

Hilda, enthousiasmée par son séjour à Saint-Brevin, se demanda ce que penserait son mari si elle postulait pour entrer dans la police. Fatche !

FIN

Pornichet, le 30 mars 2023

125, Vieille Route de Rosporden - 29000 Quimper
E-mail : contact@editionsalainbargain.fr
Site Internet : www.editionsalainbargain.fr

Dépôt légal n°15 - 2e trimestre 2023
ISBN 978-2-35550-856-1 - ISSN 1281-7813
N° d'impression : 305527
Imprimé en France